속도의 안내자

속도의 안내자

제10회 수림문학상 수상작

ⓒ 이정연 2022

초판 1쇄 발행 | 2022년 12월 1일

지은이 | 이정연

발행인 | 성기홍
편집인 | 박상현
주　간 | 도광환
기　획 | 정　열
제작진행 | 김민기

발행처 | 연합뉴스
주　소 | 03143 서울시 종로구 율곡로2길 25
　　　　www.yonhapnews.co.kr

인　쇄 | 평화당인쇄(02-735-4009)

정　가 | 13,000원
구입문의 | 02-398-3591, 3593~4

ISBN 978-89-7433-137-5　03810

제10회 수림문학상 수상작

속도의 안내자

이정연 장편소설

광화문글방

차
례

1 경마장

목이 칼칼해 휘파람이 잘 나오지 않았다. 채윤은 소변통을 매단 봉을 말의 생식기에 대고 빈 바람 소리를 내 보지만, 흑갈색 말은 미동도 없다. 눈동자를 싸고 있는 흰자위가 희미하게 켠 전구보다 밝아 암실에는 두 개의 조각달이 한 방향으로 움직이는 것처럼 보였다. 채윤은 소변통을 들지 않은 팔로 코를 막았다. 봄철 알레르기와 바닥에 간 짚 때문에 콧속이 간질거려 재채기가 나려고 했다. 같이하던 아르바이트생이 한 달만 버티고 나가면 좋으련만 그는 취직이 되었다는 소식에 곧장 일을 그만두었다. 새로운 아르바이트생이 지난주부터 시료 채취실에 배치돼 채윤은 알레르기가 심해도 자리를 비울 수 없었다.

"이 새끼, 왜 안 싸요? 어두워서 그러나. 벌써 10분째라고요."

신입은 냄새나는 데서 언제까지 기다려야 하느냐고 채윤에게 투덜거렸다. 휘파람 소리가 제대로 날 때도 예민한 놈들은 소변을 잘 보지 않았다. 어떤 날은 30분 가까이 매달리다가 경주를 마치고 돌아온 다음 경주마들이 검사를 받으러 와 소변 채취를 포기하고 피검사로 도핑검사를 대체할 때도 있었다. 채윤은 튀어나오는 재채기를 간신히 참으며 휘파람을 불어보라고 시켰다. 제가요? 어떡해요? 신입은 못하겠다고 한참 빙글거렸으나 채윤이 대꾸를 하지 않자 휘파람을 불기 시작했다. 사람이 내는 바람에도 그 사람의 빛깔이 묻어나는지 신입의 휘파람은 어딘지 들쑥날쑥해 불안정했다. 흑갈색 말이 그 소리에 놀라 뒷걸음질을 치고 벽에 몸을 부딪쳤다. 사방이 푹신한 보호벽이라 부상은 없을 테지만 거부가 심해 소변 채취가 더는 힘들어 보였다.

"그런 소리 말고, 더 낮게 내란 말이야."

신입은 500킬로그램이 넘는 경주마가 움직일 때마다 겁을 먹고 조금씩 출입문으로 다가갔다. 휘파람을 불어 말의 소변을 보게 하는 것쯤이야 금방 배우지 않겠느냐며 부리던 호기는 어느새 사라졌다. 그는 지난주에 들어온 말들이 유순해 일이 쉽다고 확신했는지 모른다. 하지만 그건 1년에 고작 서너 번 있는 평화스러운 날이었고, 보통 열두 경주가 넘게 경마가 열리는 주말에는 몰린 인파와 속도감 있는 경주 때문에 경주마와 마필관리사들이 날카로워져 하루에도 몇 번씩 크고 작은 소란이 생겼다.

신입은 채윤의 지적에도 비슷한 휘파람을 냈다. 고음의 끊기는 단절음이 여전히 귀에 거슬렸다. 말은 급기야 앞다리를 들고 두 사람을 향해 기립했다. 세 평 남짓한 암실에 어둠보다 진한 그림자가 크게 일렁였다.

"가서 얼른 태경 선배, 아니, 최 대리님 불러와."

신입은 채윤의 말이 끝나자마자 문을 박차고 뛰쳐나갔다. 문을 미는 소리에 경주마가 놀라 앞뒤로 들썩이며 다시 요동쳤다. 9년 동안 주말마다 같은 일을 하지만 좁은 공간에서 말이 몸을 세울 때면 아직도 신경이 곤두선다. 채윤은 말을 남겨두고 신입을 따라 자리를 뜰까 고민하다 문을 열면 놈이 더 날뛸 것 같아 최대한 거리를 두고 괜찮다고, 괜찮다고 어둠을 보며 낮은 목소리를 냈다. 말이 거칠게 숨을 뱉으며 흰자위를 크게 하고 채윤을 응시했다.

흥분한 말에 놀라 자리를 박차고 뛰어나가는 모습, 몇 년 전 자신과 비슷했다. 당시 거구의 경주마를 보고 겁내서 허둥대던 채윤에게 당황하지 말라며 작은 소리로 말을 진정시키던 사람이 바로 태경이었다.

"목 상태가 그 모양이면 쉬지, 뭐 하러 나왔어?"

"쟤 때문에요."

채윤은 청바지와 안전화에 붙은 짚을 털어내고 신입을 가리켰다. 눈앞으로 내려오는 커트 머리가 귀찮아 입바람으로 불어 냈다. 신입은 체중을 재는 경주마로부터 멀찍이 떨어져 말이 움직이는 걸 지켜보고 있었다. 연달아 두 경주에서 예민한 놈들이 검사받으러 와 말에 가까이 갈 엄두가 안 나는 모양이었다.

"그냥 사무실에다 말하고 조퇴해. 정 걱정되면 휴게실에 박혀 있든가. 내가 너 가르칠 때 기억 안 나냐? 쟤도 세게 굴려야 일 배운다."

"그래서 저만 두고 담배 피우러 나갔어요?"

채윤이 웃으며 태경의 어깨를 가볍게 쳤다. 태경은 그랬었지, 하면서 허공에 담배 피우는 시늉을 했다. 말은 그렇게 하지만 태경은 채윤이 일하다 만난 어떤 사람보다 사려 깊었다. 말의 걸음걸이를 보고 컨디션을 체크하는 법, 흥분해 날뛰는 말을 진정시키거나 안전하게 몸을 피하는 법, 말이 소변을 잘 눌 수 있게 낮고 서늘한 휘파람을 부는 요령, 회사에서 어떤 사람을 조심해야 하는지와 누구에게 잘 보여야 인센티브를 더 받을 수 있는지도 태경이 알려 주었다. 시료 채취실에 여자 아르바이트생을 뽑은 적이 없다는데, 태경이 가르쳐 같이하겠다고 해서 자신이 채용된 사실은 나중에 회식 자리에서 들었다.

태경이 허공에 대고 낮은 휘파람을 불었다. 채윤도 입술을 오므리며 바람 소리를 내보려고 했지만, 공기 빠지는 소리만 났다.

"너도 진짜 직장 구해야지 않겠어? 요새 너 같은 친구들이 많다지만, 얼마나 더 후임을 내보내려고."

태경은 들고 있던 커피를 다 마시고 컵을 구겨 휴지통에 던졌다. 채윤은 선배처럼요? 하고 물으려다 그만두었다.

태경은 도핑검사소에서 1년 반 정도 말 소변 채취 아르바이트를 하다 직원으로 취직했다. 큰 키에 준수한 외모, 지금은 사라진 외국어고 출신의 명문대 화학 전공자. 아르바이트생 시절부터 직원들은 영어권과 중화권 손님이 도핑검사소를 방문하면 태경을 불러 통역원을 보조하게 했고, 아르바이트생 면접에 데려가 그의 의견을 물었다. 비단 업무 능력이 아니라도 사람을 편하게 이끄는 센스가 뛰어난 사람이었다. 겉만 보고 판단할 수는 없지만, 몰고 다니는 차나 평소 차고 다니는 시계를 봐선 집안도 든든할 것 같았다. 늘 쫓기는 마음을 들킬까 봐 말을 신중히 골라서 하는 채윤과 달리 태경은 말투가 시원시원했고, 분위기마저 자신감이 넘쳤다. 가깝게 지내고는 있으나 그를 보고 있으면 다양한 감정이 들었다. 동경과 애정 그리고 자신과 다른 사람이라는 열등감까지. 그래서 그가 자신에게 하는 위로가 때로는 빈말처럼 느껴졌다.

"봐서 유학이나 가려고요."

"엥? 그런 말 한 적 없잖아."

"생각한 지 얼마 안 됐어요."

채윤은 대학 때 교환학생으로 뽑혀 장학금을 받고 외국에 나갈 뻔했다. 하지만 그즈음 고모의 불안증세가 심해져 유학을 포기해야 했다. 다시 시작할 기회, 그 아쉬움이 커서 언제 될지 모를 날을 위해 영어와 자격증 공부를 손에서 놓지 않았다. 그러나 시간이 흐르면서 전공한 광고학을 더 공부할 것인지 아니면 복수전공으로 택했던 컴퓨터공학을 이어서 할지, 완전히 다른 길로 돌아설 것인지, 어느 대학으로 혹은 어느 나라로 진학할지 계획이 희미해졌다. 그저 어려운 일에 생각을 유예하듯, 그러나 현재와 같이 서른을 맞고 마흔이 되고 싶지는 않아 언젠가는 고모와 같이 사는 집에서, 지금의 생활을 탈출하겠다는 각오만 잊지 않을 뿐이었다. 하지만 채윤은 어느덧 서른을 앞두고 있다. 여전히 아르바이트를 전전하면서, 그달 쓸 돈을 그 전달에 버는 프리터로 살고 있다.

마체중계에 올라선 경주마가 울음을 내며 크게 뒷걸음질을 쳤다. 앞에 선 마필관리사가 욕설을 뱉으며 고삐를 잡아당겼다. 경주마가 앞다리를 들어 올렸고, 신입이 놀라 채윤과 태경을 돌아봤다.

"흥분한 말한테 소리 지르면 어떻게 해? 봄철이라 애들 더 예민해진 것도 몰라?"

채윤은 태경의 말에 고개를 끄덕이며 간질거리는 코를 쥐었다. 그러곤 상체가 흔들릴 정도로 재채기를 크게 했다. 말들은 봄철 발정기로 몸살을 앓고 있지만, 채윤은 봄철 알레르기로 머릿속까지 어지러웠다.

"쟤 때문에 고생 좀 하겠다. 하긴 예전 네 생각 하면 이해 못할 것도 없지만……. 그건 그렇고, 너 알바 더 안 할래?"

"고생한다면서, 무슨 알바를 더 해요?"

돌아보는 태경의 얼굴이 진지했다. 그는 가끔 대학 연구소나 회사에서 한시적으로 하는 아르바이트에 채윤을 연결해 주었다. 그가 소개한 아르바이트는 믿을 만했고, 무엇보다 보수가 괜찮았다.

"어려운 일은 아니야. 그래도 시간 낼 수 있는지 물어야 할 것 같아서."

태경이 말을 이으려는데 신입이 뛰어와 채윤을 붙들었다. 10미터가 안 되는 거리임에도 단거리 경주에서 튀어나온 사람처럼 숨이 몹시 가빠 보였다. 덥지 않은 4월 초 날씨였으나 땀이 눈두덩으로 흘러 볼에서 미끄러졌다. 신입은 둘을 번갈아 보며 뒤를 가리켰다.

"오늘만 저러는 거죠? 저 새끼, 약 먹고 나왔나 봐요!"

채윤은 신입이 가리키는 쪽으로 고개를 돌렸다. 기립했던 말은 마필관리사에게 끌려 건물 앞 원형 마장을 뛰고 있었다. 가끔 고개를 쳐들어 반항했지만, 상태가 진정된 듯 울음이 한층

약해졌다. 얼마간 마장을 돌고 나면 놈의 기운은 더 수그러들 것이다.

태경의 말처럼 경주마들은 봄을 느끼고 있었다. 경주마의 몸이 자연스럽게 계절을 받아들이는 거였다. 5월 발정기가 지날 때까지 말들은 몸에 퍼지는 기운을 감당하지 못해 마필관리사와 기수, 때로는 곁을 지나는 다른 경주마들과 예민한 싸움을 벌일 것이다. 그리고 그 시기가 지날 때까지 경주마를 다루는 사람들은 말들이 경주에 뛸 수 있게 긴장 속에서 조련해야 한다. 만약 그때까지 신입이 버틴다면 눈을 크게 뜨고, 가슴을 쓸어내리는 일을 이따금 경험할 것이다.

***

상추를 다듬는 고모의 손길이 부산했다. 베란다도 없는 집에서 고모가 키우는 식물은 열 가지가 넘었다. 상추, 대파, 방울토마토, 스위트바질 등 먹거리 채소와 스투키와 아레카야자, 산세베리아 같은 공기 정화 식물까지. 며칠 전에는 완두콩과 페퍼민트도 기르고 싶다며 채윤에게 모종을 사 달라고 부탁했다. 가뜩이나 좁은 방에 화분을 들여와 안방은 겨우 한 사람이 구부려 누울 공간만 남았다. 가끔은 식물에 꼬인 날벌레가 채윤의 방까지 날아들곤 했다. 채윤은 고모의 부탁을 더 들어줘야 하나 고민했다. 고모가 관심을 쏟는 유일한 소일거리고, 이 일을 하기 전에는 난데없이 소리 지를 때 빼고 입을 거의 떼지 않아 하지 말라고 말리는 게 맞는지 판단이 서지 않았다. 그렇다고 잘 공간도 부족한 곳에서 홈가드닝에만 열을 올리는 모습을 두고만 볼 수도 없었다.

벌써 13년이 되어 간다. 고모는 회사를 그만두면서 집 안에서 만 생활했다. 15년 전, 공항 자회사에서 고졸 출신 여성 최초로 본부장이 되었다고 지역 신문에 단신으로 실렸던 사람이다. 중학생이던 채윤이 보육원에 보내졌을 때 열흘 만에 찾아와 싫지 않다면 같이 살자고, 다 큰 중학생을 키우는 일이 회사에서 임원으로 버티는 것만큼이야 힘들겠냐며 채윤의 손을 잡아 준 사람이다.

사실 채윤은 고모가 나타났을 때 고맙기보다는 의심스러웠다. 한 번도 본 적 없는 사람인데, 부모가 남긴 재산 때문에 나를 찾아왔을까? 아니면 사고 보험금을 노린 사기꾼? 한동안 수상쩍어 곁을 주지 않았으나 고모가 사는 집과 기사가 딸린 고급 세단, 고모를 이사님이라고 부르며 깍듯이 대하는 사람들을 보며 자신이 오해했을지 모른다고 마음을 돌려세웠다. 하지만 채윤은 그 뒤로 무언가 빼앗겼다는 상실감에 한동안 허덕였고, 그

상실감이 어디에서 왔는지 알지 못해 괴로웠다. 어쨌거나 부모가 세상을 뜨고 불운에서 평온한 삶으로 이동하는 것처럼 보였다.

사람들은 말했다. 불행 중 다행이라고, 불행 중 다행으로 고모를 만나 고아가 되지 않았다고. 그들은 딱 거기까지만 말했고, 거기까지만 알고 싶어 했다. 채윤이 고등학교 1학년 이후로 돈을 벌지 않은 적이 없다는 사실을 알고 걱정해 주는 남은 없었다. 바뀐 삶을 받아들일 무렵 고모조차 어려운 처지에 놓였다. 고모는 갑자기 퇴사했고, 침묵했다. 집은 강남 주상복합 아파트에서 다세대 연립주택으로 옮겼다. 급작스러운 변화에 부모의 유산과 보험금은 따질 수 없었다. 다만 채윤은 다시 불운해졌을 때 더 이상 모르는 사람의 위로를 듣지 않아, 걱정 어린 시선을 받지 않아 허무함과 홀가분함을 동시에 느꼈다.

고모는 왜 회사를 나왔고 외부와 연을 끊었는지, 수다스러웠던 말이 무슨 이유로 사라져 버렸는지 어떤 설명도 거부했다. 유일하게 바뀌지 않은 것이 있다면 아침마다 진하게 그리는 아이라인이었다. 오랜 시간이 흐른 지금도 채윤은 고모가 변한 이유를 듣지 못했다. 물으려고 할 때마다 이해할 수 없는 말을 주절대다가 매몰차게 채윤의 손을 밀어냈다. 화분을 들여다보는 취미를 가진 건 지난해 말부터였다.

"저 이제, 화요일하고 목요일은 늦어요. 기다리지 말고 식사 먼저 해요."

고모는 상추의 마른 잎을 따내며 고개를 갸웃했다. 그러곤 옆으로 몸을 옮겨 부추를 한 움큼 베어 냈다. 돌아보지 않지만 고개를 갸웃하는 건 알아들었다는 표시다. 아직 예순도 안 되었는데 그녀는 몇 년 사이 부쩍 구부러졌다. 예전만큼 채윤에게 큰 사람이 아니기도 했고, 실제로 두꺼운 옷을 입어도 견갑골이 튀어나와 보기 싫을 만큼 야위었다. 고모의 어깨 위로 늦은 오후의 긴 햇빛이 들고 있었다. 서향이라 집에 해가 드는 건 오후 네 시가 될 무렵부터 두 시간 동안이다.

밖을 나서는데 고모가 붙잡았다. 그녀는 잎에 올라온 무당벌레 애벌레를 보라며 상추 이파리를 채윤의 얼굴에 들이밀었다. 아이라이너의 까만 가루가 눈 밑에 번져 얼굴이 더욱 퀭해 보였다. 근래 들어 보기 드문 미소였다. 채윤은 알았다며, 늦었다고 말하고는 고개를 돌렸다. 날벌레가 방에 날아다니는 상상을 하니 짜증이 났다. 고모를 더 보고 있다간 화를 낼지 모른다. 어린 채윤을 책임져 준 고마움은 몇 년 사이 닳고 닳아 감정조차 희미해졌다. 도리어 그날 고모가 채윤의 가족을 부르지 않았다면, 하는 가정에 같이 있는 것도 괴로울 때가 있었다. 부양을 당연시하며 죄책감을 일게 하는 흐린 눈빛도 꺼려졌다. 고모가 채윤을 다시 붙들었다.

"신기하지? 이 조그만 아기가 어떻게 우리 집에 찾아왔을까."

보기 드문 미소만큼 평소와 다른 긴말이었다. 고모가 더듬지 않고 말하는 모습에 예전 얼굴이 일순 겹쳐 보였다. 그때도 혼자 된 채윤이 신기해서 데려다 키우겠다고 보육원에 찾아왔을까. 당신만 아니라면, 고모가 낸 사고가 아니었음에도 그 생각이 미치자 뜨거운 숨이 목구멍에 걸렸다. 어쨌든 이대로라면 며칠 뒤에는 무당벌레가 날개를 펴고 집 안을 날아다닐 것이다. 당장에 상추를 뽑고, 방울토마토 화분을 뒤엎고 싶었다. 고모는 애벌레를 들고 조심스러운 걸음으로 안방으로 들어갔다.

***

비가 올 것처럼 날이 어두웠다. 경주로를 가로질러 300미터쯤 떨어진 도핑검사소가 안개에 가려 흐릿하게 보였다. 채윤은 경주로를 바라보며 대기의 냄새를 맡았다. 삼우사청三雨四晴. 정부가 몇 해 전부터 시행해 온 미세먼지 저감 정책의 영향으로 뿌옇던 하늘이 지난해부터 제법 푸른색을 되찾고 있었다. 그런데 웬일인지 그즈음부터 비 오는 날이 많아졌다. 기상청에서는 일시적인 현상이라고 발표했고, 기후변화라고 진단하는 전문가도 있었다. 억지로 한 미세먼지 저감 기술에 부작용이 난 거라는 루머가 돌기도 했지만, 정확히 밝혀진 건 없었다. 어쨌거나 사람들은 마스크를 쓰고 다니지 않는 일상에 만족했고, 무게가 느껴지지 않는 소형 우산은 외출할 때 휴대해야 할 필수품이 되었다.

새벽 훈련을 마친 경주마들이 마방으로 돌아간 듯 경주로에는 훈련 뒤 들춰진 모래를 다지는 트랙터가 정적을 깨며 지나고 있었다. 습기를 먹어 색이 짙어진 모래가 주로를 감싸며 평면을 이뤘다. 채윤은 시간을 확인했다. 출근 30분 전까지 관람대 경주로 앞으로 나오라던 태경은 보이지 않았다.

이곳에 처음 섰던 새벽을 채윤은 잊지 못한다. 전날 채윤과 고모는 가족의 기일을 두고 크게 다퉜다. 채윤이 밥상에 밥과 소고기뭇국을 올렸는데 고모가 화를 내며 상을 뒤엎었다. 황당한 채윤이 뭐 하는 거냐고 소리 질렀고, 고모는 정상적인 변명은 하지 않은 채 내가 그보다 얼마나 잘했어야 했느냐며 악을 쓰고 되받아쳤다. 너까지 힘들게 거뒀다는 말에 채윤은 더 참기 어려워 자리를 피했고, 날을 꼬박 새운 뒤 일을 시작한 경마장에 이르게 도착했다.

동이 트지 않은 겨울 새벽이었다. 채윤은 패딩 점퍼의 지퍼를 목 끝까지 올리고 경주로 앞에 섰다. 나를 거둬준 건가, 내가 스스로 나를 거뒀던 건가. 지난날을 생각하며 무거운 머리를 들었다. 저 멀리 어스름을 뚫고 말이 달려오고 있었다. 기수는 말에 반쯤 몸을 기울이고 기합을 외치면서 마지막 스퍼트를 냈다. 거침없이 앞으로 내달리며 불뚝 솟아오른 근육과 결승선을 통과하며 숨을 벅차게 내뱉는 커다란 가슴통. 마치 채윤을 쓰러뜨릴 듯 전속력을 다해 뛰어오다가 아무것도 신경 쓰지 않고 홀연히 질주하는 경주마가 다른 차원의 존재로 보였다. 밤새 들었던 괴로움 따위는 순간 아무것도 아니었다. 한 번도 느껴본 적 없는 전율이라 채윤은 한동안 자리를 뜨지 못했다. 자신도 어디론가 솟아오를 것 같은 기분에 가슴이 벅차올랐다. 그 뒤로 채윤은 답답한 일이 생기면 의식처럼 첫차를 타고 펜스 앞에 섰다. 생계를 걱정하지 않아도 된다거나 자신을 거둬 준 고모에게 보답해야 한다는 부채감이 없었다면 아르바이트생이 아니라 경마 베터로 펜스 앞에 자주 섰을지 모른다.

"수평으로 고른 주로를 보면 마음이 차분해지지 않냐? 난 웃기게도 제발 저 모래 위에 아무도 흔적을 안 냈으면 하고 바란다니깐. 경주로에서 말이 뛰어야 내가 밥 먹고 살 수 있는데 말이야."

태경이 다가와 말을 걸 때까지 인기척을 느끼지 못했다. 채윤은 돌아보지 않고 고개만 끄덕였다. 콧속으로 젖은 흙냄새가 밀려들었다. 태경은 펜스 아래 쪼그려 앉아 경주로 모래를 집어 조금씩 흩뿌렸다. 그가 출근 전에 채윤을 부른 데는 이유가 있을 터였다. 말을 쉽게 잇지 않는 걸 보면 안부를 물으려고 부른 자리가 아니었다. 트랙터가 작업을 마치고 주로를 빠져나가고 있었다. 태경은 트랙터가 시야에서 완전히 사라질 때까지 손을 멈추지 않고 허공을 쓰다듬었다.

"저번에 말한 건 생각해 봤어?"

"아, 알바요? 저 근데 지금도 바빠서……."

"유학 갈 자금 필요하잖아. 어느 나라를 가든 2~3년 체류할 비용은 있어야 하고. 항공료까지 포함해서 말이야."

채윤은 태경이 하는 말에 대답하지 않고 기다렸다. 그의 진지한 얼굴을 보니 듣지 않고 거절하면 안 될 것 같았다. 둘만 있는 장소에서 얼굴을 굳히고 하는 이야기, 그건 아주 가벼운 소리는 아니라는 의미다.

"할 거야?"

채윤은 쪼그려 앉은 태경을 내려다봤다. 진지하다가 금세 장난이었다고 말할 때가 많아 진심인지 가늠해 보았다. 심각한 게 어색해 괜스레 태경을 보고 웃었다.

"무슨 일인지 말도 안 해 주면서요. 선배, 혹시 다단계 해요?"

여덟 시 반이 지나고 있었다. 곧 경마 하러 사람들이 관람대로 들이닥쳐 시끄러워질 것이다.

"시급으로 치면 여기보다 네다섯 배는 많고, 시간으로 따져도 길게 일하지 않아. 연락이 오면 해야 하지만 여유를 주니까 부담 없을 거고. 대신 약속한 건 반드시 지켜야겠지."

"국가 기밀이에요? 나 이러다 첩보 요원으로 발탁되는 거야?"

채윤은 태경의 제안이 어딘지 꺼려져 평소 안 하는 장난을 걸었다. 태경이 고개를 흔들고는 말을 이었다.

"진지하게 묻는 거야. 시간 정해서 물건을 전하면 되는데, 그렇다고 마약이나 총기 같은 불법거래는 아니고. 나도 가끔 했는데 이젠 다른 사람한테 넘겨야지."

"왜요?"

"여기 직원, 원래 다른 일을 같이하면 안 돼. 난 지금까지 몰래 한 거라고. 일이 많아져서 더는 어렵겠다. 이 시계도 그렇게 해서 샀는데, 얼마나 넘기기 아까운 줄 아냐?"

태경이 드디어 심각한 얼굴을 풀고 손목을 흔들었다. T사의 브랜드 로고가 크게 박힌 메탈 시계였다. 얼마 전까지 차고 다니던 가죽 밴드 시계와 달리 기능이 많은 듯 디자인이 복잡했다.

"버는 돈이 얼마나 되는지 모르는데 애매한 거면 정리하고 한번 해 봐. 속는 셈치고 반년쯤?"

"뭔데요?"

"할 거야?"

"뭐냐고요?"

"말 다 했잖아. 못 믿나 본데, 일을 주는 데가 너도 가끔 일했던 다국적 회사야."

태경은 출근 시간이 다 됐다며 손톱으로 시계를 두드렸다.

"근데 왜 저예요?"

"유학자금이 필요할 것 같아서……. 그리고 너, 믿을 만하잖아."

"네?"

"다른 건 모르겠고, 입이 무거운 사람이 필요하거든."

태경은 그 말을 하고는 입술을 살짝 물었다. 그러곤 진짜 늦었다면서 채윤의 어깨를 잡아끌었다. 정직원이야 아홉 시가 출근 시간이지만 아르바이트생은 아홉 시 반까지 출근 시스템에 접속하면 된다. 채윤은 먼저 가라고 팔을 뺐다. 그가 한 말을 이해하지도 못했는데 어색하게 같이 뛰면서 하겠다고 수락하기 싫었다. 태경은 이따 보자며 손을 흔들고는 경주로를 가로질러 도핑검사소 쪽으로 빠르게 뛰었다. 모래밭에 푹푹 꺼지는 발자국 때문에 평평하게 다져진 경주로에 사람의 흔적이 깊이 파이고 있었다.

오후 내내 비가 그치지 않았다. 경주를 중단할 만큼 폭우는 아니라 경주에 나서는 말들이 비에 젖은 채 검사소로 속속 들어왔다. 보통은 궂은 날씨에 민감한 놈들이 몇 번은 사납게 구는데 소란 없이 오후가 지나갔다. 습기가 있는 대기 덕에 채윤의 목도 호전되어 휘파람 소리가 제대로 났고, 신입도 채윤이 가르치는 대로 곧잘 보조를 맞췄다. 문제가 없어 도리어 불안한 하루였다. 경주가 있는 날이면 두어 번 채취실에 들르던 태경도 아침에 만난 뒤로 모습이 보이지 않았다.

***

전화는 신호가 한 번 간 뒤에 바로 끊겼다. 두 번을 더 걸었지만 마찬가지였다. 채윤은 학원 업무를 마치고 고민했다. 영문도 모르는 문자에 반응하는 게 맞을까. 모르는 사람인데 무시해도 되지 않을까. 하지만 채윤은 태경까지 무시할 수는 없었다. 태경을 말하며 퇴근할 때 만나자고 연락한 사람, 불현듯 태경이 주말에 건넨 제안을 설명하러 사람이 찾아왔다는 생각이 들었다. 떠올려보면 태경은 일에 관해 명확히 설명하지 않았다. 물건을 배달하는 일, 불법은 아닌데 고액의 수당을 받는 일. 그의 말을 곱씹을수록 모호한 느낌만 더했다.

받은 문자의 링크로 찾아간 길은 학원에서 30분가량 떨어진 곳이었다. 가는 길에 도로 공사가 있어 돌아가기도 했지만, 근처라고 보기에는 거리가 멀었다. 낮은 주택들 사이에 사방이 통유리로 들여다보이는 4층 카페는 주변과 어울리지 않아 영화

세트장을 통째로 옮겨놓은 분위기가 났다. 채윤은 1층에서 4층까지 창을 따라 걸으며 메시지를 보냈을 것 같은 사람을 찾았다. 그 사람에 대해 아는 게 없었다. 채윤은 그제야 태경이 생각났다. 문자를 받고 태경에게 물을 생각을 왜 바로 하지 않았는지 어이없어 헛웃음만 났다. 하지만 태경은 회의 중이라 전화를 받을 수 없다는 문자를 보내 왔다.

커피를 주문하고 자리에 앉았다. 나온 이유도 모르고 앉아 있는 자신이 우스웠지만, 카페에서 시간을 때우다 돌아간다 해도 손해 볼 건 없었다. 초저녁, 불도 켜지 않고 식물만 들여다보고 있을 고모를 생각하면 차라리 잘된 일인지 모른다. 자격증 책을 펼쳤다. 프로그래머로 취직한다면 학사나 석사 과정을 더 밟을 필요는 없을 테고, 그렇게만 된다면 학업에 굳이 큰돈을 지출하지 않아도 된다. 채윤은 자신만을 위해 사는 삶을, 혼자 사는 생활을 상상했다. 외롭거나 불편하지 않을 것 같았다. 아니, 상상만으로도 가벼워진 기분이다.

전화가 울렸다. 문자를 보낸 번호와 비슷한 번호였다.

"안녕하세요. 알렉스입니다. 카페에 도착하셨네요. 최태경 씨에게 말씀 들었습니다."

여자 목소리였다. 채윤은 대답하는 대신 몸을 돌려 사방을 돌아봤다. 아무리 둘러봐도 전화기를 든 사람은 보이지 않았다.

"저를 찾을 필요 없습니다. 거기에는 없지만 대화를 하는 데는 문제없을 겁니다. 앞으로 잘 부탁합니다."

얼핏 들으면 여자 목소리였으나 자세히 들어보면 사람의 목소리가 아닌, 시스템에서 내는 음성 같았다. 문어체로 말하는 문장이 어색했거니와 문장이 이어질 때 뚝뚝 끊기며 먹먹해지는 잡음이 들렸다. 어디선가 채윤을 보면서 할 말을 입력해 전달하는지 모른다. 채윤은 알렉스의 말에도 불구하고 사람을 찾아 계속 두리번거렸다. 감시당한다는 생각에 돌아가는 고개를 어쩌지 못하고 대답을 주저했다. 알렉스는 잠시 시간을 두더니 말을 이었다.

"발신 전용이라 저희한테 연락할 수는 없습니다. 딱 두 번 전화를 걸 거고, 안 받으면 다른 배달자에게 넘어갑니다. 목소리는 지금과 다를 수 있습니다. 하지만 알렉스라고 하면 의심하지 마세요. 처음 맡을 일은 다음번에 알려드리죠."

무슨 말을 해야 할까. 목소리를 바꾸겠다는 말도 수상하고, 이야기를 하자면서 사람이 나타나지 않는 상황도 의심스러웠다. 오랫동안 알고 지낸 태경이 왜 이런 식으로 자신을 끌어들였는지 도무지 이해가 안 갔다.

"일이 마무리되면 사례는 바로 지급합니다. 일주일에 보통 두 번 의뢰할 거고, 때에 따라 횟수는 변동됩니다. 수당은 현금 카드로 지급하는데, 괜찮으시죠?"

채윤은 머뭇거리다 얘기가 빨리 진행되는 것에 놀라 네? 하고 크게 되물었다.

"최태경 씨와 말씀이 다 된 줄 알았는데 아닌가 보군요. 어렵다면 지금이라도 거절하십시오."

머릿속에서 시끄러운 기계음이 계속해서 지지직댔다. 몇 분 전에는 없던 고민이 채윤을 곤혹스럽게 만들었다. 알렉스가 하는 말은 어렵지 않은데, 자신이 잘 모르는 내용을 결정이 다 된 것처럼 떠들어 상황을 제대로 이해한 건가 헷갈렸다. 채윤은 덤덤한 척 입을 열었다.

"생각할 시간이 필요한데요. 최태경 씨하고 얘기도 덜 끝났고요."

"시간은 충분히 드렸습니다."

"저기요, 그런데……. 말씀하시는 일, 위험하지 않아요?"

"절대 위험하지 않습니다. 단, 구체적으로 묻지 말고 가이드라인대로 처리하면 됩니다. 물론 기밀은 지켜야 하고요."

"하다가 관둘 수 있어요?"

"물론이죠."

"정말, 위험한 일 아니죠?"

"이미 들었을 텐데요."

알렉스는 다시 연락하겠다며 전화를 끊었다. 전화가 끊기자 지직거리는 잡음이 더욱 크게 들렸다. 겨우 3분 남짓 통화했는데 대학에 막 들어가 다단계에 걸려 협박당했을 때처럼 긴장해 몸이 굳었다. 핸드폰을 내리고 뻣뻣해진 목을 주물렀다. 커피는 그새 식어 미지근했다.

무슨 생각으로 하겠다고 덥석 대답했을까. 얼떨결에 한다고 말한 꼴이었다. 중간에 그만둬도 된다고 했으니 하다가 이상하면 관두면 된다고 애써 안도하며, 태경이 소개한 일인데 설마 나쁜 일이겠어? 하면서도 빨리 태경에게 연락해야 한다는 조급증이 생겼다. 남은 커피를 한꺼번에 들이켰다. 태경은 회의 중이라는 메시지를 다시 보내 왔고, 채윤은 늦더라도 연락 부탁한다고 답문을 남겼다. 자격증 책과 영어책을 넘겼으나 눈에 들어오지 않았다. 그저 알바라고, 하는 일을 노출하기 꺼리는 까다로운 고용인이라고 생각을 정리하지만, 기계음처럼 들렸던 음성이 귓가에서 내내 떠나지 않았다.

***

보랏빛이 도는 쇼트커트, 밤색 가죽 재킷, 하얀 롱스커트, 빨간 스니커즈.

알렉스가 설명한 전달자의 인상착의다. 나흘 전에는 지하철역 물품보관함을 열어 물건을 배달하라고 시키더니 이번 전달자는 20대 초반으로 보이는 여자였다. 알렉스의 목소리도 남자 노인에서 변성기가 지나지 않은 청소년으로 바뀌었다. 높고 거친 목소리가 "알렉스입니다." 하고 말하는데 채윤은 순간 누군가 장난친다는 생각에 화를 내며 되물었다. 목소리를 변조해도 적당한 어른으로 할 것이지 앳된 목소리는 아무리 일이라고 생각해도 듣고 있는 자체가 놀림당하는 기분이었다.

여자는 가볍게 묵례를 하고 봉투를 건넸다. 마스크로 얼굴을 거의 가렸는데 호기심은 가릴 수 없었는지 채윤에게서 눈을 떼지 못했다. 채윤이 다가서자 난처해하는 걸 보면 이 일을 오래 한 사람으로는 보이지 않았다. 영상 20도가 넘는 날씨인데 헐거운 가죽 재킷에 면장갑을 껴 갑갑해 보였다. 전달자들은 알렉스가 채윤에게 말했던 준수사항을 엄격히 지켰다. 어떤 말도 하지 말고 물건만 건넬 것. 오늘 나온 전달자 또한 묻고 싶은 게 많은 눈치였지만 입을 떼지 않았다. 그건 배달하면서 만난 수취인들도 비슷했다. 채윤은 여자가 물건을 건네고도 한참 동안 쳐다봐 일이 바쁜 척 먼저 몸을 돌렸다.

오늘로써 여섯 번째 의뢰다. 알렉스는 의뢰하는 날짜나 간격은 일정하지 않다고 말했으나 연락 오는 시간이 대략 비슷했다. 학원에서 일을 마치고, 카페에 도착해 커피를 주문하고 숨을 돌릴 때쯤 전화가 울렸다. 첫 통화처럼 채윤을 지켜보며 말하는 분위기는 아니었다. 그는 전달자를 만날 장소와 그들의 인상착의를 건조하게 설명했다. 채윤은 알렉스의 지시대로 약속한 장소에서 전달자나 물품보관함을 통해 물건을 받아 지정된 수취인에게 배달했다. 전달자가 건네는 물건은 수취인의 주소가 적힌 봉투와 물품을 담은 지문인식기였고, 채윤은 전에 사용한 지문인식기를 그에게 반납했다.

지문인식기에 입력된 정보와 수취인의 지문이 일치하면 기계는 자동으로 배달품을 배출했다. 배달품은 다이아몬드형 민트색 알약 여덟 알이 낱개로 포장된 것으로, 시중에서 파는 약과 포장 방식이 비슷했다. 수취인에 따라 패키지는 여덟 알이 포장된 제품 하나에서 네 개까지 다르게 나왔다. 채윤의 역할은 수취인에게 지시사항을 알리고 잘 들었는지 확인한 뒤 테스트용 약을 복용하는 걸 지켜보고, 물품을 전달하는 것이다. 그리고 알렉스가 다음 연락을 했을 때 수취인의 상태를 보고했다. 약은 인체에 닿으면 안 돼서 채윤은 약을 넘기기 전에 수취인에게 라텍스 장갑을 먼저 건넸다.

"제품은 일주일에 두 번, 정해진 시간에 드십시오. 반나절 정도 늦거나 이르게 복용하는 건 괜찮지만 그 이상이 되면 효능이 떨어집니다. 다른 질환 때문에 먹던 약이 있으면 용법대로 같이 드십시오. 복용 뒤에는 30분 이상 안정을 취하십시오. 제품은 반드시 냉장 보관해야 하며, 인체에 닿으면 안 됩니다. 복용할 때는 꼭 장갑을 이용하시길 권합니다. 혹여 제품이 몸에 닿을 경우, 그것을 버리십시오. 오염된 제품을 복용했을 때는 부작용이 생길 수 있습니다. 정상적으로 제품을 복용한 경우에도 몸의 상태에 따라 두통이나 소화기능 장애, 피부 트러블이 간혹 발생합니다. 이는 일시적인 증상이니 특이 증상이 있을 때는 보고서에 일시와 증상을 상세히 기록하시기 바랍니다. 지금으로부터 1주 뒤에 연구소에서 컨디션 체크를 위해 연락할 겁니다. 3개월 뒤에는 직원이 방문해 피검사를 실시하고, 필요 시에는 다른 처방이 더해질 수 있습니다. 마지막으로 제품 체험에 관한 모든 정보는 보안입니다. 보안을 어길 시에는 최초 작성한 계약서에 근거해 위약금을 부과하며, 향후 제품 체험에 관한 일체 권한을 회수합니다. 보안 사항은 체험 이후에도 적용되는 것이니 유념하시기 바랍니다."

제품, 체험, 효능, 증상. 모두 알고 있는 단어지만 그것들이 무엇을 의미하는지 채윤은 정확히 알지 못했다. 채윤도 수취인처럼 일에 관해서 어떤 것도 발설하지 않겠다는 서약을 했다. 서약서의 내용은 기밀을 준수한다는 조항뿐이지만 어길 때는 받은 수당의 100배를 변상하고, 업무상 피해가 발생할 때는 그에 상응하는 추가 배상이 따른다는 단서가 붙었다. 위험한 건 아니죠? 절대 위험하지 않습니다. 위법한 일인가요? 아니요, 위법은 없습니다. 채윤은 알렉스에게 수차례 다짐을 받고 그가 보낸 전달자에게 서약서를 건넸다.

의뢰가 들어오고 배달까지 완료하면 다음 날이면 어김없이 현금 카드에 돈이 채워졌다. 지문인식기를 들고 물건을 배달하는 일은 육체적으로 고되지 않았고, 알렉스의 말처럼 위험한 일도 없었다. 물건을 전달받아 배달 장소로 이동해야 했으나 일주일에 두 번 하는 일은 휴일 없이 일할 때보다 벌이가 나았다. 채윤은 배달을 시작하기 전에 태경이 이상한 조직에 걸려 사기당한 건 아닌지 의심했다. 그러나 일을 하면서 우려했던 상황이 벌어지지 않자 불안에서 차차 벗어났다. 심지어 이번에는 어떤 전달자가 나올지, 알렉스에게 들은 인상착의로 사람을 단번에 알아볼 수 있을지, 매번 목소리가 바뀌는 알렉스의 정체를 추리하며 일을 즐기기도 했다. 빤한 일상에 지쳐 조금 특이한 것에 생동감을 느끼는지 모른다. 아니면 다국적기업 마크가 조그맣게 찍힌 지문인식기와 이 일로 인해 현실을 탈출할지 모른다는 기대와 꿈틀대는 희망, 태경이 마지막으로 남긴 메일 때문에 안도하는지 모른다.

태경은 채윤의 연락을 받지 않고, 메일 한 통을 남기고 파견을 떠났다. 갑자기 해외 목장으로 출장을 가 연락이 안 되는 그의 행방이 궁금할 때도 있지만 올해 안에 돌아온다는 말에 더는 고민하지 않기로 했다. 생각해 보면 그저 아르바이트일 뿐이다.

알렉스한테 연락은 왔지? 나도 그쪽에서 들은 말이 없어서 어떻게 돼 가는지 모르겠다. 그래도 너라면 문제없을 거 같은데. 궁금해하지 않으면 고민할 자체가 없거든. 단순히 생각하고, 부담 갖지 마. 네가 바라는 미래, 그것에 도움 된다고 생각하면 마음이 한결 가벼워질걸? 그냥 고액 알바라고 생각해.

한번은 보고 싶었는데, 해결할 게 많아서 연락을 포기했어. 공항에서 전화할까 하다가 같이 다니는 사람도 있고, 짧게 설명할 일이 아니라서 관뒀지. 아무튼 앞으로 내가 할 일이 대외비라서 가족하고도 연락을 못한대. 그래 봤자 우린 조만간 만나겠지만. 그런데 내가 돌아왔을 때 넌 공부한다고 해외로 벌써 떠나 버린 건 아니겠지?

다시 만날 때까지 잘 지내고 있고, 계속 굿 럭!

— 너의 성공적인 딜리버리를 응원하며, 태경

혹여나 하고 태경에게 답장을 보냈으나 태경은 메일을 읽지 않았다. 며칠 기다렸지만, 전화나 문자도 없었다.

역사 벤치에 앉아 줄을 선 사람들이 흩어지길 기다렸다. 열차가 출발하자 주변이 이내 한산해졌다. 채윤은 무릎에 가방을 올리고, 전달자가 건넨 주소를 펼쳤다. 주소를 쥐고 있는 손이 심하게 흔들렸다. 비슷한 지명을 잘못 본 거라고 여기며 종이를 눈앞으로 바짝 당겼다. 지금까지 받은 주소 중 가장 먼 곳이지만, 가장 익숙한 지명이다. 알렉스는 이번에는 장거리라고, 하지만 교통비를 포함해 평소 수당의 두 배가 지급된다며 다녀올 수 있겠느냐고 물었다. 채윤은 경기 인근, 이를테면 안성이나 포천쯤을 생각하며 수당을 더 준다면 가겠다고 대답했다.

그곳은 채윤이 나고 자란 곳이다. 그러니까 서울로 전학 오기 전, 가족과 함께 살던 곳이다. 채윤은 먹먹한 기분에 손에서 주소를 놓지 못하고 한참 내려다봤다. 열차가 역사로 들어온다는 방송을 듣고서야 핸드폰을 꺼내 주소가 가리키는 정확한 위치를 검색했다. 다만 일이라고 되뇌지만 지명을 누르는 손가락이 자꾸만 오타를 냈다. 가족의 장례를 마치고 14년 넘게 찾지 않은 곳이었다.

사찰로 들어가는 계곡 앞 식당에서 물소리가 들리지 않는다고 툴툴대며 물이 흐르는 소리를 내보겠다면서 동동주를 높이 들고 똘똘똘 입 모양을 내던 엄마가 떠올랐다. 황토가 끝없이 펼쳐진 밭을 뒤지며 영글지 못한 수박을 골라내고는 인상을 찌푸렸던 아빠의 모습도 보였다. 동생 승윤은 휴일에 가족과 같이 간 국화꽃 축제에는 관심이 없고, 아이스크림 기계 앞에 쪼그려 앉아 있다가 아빠에게 등을 세게 맞고 끌려왔었다. "아빠, 나 그냥 구경만 하는 거라고!"

가까운 읍성의 대나무 숲에 바람이 들며 이파리들이 흔들리던 소리가 귓가에 맴돌았다. 아주 오래전에 꾸었던 꿈같기도 하고, 바로 엊그제 있었던 일처럼 생생하기도 했다. 들어간 숨이 막혀 기침으로 억지로 뱉어냈다. 어디인지 기억할 수 없으나 집에서 멀지 않은 낮은 산에 올라 돗자리를 펴고 삼겹살을 구웠던 기억도 아스라이 살아났다. 그때 엄마는 중학생인 채윤에게 이제 다 컸다며 맥주를 따라 주었다. 가족이 교통사고를 당하기 두 달 전쯤 일이었다.

거절할 수 있을까. 차가 없는 채윤이 그곳에 다녀오려면 하루를 통째 들여야 해서 다른 일을 하는 데 지장을 줄 것이다. 주중 오후 네 시까지 잡무를 보는 보습학원이나 주말에 일하는 경마장 중 하루는 일을 조정해야 한다. 영어학원과 도서관도 갈 수 없을 것이다. 아니, 그런 이유보다 그곳을 마주한다는 사실이 두려웠다. 과거의 그곳에 있는 제 모습을 상상할 수 없었다.

채윤은 앱을 열어 지도를 펼쳤다. 자신이 살던 집과 의뢰한 장소가 얼마나 가까운지 손가락으로 가늠해 보았다. 확대하지 않은 앱에서 두 곳의 거리는 겨우 새끼손톱만 했고, 실제로도 4.6킬로미터 떨어진 가까운 곳이다. 서울에서도 버스를 타면 고작 세 시간밖에 걸리지 않는데.

서울에 간다며 들떠 있던 승윤이 떠올랐다. 승윤은 롯데월드에 갔다가 너무 재미있어서 안 돌아올지 모른다며 절대 우리를 기다리지 말라고 채윤을 향해 혀를 길게 내밀었다. 채윤은 까불지 말라면서 동생의 머리통을 세게 내리쳤는데, 그때 아렸던 주먹이 이제는 아무런 느낌도 없다.

***

마을 한가운데 정자를 지나면 사거리가 나와. 거기서 오른쪽으로 쭉 올라가면 저수지가 보이는데, 저수지가 나오기 전에 보이는 끝에서 대여섯 번째 되는 집이 아가씨가 찾는 집이야. 할머니는 검지로 멀리 가리키며 가쁘게 말을 뱉었다.

고속버스터미널에서 내려 군내 버스를 타고 찾은 곳은 초입이 낮은 구릉형 마을이었다. 어귀에서 보면 마을의 안쪽이 보이지 않아 동네 규모가 어떻게 되는지 대략도 짐작하기 어려웠다. 3분쯤 걸은 뒤에 나온 한쪽 지붕이 꺼진 쉼터가 노인이 말한 정자인지, 쉼터를 지나 샛길이 모인 길 가운데를 사거리라고 부르는지. 걷는 길에 물을 사람도 없어 언덕을 따라 위아래로 흩어진 농가 중에 끝에서 다섯 번째 집이 어디인가를 알아내기란 번호표를 떼고 도핑검사를 받으러 온 말 중에 어느 놈이 밤색이고, 어느 놈이 흑갈색인지 분간해 내는 것만큼이나 어려웠다.

채윤이 살던 집과 불과 5킬로미터도 떨어지지 않았는데 인적이 드물어 훨씬 시골로 들어온 기분이었다. 마을에 들어서며 만났던 할머니와 좁은 길을 오토바이로 거칠게 몰아 부딪힐 뻔했던 할아버지가 길을 따라 만난 전부였다.

잘못 찾은 집에서 주소를 재차 확인하고 두 집 건너 아랫집에 서서 큰소리로 사람을 불렀다. 기역자 구조로 된 다홍색 슬레이트 지붕 집은 안으로 들어가려면 높은 마루를 딛고 올라서야 하는 오래된 가옥이었다. 안으로 통하는 문이 세 개였는데, 그중 하나는 나무문으로 부엌과 이어져 있었다. 부엌 입구에 엎드려 있던 개가 채윤이 마당에 들어서 사람을 부른 뒤에야 느리게 일어나 짖었다. 여자아이가 빼꼼히 얼굴을 내밀며 문을 열었다. 열 살 안팎으로 보이는 아이는 긴 머리가 허리까지 내려와 뺨을 가렸고, 입고 있는 반바지는 제 것이 아닌 것처럼 헐렁거렸다. 움직일 때 드러나는 무릎에 각질이 일어나 지저분했다.

"어른은 없니?"

아이는 채윤을 쳐다보지 않고 땅바닥을 보며 고개를 내둘렀다.

"그럼 여기가 배인상 씨 댁 맞아?"

아이가 고개를 끄덕였다. 시선은 여전히 발아래에 두고 있었다. 웅크린 어깨가 낯가림하는 것처럼 보였다.

"아빠, 맞지?"

아이는 고개를 젓다가 애매하게 기울였다. 그러곤 자신 없는 표정으로 고개를 다시 흔들었다. 말을 못하는 아이일지 모른다는 생각이 문득 들었다. 채윤은 가방에서 지문인식기를 꺼냈다. 그러곤 입 모양을 크게 하며 기계를 가리켰다.

"서울에서 배달 왔는데 아빠가 아니면 줄 수 없거든. 연락할 수 있어?"

이틀을 고민하고 내려온 터라 그대로 돌아갈 수는 없었다. 배달을 못한 경우가 없어 수취인을 만나지 못할 때는 어떻게 해야 하는지 몰랐다. 채윤은 알렉스와 마지막으로 했던 통화 내역을 들여다보다 아이에게 문자 보내는 시늉을 했다.

그때 30대 후반 혹은 40대 언저리로 보이는 남자가 문을 벌컥 밀었다. 포니테일로 머리를 묶은 남자는 마루에서 내려오지 않고 채윤을 삐딱하게 내려다봤다. 근육질의 다부진 어깨에 꽉 붙는 청바지와 러닝을 걸치고 있어 세기말 록가수를 떠올리게 하는 외모였다. 인상을 구기며 고개를 숙였을 때 목 뒤로 뛰어오르는 것 같은 흰수염고래 타투가 눈길을 잡았다.

"배인상 씨세요? 이거 배달 왔는데요."

채윤은 가방에서 기계를 완전히 꺼내지 않고 연구소 로고가 찍힌 상판을 슬쩍 보였다. 남자가 고개를 내밀어 쳐다보고는 신발도 신지 않은 채 마루에서 뛰어내렸다. 그는 기계에 부

착된 로고를 다시 확인하더니 세차게 고개를 끄덕였다. 그러곤
흥분을 감추지 않고 가방에 손을 뻗었다. 채윤은 물러서 기계
를 뒤로 감췄다. 아이가 마루 아래 쪼그려 앉아 둘을 흘끔거렸
다.

　채윤은 지문인식기를 들어 인식판에 엄지를 올리라고 남자에
게 말했다. 승인되었다는 알림이 울리자 수취인을 찾았다는 생
각에 비로소 긴장이 풀렸다. 이름을 다시 묻고 지시사항을 빠
르게 읽었다. 남자는 상기된 얼굴로 배달품만 쳐다보며 다 알
고 있다고 크게 답했다. 그는 물품을 받아 곧장 포장을 찢고는
약을 삼켰다. 채윤이 장갑을 건네기 전이다.

　"직접 만지면 안 된다니까요!"

　남자는 웃는 얼굴로 채윤을 쳐다봤다. 채윤이 읽어 준 지시사
항을 듣기나 한 건지 마냥 기분 좋은 표정이었다. 그는 방금 손
을 씻어 깨끗하다면서 받은 약을 얼굴 옆에 들었다. 천진하게
보일 정도로 신난 모습이었다. 신분 확인할 때를 제외하고 처
음으로 입을 연 수취인이다. 채윤은 라텍스 장갑을 직접 끼고
자신의 손을 앞뒤로 흔들며 주의사항을 재차 확인시켰다.

　"잠깐만, 여기 가만히 있어 봐요."

　채윤이 말을 하거나 말거나 남자는 약봉지를 들고 부엌으로
뛰어갔다. 그는 한참 만에 비타민 드링크제를 들고 나왔다.

　"여기까지 왔는데 줄 게 있어야죠. 아주 죄이는 게 하나 있긴

한데, 그건 주면 안 되는 거고. 후와, 처음이라 가슴까지 막 벌렁거리네!"

시간이 많이 지체되었다. 가까이 보이는 저수지 뒤로 해가 45도쯤 기울었다. 지시사항을 무시하고 약을 삼킨 남자가 거슬렸지만 빨리 돌아서야 예전에 살던 집에 들를 수 있다. 지시를 안 따르면 약을 줄 수 없다고 설득하기에는 시간이 모자랐다. 채윤은 손을 댄 약은 버려야 한다고 단호하게 말했다.

"아, 알았다고요. 뭔 말인지 알겠으니까, 이거 다 먹으면 연락은 어디로 해요? 약이 떨어졌다고 누구한테 말하느냐고요. 지난주에 연락 와서 뭐라고 했는데, 잠결에 들어서 까먹었거든."

채윤은 자신이 맡은 일 외에 어떤 말도 듣지 못했다. 배달품이 약이라는 사실도 알렉스나 연구소를 통해서가 아니라 수취인에게 전달하는 지시사항과 포장된 제품, 수취인들의 반응을 보고 짐작한 거였다. 사람마다 수량이 다른 건 증상에 따라 용량이 다른 거라고 혼자 해석했다. 채윤이 말이 없자 남자가 얼굴을 바짝 들이밀었다. 치뜬 눈의 흰자위가 누레 채윤은 반사적으로 얼굴을 돌렸다.

"또 올 거죠? 어렵게 당첨됐는데, 촌구석에 산다고 무시하지 말고 꼭 와야 해요. 오래오래 배달해야 그쪽도 돈 벌 수 있잖아요, 안 그래요?"

채윤은 남자의 몸짓이 불안해 뒤로 물러섰다. 그러곤 배달만 해서 모른다고, 며칠 뒤에 연구소에서 연락할 거니까 직접 물어보라며 손을 저었다. 남자가 채윤의 말에 황당한 듯 어깨를 으쓱하더니 인사도 안 받고 안으로 들어갔다.

채윤은 다 마신 드링크제를 버릴 휴지통을 찾으려 마당을 둘러보았다. 여자아이가 개를 안고 채윤을 쳐다보고 있었다. 고개는 들었으나 시선은 약간 아래에 두어 채윤과 눈을 맞추지 않았다.

"할 말 있니?"

아이는 말없이 고개를 흔들었다. 눈동자가 눈에 띄게 흔들리고 있었다. 채윤은 잠시 아이와 눈을 맞추다 늦었다는 생각에 집을 나섰다. 대문을 지날 무렵 남자가 크게 외치며 따라 나왔다.

"저기, 난 그쪽이 다 아는 사람인 줄 알았지. 그 회사에 보고할 때 내가 말했다고 쓸데없는 소리 하면 안 돼요, 어? 말하면 잘린다며? 이 약이, 나한테는 무지 중요하거든. 절대로 끊기면 안 된다고요!"

남자는 흥분해 말을 쏟아냈다. 그러곤 아이에게 드링크제를 한 병 더 가져오라고 시켰다. 채윤이 괜찮다고 몸을 돌리자 연락처를 달라며 팔을 붙들고 놔주지 않았다. 팔의 근육과 눈매의 강렬함. 주변에는 여자아이와 늙은 개뿐이었다. 채윤이 소리친다 해도 달려올 사람이 있을 것 같지 않았다. 그들을 보고

개가 짖었으나 울음이 약해 소리는 희미하게 사그라들었다. 채윤은 빨리 가야 한다는 생각에 핸드폰 번호를 불러 주고 팔을 힘껏 빼냈다.

사람들은 채윤의 집을 파란 양옥집이라고 불렀다. 푸른, 정확히 말해 파랑보다 옅은 코발트블루 빛에 가까운 기와가 올라간 2층 양옥이었다. 높은 건물이 없는 시골이라 지붕의 선명한 색은 1~2킬로미터 근처에서도 금방 눈에 띄었다. 어릴 때 채윤은 한옥이 아니면 네모난 깡통 같은 가건물을 개량한 집들이 늘어선 마을에서 유일하게 양옥이었던 자신의 집에 은근한 자부심을 느꼈다. 농사를 짓는 대다수와 달리 중학교 과학 선생이던 아빠를 자랑스러워하기도 했다. 아빠가 친구의 벼농사를 거들러 논에 나갈 때면 그런 일은 시골 사람들이나 하는 거라며 농사 짓지 말라고 말도 안 되는 떼를 부리곤 했다.

채윤은 그때와 달라진 풍경에 휘둥그레져 주변을 몇 번이나 둘러보았다. 마을 초입에 주유소와 농약상이 있고, 100미터 앞으로 초등학교가 보이는, 자신의 집이 있던 자리가 분명했다. 그런데 파란 기와가 없었다. 파란 양옥을 둘러싼 한옥과 네모난 가건물들도 보이지 않았다. 대신 그곳에는 15층 아파트 세 동이 널찍하게 간격을 떨어뜨리고 들어서 있었다. 근래 지어진 건 아닌 듯 누렇게 변한 흰색 벽면에는 곳곳에 페인트를 덧댄

자국이 남아 지저분했다. 채윤이 이곳을 떠난 지도 한참 됐지만, 채윤이 떠나고 동네가 바뀐 것도 오래전 일로 보였다.

기억은 실로 이기적이다. 정확히 기억한다고 믿었는데 실상은 그렇지 않았다. 그때로 머물러 있는 기억 속의 풍경들. 채윤은 사소한 것들을 가슴에 품으며 하나라도 흐트러질까 봐 확인을 피하고 살았다. 가끔은 자신의 과거를 머릿속에서 재현해내며 풍경이 변하지 않았다는 사실에 안도하곤 했다. 사고 이후로 고향을 찾지 않은 이유도 행여 바뀌었을지 모를 풍경을 마주할 자신이 없어서였다. 익숙한 유년의 기억이 어그러지면 삶이 통째로 달라졌다는 사실을 인정해야 하니까. 011과 017로 남은 부모의 핸드폰을 서랍에 두고 버리지 못한 이유도 그들과 단절되면 안 된다는 오랜 집착 때문이었다. 그리고 지금, 단절되고 깨진 기억을 오롯이 마주하고 있다.

핸드폰이 울렸다. 알렉스일 것 같지만 받지 않았다. 진동이 줄기차게 울려도 세 개 동의 아파트만 망연히 바라보았다. 땅이 부족한 도시도 아니면서 멀쩡히 있던 마을을 부수고 아파트를 세울 필요가 있었는지, 억울함이 차올라 세차게 가슴을 두드렸다. 전화는 끊겼다가 다시 울렸다. 문자가 들어왔다. 채윤은 그제야 핸드폰을 꺼내 들었다.

─ 아까 한 말 절대로 까먹지 마요. 그 회사에 내 말을 한다든가, 배달을 빼 버리면 가만 안 두겠다고!

아무것도 중요하지 않다. 다음 배달지가 먼 곳이라고 하면 행선지가 어디인지 물을 거니까. 만약 이곳이라면 일을 거절할 것이다. 지시사항을 전달했을 때 수취인이 보인 행동도 알렉스에게 보고할 것이다. 남자를 다른 곳에서 만날 확률은 없고, 우연히 마주친대도 모르는 사람이다.

해가 넘어가고 있다. 코끝에 미지근한 봄바람이 느껴졌다. 서쪽 축사에서 진한 두엄 냄새가 달려들고 있었다. 채윤은 얼굴을 찌푸리며 변하지 않은 기억도 있다고, 냄새가 여전히 고약하다고 말하며 지는 해를 쓸쓸히 바라보았다.

2 연금술사들

⟨믿거나 말거나 그때 그 시절 제3편, 뉴 밀레니엄의 연금술사들⟩

2009년도 노벨 생리의학상은 텔로미어telomere와 그것의 복구 효소인 텔로머레이스가 염색체를 어떻게 보호하는지 규명한 아멜리아 타일러[1] 교수팀에게 돌아간다. 그들은 세포에 대한 기존 학설에 새로운 이론을 추가해 질병의 근본 원인을 밝혀 치료법 개발을 향상시킨 공로를 인정받는다. 이에 학계와 기업에서는 인간이 노화되는 원인이 염색체를 보호하는 텔로미어와 관계있다는 사실에 주목하고, 난치병과 노화 등 인류의 생명과 관련한 치료가 획기적으로 발전하리라 기대를 모은다.

2000년대 초반은 세계 유수 대학과 다수의 제약사가 바이오

---

[1] 2009년도 노벨 생리의학상 수상자는 엘리자베스 블랙번, 캐럴 그라이더, 잭 조스택으로 수상 내용을 소설의 모티브로 삼음.

연구에 열을 올릴 때라 신기술 개발이라는 말은 대중에게 별다른 흥미를 끌지 못한다. 하지만 구글 등 대기업이 조 단위의 개발비를 텔로미어 프로젝트에 투자하고, 하버드 의대에서 쥐를 이용한 실험[2]으로 세포 재생 가능성을 증명하면서 인류에게 불로장생은 꿈이 아니라는 희망을 품게 한다. 이런 흐름에 앞서 대한민국의 A그룹은 비밀리에 바이오 사업을 진행하고 있었는데 이를 아는 이는 드물었다. 증권가 지라시로 모 그룹 회장의 건강 이상설이 돌았으나 '믿거나 말거나' 통신으로 A그룹의 신사업과 연관 짓지 않는다.

A그룹 총수 일가는 유전적으로 건강이 취약한 사람들이다. 창업주는 1960년대 경제개발계획을 발판 삼아 대단한 성공을 이뤘지만, 지병으로 부와 명성을 얼마 누리지 못하고 세상을 떠난다. 그의 아들인 2대 회장은 가족력을 의심하며 건강에 신경 썼으나 그 또한 60세가 되기 전에 심장질환에 시달리며 세계의 유명한 병원을 떠도는 신세가 된다.

현 A그룹 사장 C는 어릴 적부터 조부와 아버지를 보면서 자신도 운명이 비켜 가지 않을 거라고 두려움을 느낀다. 그는 아

---

2 2010년에 구글 등 유수 기업이 텔로미어 연구에 뛰어들었으며, 하버드 의대에서는 생쥐 실험을 통해 노화된 쥐가 다시 젊어지고, 텔로머레이스가 과발현된 경우 암으로 죽게 되는 결과를 확인했음.

버지가 의료산업에 진출해 다양한 시도를 했으나 가시적인 성과를 내지 못했다는 사실을 상기하며 관련 분야에 대규모 투자를 한다. 그 결과 A그룹은 바이오틱스사를 설립하고, 전폭적인 연구 지원을 약속하며 타일러 교수팀의 일부 연구원을 비상임 연구 자문으로 영입하기에 이른다.

A바이오틱스는 하버드대가 실험한 내용을 발판 삼아 수많은 연구 실험을 단행하고, 보다 개선된 노화 정지 약물을 개발한다. 대장균에서 소량 추출한 텔로머레이스를 유전자 치환 효소와 혼합하여 쥐와 돼지에게 투입한 결과, 노화가 정지되는 결과를 확인한 것이다. 이는 약품으로 개발하면 바이오산업으로 세계 시장의 선두에 서는 동시에, 투병 중인 2대 회장과 C 사장의 미래에도 반가운 소식이 아닐 수 없다.

하지만 노화 정지 약물을 인간에게 테스트하기 위해서는 먼저 동물에게 비임상시험을 충분히 실시하고 안전성과 효과를 인정받아야 한다. 타일러 교수팀과 하버드대가 한 실험에서 드러난바 텔로머레이스의 발현은 세포분열을 촉진해 노화를 복구하지만, 암을 발생시켜 죽음에 이르게 하는 등 치명적인 부작용도 따른다. A바이오틱스도 관련 부작용을 연구했으나 완벽히 해결하지 못한다. 때문에 FDA(미국식품의약국)에서는 위험성이 높은 염색체 치료법의 인체 임상시험을 허가하지 않는다.

그러나 C 사장은 바이오산업이 확대되고 있는 상황과 심혈관

질환이 의심된다는 주치의의 경고에 약품을 포기하거나 사람을 대상으로 하는 임상시험을 오래 기다릴 수 없다. 급기야 A바이오틱스는 공개 인체 실험을 포기하고, 비밀리에 조건에 맞는 사람을 선별하여 노화 정지 약물을 투약하는 실험을 강행한다. 임상 대상자가 어떤 사람이고, 제품을 생산하는 공장이 어디에 세워졌는지 드러난 사실은 없다. 다만 당시 연구에 참여한 연구원을 통해 임상 대상자들은 한 주에 두 차례 주사제를 투입했으며, 1년간 유전자 변화 여부를 확인받았다는 증언을 들을 수 있었다. A바이오틱스는 추후 국제 공인을 위해 동물에게 하는 비임상시험도 병행하여 실시한다.

1년이 지나 연구팀은 실험의 성공을 확신하기에 이른다. 약물이 동물에게도, 인간에게도 노화를 정지시킨다는 유의미한 결과를 얻어낸 것이다. A그룹은 노화를 정지시키는 약물을 개발했으며, 동물실험이 막바지에 달했다는 발표를 목전에 두고 FDA 임상시험 심사를 준비한다.

문제는 상업화하기 힘든 가격과 안전성을 여전히 검증하지 못한 것에 있다. 약효가 얼마나 지속되는지, 약물을 복용하거나 복용을 중단할 경우 따르는 부작용 등 안전성을 해결할 기간이 짧았다. 게다가 약품을 개발하는 데 수조 원의 자금이 투입돼 개인에게 판매할 경우 가격이 높을 수밖에 없다. 인권과 생명윤리에 관한 문제가 강화되던 시기라 실험을 확대하기에는 제약이 많고, 비밀리에 투자해 사업비용을 감당하기도 어려운 한계에 봉착한다. 설상가상으로 연구에 참여했던 한 연구원이 동물실험을 충분히 거치지 않고 인체실험을 했다고 내부고발하면서 A바이오틱스는 생명윤리 논쟁에 휘말리게 된다. 연구팀은 사실무근이라고 해명했으나 비난은 그치지 않고, 결국 A그룹은 연구팀을 해체하고 관련 자료를 폐기하기에 이른다.

허무하게 끝난 A그룹의 프로젝트는 사람들의 기억에서 잊히고, 그 연구가 어떻게 되었는지 알려진 뒷이야기는 없다.

*＊＊

고등학교 1학년 여름, 주유소 아르바이트를 시작하면서 채윤은 며칠 연이어 쉰 적이 없었다. 몇 해 전 독감인 줄 모르고 끙끙 앓았을 때도 이틀을 내리 잔 뒤 일하러 나갔다. 그때는 20대 초반이고, 지금은 후반이라 체력이 떨어졌다거나 벌이가 나아져서 누워 있는 건 아니다. 쉰다고 충전되는 일상이 아니고, 집이 주는 휴식을 채윤은 알지 못했다. 도리어 야근이나 밤샘 근무를 한 뒤 받는 수당이 채윤에게는 보상이고, 충전이었다. 그런데도 채윤은 나흘을 내리 누워 있다.

고모는 완두콩과 페퍼민트를 심느라 분주했다. 문을 여닫고, 싱크대에서 물을 받아 방으로 옮기고, 다시 화장실을 드나들며 부산하게 움직이는 발소리가 신경에 거슬렸다. 채윤은 문으로 고개를 돌리다 눈앞에 처진 거미줄을 발견했다. 입으로 불어 내자 가는 실이 잠깐 흔들리더니 도로 앞으로 내려왔다. 방 안에 줄을 치며 내려오는 거미가 매일 일하러 나가는 조카가 집에 있는데 안부도 묻지 않고 제 일에만 열중하는 고모처럼 염치없어 보였다. 거미가 다시 내려오자 빠르게 손을 놀려 거미줄을 낚아챘다. 새끼손톱만 한 거미가 손바닥에서 버둥거렸다. 채윤은 주먹을 쥐어 몸통을 터뜨렸다.

등이 배겨 목과 어깨에 통증이 일었지만 귀찮은 마음뿐이다. 경마장에는 독감이라고 둘러대 병가를 냈고, 학원에는 친척 상을 당했다고 거짓말했다. 며칠 수입이 없지만, 배달로 받은 수당 때문에 두 주 정도는 너끈했다. 그런데 불편한 마음이 도무지 가시지 않았다. 흔적도 남지 않은 옛집, 협박조로 의미 없는 문자를 계속 보내는 배인상이라는 남자, 남자 옆에서 눈치를 보며 자신을 올려다보던 여자아이. 거기에 서울로 돌아와 이틀 뒤 물건을 배달했던 노인까지 머릿속에서 복잡하게 튼 똬리가 풀리지 않았다.

서울로 돌아가는 버스에서 알렉스의 전화를 받았다. 일이 끝나자마자 의뢰가 온 건 처음이었다. 알렉스의 목소리는 점잖은 중년 남자였다. 채윤은 지금껏 받았던 전화 목소리 중 그와 가장 어울린다는 생각을 하면서 앞으로 장거리는, 특히나 자신의 옛집 근처에는 얼씬도 하지 않겠다고 마음먹었다. 하지만 알렉스는 좀처럼 틈을 주지 않았다.

"급하게 두 건을 요청합니다. 모레까지 꼭 처리해 주십시오. 전달자는 내일 오전 일곱 시에 고속터미널역 신세계백화점 지하 입구에 있을 겁니다. 하늘색 미화원 차림의 여성입니다. 수취인들이 어느 때고 물건을 받을 수 있다고 하니 시간이 나는 대로 배달하십시오. 급한 건이고, 중요한 배달이라 이번에도 평소 수당의 두 배를 쳐 주겠습니다."

채윤은 가능하다고 대답하고 그를 불렀다. 하지만 알렉스는 채윤의 말에 대꾸하지 않았다.

"일을 시작하기 전에 말씀드렸습니다만, 다시 한번 말합니다. 수취인이나 전달자들과 지시사항 외에 다른 말은 삼가세요."

중년 남자의 묵직한 목소리 때문일까. 예의에 어긋난 말이 아닌데 전에 받은 어떤 지시보다 고압적으로 들렸다. 채윤은 자신이 마음먹은 것을 확실히 전달하려고 수화기를 막고 깊은숨을 먼저 내쉬었다. 알렉스는 채윤이 말을 거는 걸 듣지 못한 것처럼 주의하라고 말하고는 전화를 끊으려고 했다. 채윤이 목소리를 크게 높였다.

"저기! 보고할 게 있는데요."

무엇이냐고 묻는 목소리에 잡음이 섞여 났다. 잡음도 규칙이 있는 듯 예상치 못한 상황이 되면 더 크게 나는 것 같았다.

"앞으로요, 원거리 배달은 그러니까 차로 두 시간이 넘게 걸리는 곳은 빼 주셨으면 해요."

알렉스가 말이 없었다.

"제가 사정이 있어서…… 그리고 이번 수취인은 지시를 잘 안 따랐고요."

채윤이 수취인에 대한 보고를 하자 알렉스는 한숨 비슷한 소리를 냈다. 잡음이 잦아져 한숨이 더욱 거칠게 느껴졌다.

"수취인은 조치하겠습니다. 그런데 배달자 배치는 제 소관이 아닙니다."

기계음처럼 들리는 무미한 목소리, 그에게 부탁하는 건 애초 규칙에 없는지 모른다. 채윤은 부탁한다고 다시 사정하며 전화를 끊었다.

얼굴과 목소리보다 손이 먼저 채윤을 맞았다. 문틈으로 내민 손에 주름이 선명하게 그어져 나이가 대강 짐작되었다. 일부러 길렀다기보다는 신경을 안 써 막 자란 것 같은 두껍고 지저분한 손톱에 눈살이 찌푸려졌다. 채윤은 남자의 손에서 얼굴로 시선을 올렸다. 이발한 지 오래되었는지 백발의 머리가 귀를 완전히 덮었고, 내려온 머리는 기름져 여러 갈래로 뭉쳐 있었다. 지독히 나는 체취에 채윤은 눈을 맞추지 않고 뒤로 물러섰다. 그런데 언뜻 마주친 눈길이 그 연배에서 볼 수 없는 형형한 기운을 뿜었다. 이름을 확인하고 지문인식기를 들었다. 노인이 기계를 밀어냈다.

"안 하고 싶은데요."

연이어 수취인이 말하고 있었다. 채윤은 노인의 거부에 당황했으나 지문인식기를 다시 내밀고 고개를 끄덕여 보였다.

"어르신, 신분 확인을 안 하면 물건을 드릴 수 없어요."

"필요 없으니까 가져가세요."

공손하게 거절하는 투가 더는 말을 걸 수 없게 단호했다. 채윤은 수취인을 확인하지 않았으나 그의 반응에 수취인이라고 확신했다. 받을 사람이 거절하니 돌아서는 게 마땅한데 걸음이 떨어지지 않았다. 중요한 일이라며 오늘까지 처리하라고 한 알렉스의 지시도 그렇지만, 수취인이 받고 싶지 않다고 배달을 포기하는 건 배달자가 할 일이 아니라는 생각이 들었다. 배달을 못했다고 보고할 방법도 없었다.

"어르신, 그러지 마시고요. 제가, 이걸 꼭 배달해야 하거든요."

노인은 눈을 가늘게 뜨며 채윤을 위아래로 훑어봤다. 하늘색 리넨 셔츠에 베이지색 면바지, 낡아 보이는 검정 슬립온. 채윤이 생각하기에 중요한 물건을 배달하는 배달기사로 적절한 복장이었다. 학생이라고 우기기엔 그렇지만 아직 공부를 생각하고 있으니 학생이라고 말하면서 부탁해도 무리 없을 것 같았다.

"배달을 못하면 수당이 안 나오는데, 제 사정이 좀 그렇거든요. 이걸 반송할 방법도 없고요. 죄송하지만, 받아 주시면 안 될까요?"

눈을 마주치는 게 어딘지 겁나 노인의 손등만 쳐다보고 말했다. 그들은 한동안 어색하게 문 앞에서 대치했다. 노인이 한참만에 지문인식기에 손을 올렸다. 삐이, 하고 확인 벨이 울리며 배달품이 나왔다. 채윤은 노인이 다른 말을 할까 봐 보통 수취인에게 하는 순서와 다르게 물건을 재빨리 건네고, 주의사항을 읊었다.

그사이 노인이 포장을 찢었다. 그가 받은 물건도 알약이었고, 여덟 알씩 낱개 포장된 제품이 세 개 들어 있었다. 그는 찢은 포장품을 바닥에 던져 발로 짓이겼다. 채윤은 노인의 행동에 놀라 주의사항을 말하던 걸 멈추고 엉망으로 밟힌 제품을 주워들었다.

"이러면 되지요? 그쪽에서 연락 오면 잘 받았다고 할 거니까 돈이나 챙겨요."

노인은 미간을 찌푸리며 들고 있는 포장지까지 구겨 던졌다.

어쨌거나 수취인에게 배달했으니 돌아서는 게 맞는지 아니면 떨어진 알약을 가져가 알렉스에게 보고해야 할지, 노인의 돌연한 행동에 판단이 서지 않았다. 처음으로 이 일에서 자신의 역할이 어디까지인지 자문했다. 비록 배달자지만 제품을 함부로 다루면 안 된다는 사실은 알고 있다. 고액의 수당을 받고, 서약서까지 썼는데 배달품이 망가지는 걸 모른 체하는 건 아니라는 생각도 들었다. 하지만 말은 더 나오지 않았고, 노인의 눈치만 보였다.

노인이 다시 채윤을 쳐다봤다. 표정은 여전히 굳어 있었다.

"뭔지나 알고 배달해요? 이걸 준 사람들이 뭐랬어요?"

채윤은 고개를 저었다. 성난 노인에게 뭐라고 말해야 할지, 아니 그가 묻는 말의 정답을 몰랐다.

"그걸 모르면서 배달한단 말이지. 그것도 안 알려주고 일을 시켰단 말이지. 학생도 나만큼이나 참 모자란 사람이네요."

선문답을 즐기는 학원 총무부장을 마주하는 기분이었다. 다만 총무부장을 대할 때는 하는 말에 대강 고개를 끄덕이면 됐는데 노인의 앞에선 아무것도 모르는 자신이 한심해지는, 정말이지 그의 말처럼 모자란 사람이 돼 버린 기분이었다.

"두 달 전이었던가. A그룹 기사, 봤어요?"

채윤은 고개를 다시 흔들었다. 노인의 말을 언제까지 들어야 하나, 그가 자신에게 왜 이러는지 도무지 알아낼 길이 없었다.

"하기사 찌라시 같은 데서 기사가 났으니 그걸 누가 보겠어. 나처럼 거기서 일한 사람이나 미련하게 찾아보는 거지. 시간 괜찮으면 잠깐만 기다려요."

노인은 철제문을 열고 집 안으로 들어갔다. 그러곤 몇 분쯤 지나 긴 구둣주걱과 빳빳하게 코팅한 신문 반쪽을 들고 나왔다. 그는 구둣주걱으로 기사를 가리키며 사진을 찍으라고 말했다. 채윤은 난감했으나 어떻게든 노인의 기분을 맞춰야 할 것 같아 핸드폰을 들었다.

"연구소에서 연락이 오면 당신들이 한 짓을 따져야 하니까, 그쪽 이름이나 불러 봐요."

"저, 저 말인가요?"

노인이 반복해 다그치자 채윤은 주눅이 들어 조그맣게 대답했다. 그는 이름을 다시 묻고는 채윤을 빤히 들여다봤다. 흐린 눈에 힘을 잔뜩 주어 인상이 더 구겨졌다. 그의 성난 표정을 보자니 괜히 이름을 말한 것 같아 후회되었다. 연구소에서 이름을 밝힌 걸 알면 어떻게 받아들일지 모르는데 노인의 돌출 행동에 생각이 멈췄다. 노인은 사진을 잘 찍었나 보라며 구둣주걱을 흔들었다. 그는 다시 채윤을 뚫어져라 쳐다보고는 가는 길에 읽어 보라면서 몸을 돌렸다.

기사는 노인이 말한 대로 두 달 전 주간신문에 실린 거였고, 헤드라인이 〈믿거나 말거나 그때 그 시절 제3편, 뉴 밀레니엄의 연금술사들〉이었다.

  노인에게 배달하고 방문한 다음 집도 노인이었다. 성별만 달
리한 비슷한 연령의 노인. 두 번째 노인은 반가운 기색에 물건
을 받고 허리까지 숙여 인사했다. 노인은 채윤이 보는 데서 약
을 삼키고 주의사항을 알아들었다는 표시로 흐뭇하게 고개를
끄덕였다.

  없어져 버린 자신의 과거와 세상에 오래 존재하려고 버둥댔
던 신문기사 속 사람들. 누워 있는 내내 사라진 고향 집과 포장
된 알약을 생각했다. 기사의 내용과 노인의 말이 사실이라면
채윤이 배달한 건 노화를 방지하는 약일 것이다. 그렇다면 노
인은 약을 왜 거부했을까. 가래가 낀 듯 그르렁거리던 거친 숨
소리와 백내장이 진행되어 흐려진 눈, 나이를 충분히 드러내는
굽은 등은 누구보다 약이 절실한 사람으로 보였다. 노인이 일
했다는 곳이 A그룹의 바이오틱스인지, 기사를 내보낸 신문사
를 말하는지 그가 한 말도 아리송했다. 노인이 받은 제품과 과
거 A그룹에서 생산했다는 약이 같은 종류인지도 알 수 없었다.
지문인식기에는 국내 기업이 아닌 다국적기업 그란셀의 로고
가 찍혀 있었다.

  채윤은 몸을 돌리고 엎드려 누웠다. 허리가 결려 똑바로 누워
있기 힘들었다. 어쩌면 정신없는 노인이 한 말에 큰 의미를 두

고 있는지 모른다. 허름한 반지하 건물에서 나온 여든이 넘어 보이는 노인이 십수 년 전 대기업 연구소에서 근무했을 리 없다. 그가 한 말도 허무맹랑했다. 그런데 얼굴이 잊히지 않았다. 흐렸지만 간헐적으로 보였던 강렬한 눈빛과 확신에 차 높였던 목청. 고모의 과거를 떠올리면 노인의 과거도 며칠 전과 다를 수 있다.

목을 길게 빼 스트레칭을 하고 자리에서 일어섰다. 몇 번 더 배달을 다니면 상황은 명확해질 것이다. 알렉스는 언제든 그만 둬도 된다고 말했고, 높은 수당이 아쉽지만 여기에서 접는다 해도 생활을 예전으로 돌리는 건 어렵지 않다. 유학 대신 해외 취업을 알아보면 돈도 그렇게 아쉽지만은 않다. 시키는 일을 하고 그만한 대가를 받는다면, 그간 해온 일과 다를 바 없다.

채윤은 손바닥에 검게 눌린 거미 자국을 털어냈다. 그러곤 방 안에 내려온 거미줄이 더 있는지 팔을 휘휘 저어 보았다.

***

채윤은 출근하자마자 인사팀의 전화를 받았다. 병가를 처리하려면 진료 내역서가 필요하다는 거다. 왜 독감이라고 둘러댔는지, 생각 없이 뱉은 말을 후회했다.

"겨우 이틀 결근했는데 꼭 제출해야 해요? 병원이 멀어서 다녀오기 힘든데요."

"규정이라서요. 저도 아르바이트생이라 결정권이 없어요. 저희 과장님께 여쭤 봐 드릴까요?"

채윤은 됐다면서 그냥 무단결근으로 처리해 달라고 말했다. 9년 가까이 근무하면서 무단결근은 처음이었다. 인정결근이나 조퇴, 지각도 해 본 적이 없었다. 도핑검사소 직원들에게 부탁하면 다른 사유로 휴가를 처리해 줄지 모르지만 그런 부탁도 내키지 않았다. 며칠 누워 지냈는데 기운은 좀체 나지 않았고, 기분도 풀리지 않았다. 지금 마음으로는 회사에서 당장 그만두라고 통보한다 해도 따지는 게 번거로워 그러겠다고 할 거 같았다. 이해할 수 없는 무기력이었다.

채윤은 의아해하며 다시 묻는 인사팀 아르바이트생의 전화를 끊고 실험실에 들어갔다. 유 과장은 시험관을 흔들고는 시료를 들여다보고 있었다. 실험실에 들어가면 그가 부적 예민하다는 건 알지만 경주가 시작되면 일이 바빠져 말을 걸 틈이 없었다. 채윤은 헛기침을 일부러 크게 하고 유 과장을 불렀다. 들었다는 반응이 없어 실험 테이블을 두드렸다. 얼굴을 들어 고개를 젓는 모습이 방해받아 짜증스러운 낌새였다. 유 과장은 시험관을 시험관대에 꽂고 포스트잇에 작업을 메모한 뒤 의자를 돌렸다.

"과장님, 혹시 최 대리님하고 연락하세요?"

"아, 난 또. 태경인 줄 알았네. 둘은 성별도 다른데 스타일도 비슷하고, 서 있는 모습은 왜 그렇게……. 무슨 일 있어?"

배달하다 보면 윤곽이 잡힐 거라고 쉬는 내내 마음을 돌려세웠다. 하지만 의문은 금세 차올라 몸피를 부풀렸다. 알렉스에게 물어봤자 대답을 거절할 테고, 어쩌면 룰을 어겼다는 이유로 서약서를 들이밀지 모른다. 그는 채윤의 의심을 알아채기라도 한 것처럼 일주일에 두 번 하던 의뢰를 한 주가 지났는데도 하지 않았다. 차라리 쉬지 않고 일했어야 했는데, 쉬는 내내 고민은 꼬리를 물어 배달과 상관없는 옛집의 파란 지붕으로까지 생각이 이어졌다.

"연락할 방법이 없을까요?"

유 과장이 채윤을 물끄러미 쳐다보았다. 그러곤 콧대 중간까지 내려온 안경을 고쳐 썼다.

"절친도 모르는 걸 내가 어떻게 알아. 어쩌면 소장님한테는 따로 보고할지 모르겠다. 지금 경마 개최 회의에 들어가서서 자리에 안 계시니까 이따 열 시 넘어서 소장실로 가 볼래?"

소장으로 발령 난 지 얼마 안 된 사람에게 태경의 소식을 물을 수는 없다. 사실 채윤이 그 일에 매달리는 자체가 쓸데없는 짓인지 모른다. 채윤은 급한 게 아니라고 손을 저으며 나가 보겠다고 고개를 숙였다. 반자동문 앞에 섰을 때 유 과장은 혼잣

말이라고 보기에는 어려운 소리로 떠들었다.

"어딘가 숨어서 경주마 유전자 조작[3]이라도 하는지 모르지. 승원에서도 그랬다고, 거기 연구원이 화학포럼에 유서까지 올렸잖아. 석사도 염색체 연구로 받았으니까 걔한테는 뭐."

정장을 입은 사진 속 남자를 며칠 전 만난 노인이라고 확신하는 데는 긴 시간이 걸리지 않았다. 둥글게 튀어나와 볼의 절반을 차지하는 광대와 콧날 아래 상처처럼 오른 점, 사각턱이 도드라져 유난히 얇아 보이는 입술. 그는 분명히 악취를 풍기고, 눈빛이 형형했던, 약을 받자마자 바닥에 내던지며 수취를 거부한 늙은 남자였다. 이름마저 배달할 때 확인했던 '한성태'였다.

채윤이 놀란 건 게시물 때문이 아니었다. 게시물에 아는 얼굴이 실려서도, 그가 죽었을지 모른다는 정황 때문도 아니었다. 게시물의 내용은 노인에게서 받은 신문기사와 크게 다르지 않았다. 글로 미루어 보면 A그룹은 승원그룹이며, 노인은 승원그룹의 연구원으로 유추되었다. 그의 나이는 15년 전 36세였다. 하지만 채윤이 만난 노인을 생각하면 아무리 병이 들어 늙었을지라도 동일 인물로, 쉰한 살밖에 안 된 사람으로 보기 어려웠

---

3 인공수정을 허용하는 승용마와 달리 경주마는 직접 교배만 허용됨. 경주마 생산의 공정성을 위해 좋은 유전자를 배합해 혈통을 조작할 우려가 있는 인공수정을 '국제협약(IABRW)'으로 금지함.

다. 여든에 가까운, 아니 여든을 훌쩍 넘긴 얼굴이었다. 비에 젖어 우그러진 신문지 같은 손은 고된 삶을 살았다는 흔적으로 보였다. 그는 화학포럼 게시판에 자신이 승원 바이오틱스에서 근무했다며, 아직도 승원은 다른 연구소를 통해 암과 같은 심각한 질병을 유발할 수 있는 노화방지제를 불법으로 인체 시험하고 생산도 계획한다며 유서를 올렸다.

채윤은 남자의 이름인 한성태와 승원 바이오틱스를 구글링했다. 나오는 건 별로 없었다. 2011년, 승원그룹이 사업 지속가능성을 검토한 결과 바이오틱스의 생명연장 연구 사업을 최종적으로 중단하기로 했다는 기사가 두 건 검색되었다. 연구원이었다던 한성태와 자살로 보이는 그의 죽음에 관해서는 어떤 기사도 찾을 수 없었다.

그의 집을 어떻게 찾아갔는지 기억을 더듬었다. 지하철에서 내려 마을버스를 타고 10여 분 들어갔다. 몇 번 버스인지 명확하지 않지만, 오르막으로 구불거리는 길을 따라 나온 부동산 앞 정류장에서 하차했다. 지하철역 근처 버스노선도를 들여다보면 남자의 집을 찾을 수 있을 것이다. 그를 만나지 못하더라도 가족이나 이웃에게 그가 어떻게 되었는지 사정을 물어야 할 것 같았다. 한낱 공상이길 바라나, 자신이 이상한 사건에 휘말린 것 같아 께름칙한 기분을 떨쳐 낼 수 없었다.

며칠 전 한성태의 집에서 몰래 주워 온 약을 가방에서 꺼냈다. 포장은 구겨졌으나 내용물은 용케 망가지지 않았다. 이걸 받은 대부분은 채윤에게 돌아서 은밀하게 미소 지었다. 시골에서 만난 배인상처럼 기뻐 어쩔 줄 모르는 사람도 더러 있었다. 하지만 한성태는 화를 내며 약을 모조리 버렸다. 그리고 생을 끝낸다면서 인터넷 게시판에 유서를 올렸다.

노인이, 아니 쉰한 살인 한성태가 준 기사가 모두 사실일까. 바닥에 버려졌던 알약에 그가 밝히지 않은 다른 비밀도 있었던 걸까. 채윤은 두어 달 배달을 하며 만난 사람들을 되짚어 보았다. 그리고 태경을 다시 떠올렸다.

***

고모는 채윤의 방에 있었다. 뒷머리에 방울토마토의 마른 꼭지가 올라간 채였다. 그녀는 채윤이 안에 들어선 것도 모르고, 마우스를 쥐고 모니터에 집중했다. 고모를 자신의 방에서 본 일은 거의 없었다. 근래 식물의 모종을 사 달라고 부탁할 때도 문밖에서 노크할 뿐이었다. 물건을 찾는 것도 아니고, 빨래나 우편물을 두러 온 것도 아닌데 고모가 자신의 방에, 그것도 컴퓨터 앞에 왜? 방 안에선 낮지만 질퍽거리는 고모의 숨소리와 낡은 컴퓨터가 내는 모터 소리가 간헐적으로 났다. 채윤은 인기척을 내지 않고 낯설어 보이는 어깨를 한참 응시했다. 불을 켜지 않아 모니터에서 번지는 빛이 고모의 주위를 에워쌌다.

고모는 사진이 실린 게시물을 읽고 있었다. 처음에 채윤은 고모가 최근 빠져 있는 가드닝 정보를 들여다보는 거라고 생각했다. 사람이 들어온 줄 모르고 집중할 정도라면 새로 한 모종에 궁금증이 생겨 자료를 뒤지는 중일 거라면서. 한때 그녀는 누구에게도 지기 싫어하는 지적 탐구욕을 자랑했다. 회사에 다닐 때는 전공도 하지 않은 마케팅 실무와 노동법을 독학해 직원을 교육할 만큼 지식을 드러내는 것도 좋아했다. 집에서 기르는 식물 때문에 부쩍 말이 많아지더니 이제는 자료까지 찾아보려나. 활동적인 모습으로 돌아가는가 싶어 기분이 어쩐지 쎄했다.

그런데 고모가 읽는 게시물이 눈에 익었다. 전에 봤던 게시물과 다른 기사였으나 실린 사람이 같았다. 오래전 유행한 것으로 보이는 꽉 끼는 슈트에 폭이 좁은 타이를 맨 젊은 남자, 도드라진 광대 옆으로 머리칼이 뻗친 사진 속 인물은 분명히 그 사람이다.

고모는 채윤이 다가와 손을 얹을 때까지 남자의 얼굴에 시선을 고정했다. 숨을 조금 깊게 쉰다고 생각했는데, 어깨가 심하게 흔들리고 있었다.

"이 사람, 알아요?"

"죽었대."

고모는 손가락으로 모니터를 가리켰다. 손이 떨리고 있었다.

"아는 사람이냐고요?"

고모가 고개를 흔들었다. 처음엔 살짝 흔들다 점점 세차게 내저었다. 고모가 가리키는 손가락 사이로 기사가 보였다. 추진하던 중…… 다수의 연…… 윤리적인 문제가 제기…… 망가…… 태 연구원(36)…… 채윤이 화면을 가린 손을 밀치자 고모가 황급히 전원을 껐다.

채윤은 그때까지 자신이 하는 일이 운명이라고 생각하지 않았다. 그저 어쩌다 벌어진, 살면서 이따금 겪는 특이한 경험을 하는 거라고 여겼다. 하지만 채윤은 뒤늦게 물었다. 자신이 정말 우연히 배달자로 선택되었는지, 아무것도 모르고 이상한 일에 끌려다니고 있는 건 아닌지, 그럼에도 가늠되는 게 왜 하나도 없는지를.

학원 근무를 마치고 온 터라 채윤이 한성태의 집을 찾아갔을 때는 저녁 일곱 시가 넘었다. 지하철에서 내려 20분 넘게 버스 정류장을 헤매다가 전 역과 혼동했다는 사실을 깨닫고 정거장을 돌아갔다. 하지만 마을버스를 타고 내린 뒤부터 나온 길은 채윤이 사는 동네와 비슷해 어렵지 않게 집을 찾았다. 그건 서울로 전학 오면서 보호자가 없다는 생각에 복잡한 길이면 길일수록 잃지 않으려고 지형을 외우는 버릇 때문이었다. 초여름 해가 길어 어둑하지 않은 동네는 겨우 두 번 찾았을 뿐인데 골목이 어딘지 친숙했다.

채윤은 다세대주택의 녹색 대문을 밀고 오른편으로 돌아 계단을 타고 내려갔다. 반지하층에 네 개의 문이 있고, 그 위로 두 개 층이 더 올라간 건물이었다. 사건이 모두 종결되었는지 한성태의 집에는 큰일이 있었다는 어떤 흔적도 남지 않았다. 문 앞에는 세로형 조립식 신발장과 페트병을 모아둔 재활용함, 마트에서 배달된 것으로 보이는 라면상자가 놓여 있었다. 물청소를 한 모양으로 상자 아래가 젖었고, 상자 위로는 긴 구둣주걱이 올려져 있었다. 채윤은 주변을 꼼꼼히 살핀 뒤 문을 두드렸다. 얇은 철문이 덜컹대며 듣기 싫은 쇳소리가 났다. 안에서 들리는 인기척은 없었다. 그대로 돌아설 수 없어 목소리를 내면서 문을 다시 두드렸다. 옆집에서 창문을 열었다.

"밤에 들어와요."

짜증 섞인 목소리가 방충망 너머로 들렸다. 진회색 먼지가 망에 들러붙어 사람의 얼굴은 보이지 않고 그림자만 움직였다. 채윤은 나이 든 목소리에 인사하며 언제 들어오는지 공손히 물었다. 하지만 옆집 사람은 그렇다고, 질문에 맞지 않는 답을 하고선 안으로 들어갔다. 잘 들여다보이지 않아 그가 앞에서 사라진 건 문을 닫는 소리를 듣고 짐작했다.

게시판 글이 사실이라면 밤에 온다는 사람은 한성태가 아니라 새로 이사 온 사람일 테다. 그런데 며칠 사이 이사 온 사람의 사정을 이웃이 알고 말한다는 게 이상했고, 집 앞에 놓인 물건을 명확히 기억할 수는 없으나 지난번 배달하러 왔을 때와 달라진 게 없어 보였다. 라면상자 위에 있는 구둣주걱은 한성태가 기사를 가리키며 흔들었던 거고, 조립식 신발장 맨 아래 칸에 놓인 낡은 슬리퍼는 그가 끌고 나온 신발 같았다. 채윤은 슬리퍼를 꺼내 한참 쳐다보다 옆집 문을 두드렸다. 옆집 사람은 신경질적인 투로 방충망 앞에 다시 섰다.

"아, 밤에 온다고요! 열 시 다 돼서!"

"그, 그분이요. 여기서 오래 사셨어요?"

"오래 살았어요."

"죄송한데 하나만 더 여쭐게요. 그 할아버지, 안 돌아가셨어요?"

"뭐라는 거야. 누가 죽었다는 거예요?"

"그럼, 혼자 사세요?"

방충망 속의 사람은 그렇다며 바쁜소리를 하고 안으로 들어갔다. 채윤이 두 번 더 문을 두드렸지만 대꾸가 없었다.

해가 완전히 넘어가 시야가 어두웠다. 집 앞을 밝히는 조명도 없었다. 옆집 사람이 말한 대로라면 두 시간이 지나면 노인을, 아니 한성태를 만날 수 있다. 채윤은 건물 밖으로 나와 한성태의 집이 보이는 골목을 서성였다. 새벽 한 시가 넘어가도록 주변을 어슬렁거렸으나 그 집으로 들어가는 사람은 아무도 없었다.

***

"다녀오신 곳이군요."

채윤은 알렉스의 말에 가슴이 철렁 내려앉았다. 일을 시작하고 한번도 같은 목소리로 의뢰한 적이 없는데 전화 음성은 한성태에게 물건을 배달하기 전, 전달자의 위치를 알려준 중년 남자였다. 목소리가 바뀌어도 그의 정체는 한 사람이라고 말했으나 채윤이 부탁한 걸 신경 쓰지 않는 뉘앙스가 알렉스는 한 사람이 아니라고, 의심했던 대로 다수 지시인이 데이터를 입력해 여러 목소리로 내보내는 시스템이라고 알려주고 있었다. 알렉스가 누구든, 다녀온 곳이라니 어떻게든 일을 거부해야 했다.

"얼마 전에 방문한 곳인가요?"

"그렇습니다."

"거긴 배정시키지 말라고, 부탁드렸는데요. 수취인이 지시를 무시한다고 보고도 했었고요."

"그렇습니까? 다녀온 사람이 다시 가는 게 효율적이라 배정된 것 같습니다. 본사에서 일괄처리하거든요."

"죄송하지만 가지 않겠습니다."

들어본 적 있는 목소리라 이미 말했다는 생각에 거절이 쉬웠다. 시골의 수취인 따위 어떻게 나오든 채윤의 관심사가 아니다. 다만 자신의 상처를 더는 헤집고 싶지 않을 뿐이다. 수화기에서는 지직대는 잡음 속에 정적이 흘렀다. 채윤은 알렉스가 알아들었다고 판단하며 말을 이었다.

"그리고 걱정돼서 하는 말인데요. 이 일, 진짜 위험하지 않죠? 의심하고 싶지 않은데, 만난 사람들이 좀, 좀 많이 이상해서요."

"배정이 끝났으니 돌리긴 어렵습니다. 그리고 위험한 일은 아닙니다."

알렉스의 답은 명료했다. 그러나 채윤이 듣고 싶은 말과 거리가 있었다. 채윤은 간단한 답이 아니라 이 일을 하는 이유와 수취인들의 정체, 약 배달이 왜 비밀이어야 하는지, 무엇보다도 자신이 배달자로 선택된 까닭을 묻고 싶었다. 하지만 한성태에게 들은 말을 캐물을 수는 없었다. 거기까지 말이 나오면 왜 규정을 깨뜨리고 수취인과 대화를 나눴느냐고, 한성태의 죽음을 이미 알고 있었느냐고 문제 삼을 것 같았다. 실체가 없는 대상은 두려움을 느끼게 한다.

"이번 일을 안 하면요?"

"한동안 일에서 배제될 겁니다. 완전히 제외할 수도 있고요. 그리고 외부에 일이 알려질 경우, 상응하는 조치가 따를 겁니다."

일을 시작할 무렵 했던 설명과 다르지 않았다. 의심하지 말라고, 중간에 그만둬도 된다고, 채윤 말고도 배달 지원자는 많다고. 채윤은 답을 알고 있고, 같은 말을 또 들었지만 다른 대답을 기대하는 것처럼 그게, 하고 말끝을 흐렸다.

고속터미널역 1번 출구, 영동선 방향으로 들어가 처음 보이는 소형 물품보관함 A67. 채윤은 물건을 찾기 전부터 피로감이 몰렸다. 2주 전 방문한 곳이라면 배인상일 터인데, 그를 다시 보는 게 반갑지 않았다. 보안의 이유로 영동선 물품보관함까지 발품을 팔게 한 의도도 짜증스러웠다. 채윤은 반납할 지문인식기를 안으로 밀어 넣고, 주소 봉투와 새 인식기를 가방에 담아 호남선으로 뛰었다.

출발 시간이 얼마 남지 않았다. 예매한 표를 취소하고 다음 버스를 타는 게 나았지만, 채윤은 숨이 차 내뱉지 못할 때까지 승차장으로 뛰었다. 물품보관함과 승차장의 거리를 알아보지 않고 버스를 예매한 탓이었다. 전날도 생각이 많아져 몸을 뒤척이다 새벽 세 시 무렵에야 겨우 잠들었다. 버스를 타면 한숨 자야지 하는 생각도 없이, 다만 10퍼센트의 취소 수수료를 내지 않는 게 달리는 목표라도 되듯 부딪히는 사람을 밀치고 사력을 다해 뛰었다. 버스는 채윤이 도착하자마자 출입문을 닫고 출발했다.

30분가량 넋을 잃은 채로 좌석에 몸을 늘어뜨리고 있었다. 눈은 감지 않았으나 그렇다고 무얼 보고 있는 것도 아니었다. 그저 공허한 상태였다. 버스에는 개봉한 지 한참 지난 영화가 음소거된 채 방영되고 있었다. 한참 만에 핸드폰을 찾으려고 가방과 주머니를 뒤졌다. 가방 구석에 주소가 적힌 봉투가 만져졌다. 절차처럼 누군가 지켜보는지 둘러보고 반으로 접힌 종이를 펼쳤다. 그러곤 안전벨트를 매고 있다는 사실도 잊고 자리에서 그대로 일어섰다. 안전벨트가 갑자기 일어서는 채윤을 제자리에 끌어 앉혔다.

수취인은 배인상이 아니었다. 생각해 보면 알렉스는 행선지를 정확히 말하지 않았다. 다만 다녀온 곳이라고 말했고, 방문한 곳이 어디든 채윤이 다녀온 곳이었다. 평일 오전, 버스는 막힘없이 서울 톨게이트를 빠져나와 안성을 지나서 천안을 향하고 있었다. 채윤이 선명히 기억한다고 믿었던 시골집의 파란 지붕만큼이나 알렉스의 말도 멋대로 해석해 버린 것이다. 배달지는 한성태의 집이었다.

허탈해 웃음이 터졌다. 하지만 명확해진 사실이 두 가지 있다. 하나는 한성태가 아직 살아 있다는 거고, 다른 하나는 채윤이 서울로 돌아가야 한다는 사실이다.

　버스가 천안호두 휴게소에 들어섰다.

* * *

　고모는 며칠 전 컴퓨터 앞에 앉은 이후로 다시 말이 없어졌
다. 정확히 말해 채윤이 한성태를 어떻게 아느냐고 채근한 뒤
부터 대화를 거부했다. 가드닝은 하지만 흥얼거리던 콧노래와
이따금 동의를 구하며 묻던 질문이 사라졌다. 그저 등과 어깨
를 구부정하게 구부리고 화분 앞에 앉아 있을 뿐이다. 조리대
로 물을 뿌리고, 마른 잎을 따내고, 오래된 흙을 갈아엎었다. 익
숙한 모습으로 푹 꺼진 눈두덩에 아이라인을 진하게 그렸으나
방 밖으로 좀처럼 나오지 않았다.

　그런데 채윤이 집을 비우면 고모가 움직였다. 일이 있어 외출
까지 추적할 수는 없지만, 채윤의 컴퓨터를 사용하는 것은 확실
해 보였다. 컴퓨터 의자의 위치, 마우스가 놓인 방향, 자판기에
괴어 둔 잡지의 구겨진 페이지 등이 그대로였고, 하물며 방문한
사이트의 리스트마저 삭제되었지만 채윤은 그녀가 방에 다녀
간 걸 알 수 있었다. 고모는 컴퓨터의 보안 프로그램은 신경 쓰

지 못한 것이다. 보안 프로그램에는 채윤이 방문한 적 없는 사이트와 프로그램을 사용한 흔적이 고스란히 남아 있었다.

고모가 접속한 곳은 세 개의 사이트였다. 며칠 전 넋을 잃고 쳐다봤던 화학포럼 사이트와 한성태가 보여 준 기사가 실린 신문사 홈페이지, 요즘은 잘 사용하지 않는 오래된 메신저 채팅 프로그램이 그것이다. 채윤이 집을 비울 때마다 프로그램을 사용한 걸 보면 필요할 때마다 설치하고, 사용한 뒤에는 바로 지운 것으로 짐작되었다. 핸드폰이 없어 바깥과 연락하려면 다른 수단이 필요했을 것이다.

채윤은 납득하기 어려운 기분에 사로잡혀 프로그램을 사용한 시간을 오랫동안 들여다봤다. 고모는 누구랑 무슨 이유로 연락을 했는지, 통신회사에 근무하는 대학 동기에게 알아보면 내용까지 확인할 수 있을지. 머릿속에서는 시끄러운 잡음이 계속해서 돌아갔다. 어쨌든 몇 가지는 유추되었다. 고모는 사진 속의 남자, 한성태와 아는 사이일지 모르고, 그를 모른다 해도 한성태가 건넨 기사에 나오는 사건과 관계되었을 가능성이 있다.

한성태가 안으로 들어오라고 손짓했다. 길고 갈라져 지저분했던 손톱은 정리했고, 구김이 있으나 셔츠도 한결 말끔했다. 머리는 이발했는지 지난 방문 때 보이지 않던 귀가 보였다. 귓불이 두꺼워 복이 많을 거라고 어릴 때 칭찬을 자주 듣던, 자신과 비슷한 귀를 가졌다. 채윤은 죽었을지 모른다고 생각했던 사람이 태연히 걸어 나오자 할 말을 잃고, 인사를 바로 하지 못했다. 한성태는 채윤의 뒤편을 유심히 둘러보고는 아무도 없다면서 작게 웃었다.

채윤은 허둥지둥 가방에서 지문인식기를 꺼냈다. 그러자 한성태가 손가락을 입술에 갖다 대고는 인식기를 뺏어 안으로 가지고 들어갔다. 당황한 채윤이 뭐 하는 거냐고 외치자 그가 바로 뛰어나왔다.

"도청이 의심돼서 화장실에 숨겼어요. 이따 돌려줄게요. 밖에서 말하기는 곤란하니까 잠깐 들어올래요?"

"여기서 말씀하시면 안 될까요?"

"보다시피 힘없는 노인이라서 별일 없을 거니까 걱정하지 말아요."

화장실이 딸린 반지하 단칸방이었다. 개수대 옆에 한 칸짜리 싱크대가 있고 싱크대 위로는 휴대용 가스레인지가, 그 옆으로는 소형 냉장고가 놓였다. 간소한 주방은 방과 분리되지 않고 같은 공간을 차지하고 있었다. 지난번 방문했을 때 옆집 사람이 안으로 사라져 방이 두어 개는 될 거라고 짐작했는데 예상보다 좁은 곳이었다. 불을 켜자 열에 그을린 전등 안에서 나방이 정신없이 날갯짓했다. 공기 중에는 청소를 막 한 것 같은 진한 락스 향과 그러함에도 가리지 못한 하수구 냄새가 섞여서 났다. 현관을 바라보는 벽 상단에 조그만 창이 있고, 창의 반대편에는 긴 화분 하나와 둥근 화분 두 개가 한 줄로 놓여 있었다. 가까스로 들어온 오후 햇빛에 잎사귀가 반짝였다.

한성태가 방석을 내밀며 앉으라고 했지만, 채윤은 사양하고 바닥에 꿇어앉았다. 나방의 날갯짓에 빛이 번잡하게 움직여 그들 주변으로 음영이 일렁였다. 한성태가 오렌지 주스 병을 채윤 앞에 놓았다.

"많이 놀랐죠?"

무엇에 놀랐냐고 묻는 걸까. 돌이켜보면 채윤은 한성태를 만나기 전, 태경이 일을 제안할 무렵부터 익숙한 것들이 혼란스러웠다. 뒤늦게 따라 들어오는 게 아니었다는 후회가 들었다. 좁은 방에 남자와 둘이 있어서 불편한 건 아니었다. 그의 말마따나 그는 기운 없는 노인으로 보였고, 판단하기는 이르나 전과 다르게 분위기가 온화해졌다. 그런 것보다 신경 쓰이는 건 악취가 섞인 살균제 냄새와 곰팡이가 피어 위로 말린 벽지, 화장실에서 뚝뚝 떨어지는 물소리였다. 갑작스러운 태도 변화가 더욱 경계심을 품게 했다. 하지만 채윤은 지금까지 들었던 의문을 풀어야 한다는 생각에 움츠러드는 몸을 억지로 펴고 시선만 아래에 두었다.

"내가 누군지 알죠? 그래서 또 찾아온 거고요."

채윤은 꿇은 다리가 불편해 한성태가 내놓은 방석을 끌어왔다. 표면이 해져 방석을 가져오는 데 방석 커버에 손가락이 걸렸다. 한성태는 대답을 기다리는 것처럼 말을 쉬고 채윤을 응시했다.

"죽었다는, 아니 끝내신다는 글을 봤습니다."

한성태는 그걸 어떻게 봤느냐며 고개를 흔들고 웃었다.

"집이 더럽죠? 청소한다고 했는데 기력이 달려서 꼼꼼하게는 못하고 살아요. 뭐가 보여야 더러운 것을 치울 수 있는데, 몸이 이렇다 보니 벌이가 시원찮아서 청소기도 쓸 만한 걸 못 사고. 그렇다고 신체 나이를 인정해 줘 노인수당을 받는 것도 아니고요. 주민등록상으로는 엄연히 장년이거든요."

채윤은 한성태의 말에 어떤 대꾸도 하지 않았다. 그의 말을 이해하려고 해도 아는 게 없었다. 이해한다는 어설픈 표정을 지어 오해 사기도 싫었다. 다만 지금 상황이 불편해 시선을 피할 뿐이다. 한성태는 채윤에게 건넨 오렌지 주스를 도로 가져가 한 모금 마셨다.

"내가 거기 연구원이었어요."

유서를 읽은 터라 그의 말이 놀랍지 않았다. 다만 연구원이 어떻게 임상시험자가 되었는지, 어쩌다 노인이 돼 버렸는지, 그보다 자신이 이런 일을 해야 하는 이유와 그에게 이런 말을 왜 들어야 하는지 몰라 속이 답답했다.

"꼭꼭 숨어서 지냈는데 어떻게 찾아냈는지⋯⋯. 하긴 실험을 중단한 뒤에 약을 다시 복용하면 어떤 증상이 나타나는지 궁금했겠죠. 접때 찾아와서 하는 말이 임상 약을 먹으면 나이를 돌릴 수 있다더군요. 아무렴 내가 거기 연구원이었는데 그걸 모를까. 자연은요, 빨리 갈 수는 있어도 되돌리긴 힘들어요. 대가 없이 시간을 거스르겠다고? 어디서 사기를 쳐!"

한성태는 입을 쩝쩝거리고는 남은 주스를 마저 들이켰다. 채윤은 숨을 몰아쉬고 한성태를 쳐다보았다. 무슨 생각으로 자신을 앞에 앉혔는지 알 수 없었다.

"유서는 왜 쓰셨어요?"

"나 좀 내버려 두라고, 제발 내버려 두라고 경고한 거예요. 그랬더니 그쪽을 또 보냈네요."

듣기 싫었던 화장실 물소리와 바로 옆 냉장고 소음이 더없이 고마웠다. 물소리가 끊기고, 냉장고 소음이 멈출 때마다 한성태의 숨소리가 더욱 거칠게 느껴졌다. 반지하 좁은 창 너머로 사람들이 지나는 소리가 간간이 들렸다. 한성태는 알 수 없는 말을 계속 늘어놓았다.

"저는, 배달밖에는 몰라요. 실은 저번에 주신 내용도 모르겠고요. 그 약이, 제가 가져온 약이 노화를 멈추는 것 아니었어요? 그런데 왜 이렇게 되셨는지, 아니 저한테 왜 이런 말씀을 하시는지."

"명은주 이사 조카인 거 같아서 다 아는가 했더니 아닌가 봐요. 그럼 잘 모르고 여길 왔어요?"

채윤은 명은주라는 이름에 생소함을 느끼다 한참 만에 고모란 사실을 깨달았다. 순간 놀라 한성태를 올려다봤다. 한성태는 무심한 얼굴로 말을 이었다.

"그래도 대강 알 테니까⋯⋯. 연구소에 있을 때 염색체를 보호하는 텔로미어와 노화의 상관관계를 분석해 제품에 적용하는 게 우리 팀 과제였어요. 그런데 그게, 참 혁신적인데 치명적인 문제가 있단 말이죠. 텔로미어가 보존되면 염색체를 보호해 노화를 막지만, 동시에 암세포 분열도 가속화돼 종양으로 발전할 가능성이 커져요. 한마디로 죽을 수도 있단 말이죠. 나는 가끔 그때 임상에 참여했던 사람들이 궁금해요. 승원에서 사업을 포기한다고 발표하고도 인체 임상시험을 계속했거든요. 그 사람들은 지금 아무 문제 없을까. 나처럼 부작용에 고통받는 사람이 있지 않을까. 나는 약물을 끊고 암은 아니지만 노화가 몇 배로 빨라졌거든요. 하긴 세월이 흘렀으니 개선됐을지도 모르겠네요. 주사제에서 알약으로 바뀐 걸 보면."

한성태는 느리게 눈을 깜빡였다. 그가 말한 대로 그건 쉰한 살의 눈 깜빡임은 아니었다. 채윤은 빨라지는 호흡을 누르고 입을 열었다.

"죄송한데요. 아까 말씀하신 분, 명은주라는 사람. 제가 아는 사람은 아니죠?"

한성태는 눈을 가늘게 떠 채윤을 쳐다보고는 맞을 거라며 재차 이름을 물었다.

"나도 가물거리는데……. 명 이사가 임상시험자 연결을 책임 졌잖아요. 국내인지, 해외인지 협상을 했다고 연구소에서 들었는데, 맞죠? 그걸로 다니던 회사에서 초고속 승진한 거 아니냐고 팀원들이랑 웃었던 기억이 나요."

14년 전, 고모는 회사에서 본부장으로 승진했다. 잦은 출장 뒤로 기억한다. 채윤이 가족을 잃고 보육원에서 서울로 올라와 고층에 혼자 남겨진 게 두려웠을 때다.

한성태는 채윤이 알고 있는 것으로 단정하고 말을 이었다. 하지만 채윤은 그의 말을 이해할 수 없었다. 허투루 들으면 안 된다는 생각에 다리 밑으로 손을 넣어 허벅지를 꼬집었으나 한성태가 하는 말은 귓가에서 새어나갔다.

"동물 임상도 완료하지 않고 인체 시험을 했다고 밝혀지면서 연구소는 사업을 접겠다고 발표하고, 내부에서 임상시험 자원자를 뽑았어요. 연구가 한창이었는데 당장 실험이 어려우니까 자구책을 쓴 거죠. 대상자에게는 보상금과 승진을 미끼로 걸었고요. 그때 우리는 부작용이 있더라도 계속 복용하면 큰 문제는 없다는 실험결과를 믿었죠. 여러 팀에서 부작용에 관한 프로젝트를 동시에 진행하고 있었거든요. 각 파트에서 하는 연구가 철저하게 보안에 싸여 전체 상황을 파악할 방법은 없었고요. 연구에 열을 올릴 때라 그대로 엎어지면 안 된다는 절박함이 젊은 연구자들 사이에서 팽배했죠. 한데 시간이 지나고 보니 그런 위기감도 위에서 조종한 게 아니었는지, 임상 대상자는 자원이 아니라 이미 정해져 있던 거고요. 나이나 신체조건, 유전, 병력 같은 요소를 전부 고려해서 말이죠."

한성태의 목소리가 조금 빨라졌다. 채윤은 머릿속이 복잡해 고개를 떨어뜨렸다. 한성태의 사연에서 고모가 왜 튀어나오고, 자신이 왜 이런 얘기를 들어야 하는지 이해가 안 가 현기증만 났다. 잔모래 같은 껄끄러운 것들이 손바닥에 만져졌다.

"그런데 저는 왜 끌어들였을까요? 저를 어떻게 알고요?"

한성태는 하던 말을 멈추고 고개 숙인 채윤을 내려다보았다. 그는 채윤이 고개를 들 때까지 기다렸다가 눈을 맞췄다. 턱수염을 매만지며 쳐다보는 눈길이 다시 날카로워졌다.

"하겠다고 자원한 거 아니었어요?"

채윤은 세차게 고개를 저었다.

"그게 아니라고요? 그렇다면, 승원이 명 이사가 필요해서 그쪽을 먼저 엮었나? 성도 특이하고, 인상이 명 이사랑 하도 비슷해서 저번에 다녀간 후에 뭔가 있을 거라고 생각했거든요. 사실 배달하는 사람이라고 해도 보안 때문에 아무나 그 일을 시키진 않아요. 신원조회를 철저히 하고, 내부에서 보증해 줄 사람이 있어야 뽑죠. 난 나까지 끌어내리려고 배달자를 계속 보낸다

고 생각했죠. 그래서 오늘은 무슨 속셈이냐고 차분히 따질 생
각이었는데, 그게 아니라고요? 그럼 그쪽은 임상 대상자로 뽑
았나? 뒤탈 없을 사람이고, 없어져도 찾을 사람이 없어서 그랬
을 수 있긴 한데……. 그것까진 잘 모르죠? 승원이라면 적당한
대상을 골라내는 거야 일도 아니니까. 정말, 아무것도 모르고
날 찾아왔어요?"

***

채윤은 시료를 들고 수의사를 기다렸다. 시료대에 올린 소변
이 찰랑거려 여간 신경 쓰이는 게 아니었다. 덮개로 단단히 막
았으나 움직이면서 소변이 샐까 봐 들고 있는 손가락에 잔뜩 힘
을 주었다. 집중할 게 있어 다행이라는 생각을 하면서도 마음
은 계속 다른 곳을 향했다. 고모와 한성태, 알렉스와 승원은 어
떻게 이어진 걸까. 그 와중에 자신은 왜 이 판에 끼워졌는지. 승
원이 임상시험자로 자신을 미리 뽑아 무슨 작업이라도 하려고?
아무리 굴려 봐도 퍼즐이 맞춰지지 않았다.

"야! 딴 데 좀 틀어!"

진료대기실에서는 마펄 진료접수를 담당하는 아르바이트생

이 핸드폰 게임을 하며 TV 채널을 바꾸라고 다른 아르바이트생에게 소리쳤다. 설치된 세 대의 TV 중 양옆 두 대에는 진료실과 진료대기실로 향하는 입구를 감시하는 화면이 송출되었고, 가운데 가장 큰 모니터에는 뉴스가 방송되고 있었다. 뉴스가 나오는 화면은 원래 경마 중계를 확인하는 용도로 사용하는 거였다. 경마장의 다른 곳도 그렇지만 아르바이트생들은 경주 사이 쉬는 시간에 직원이 자리를 비우면 채널을 다른 곳으로 돌렸다. 보통은 아이돌이 나오는 음악 프로그램이나 재방송되는 예능 방송이었다. 진료접수 아르바이트생들도 뉴스가 끝나면 나오는 다른 방송을 기다리고 있을 터였다.

아나운서 옆으로 승원그룹의 로고와 회장의 얼굴이 나란히 보였다. 채윤은 다음 도핑검사가 언제인지 시간을 확인하고 TV로 시선을 돌렸다.

"승원그룹 최두현 회장 소식입니다. 어제 오후, 병원을 방문하는 최 회장의 모습이 저희 뉴스 카메라에 포착되었습니다. 그가 비공식적이나마 얼굴을 드러낸 건 15년 만에 처음입니다. 최 회장은 15년 전, 기업 승계를 위한 긴급 이사회를 개최한 뒤로 외부에 일절 모습을 보이지 않았습니다. 간간이 병상 생활이 보도되었으나 승원그룹의 공식자료가 아닌 관련 업계의 비공식적인 루트에 근거한 추측성 보도였는데요.

현재 최 회장은 자택에 기거하며 통원 치료를 받는 것으로 전해지고 있습니다. 휠체어에 앉은 일흔여덟이 된 모습이 마지막으로 카메라에 담긴 몇 년 전보다 건강해 보여 업계에서는 그가 그룹에 복귀하는 게 아닌가 하는 전망이 조심스럽게 흘러나오고 있습니다. 승원그룹에서는 현재까지 회장의 거취를 표명하지 않고 있습니다."

진료접수 테이블에 시료대를 올리고 핸드폰을 꺼내 '최두현'을 검색했다. 프로필 아래로 지난 기사와 이미지 몇 건이 검색되었다. 아나운서의 말대로 뉴스에 비친 그의 모습은 가장 최근 기사로 검색되는 60대 초반 사진보다 안색이 밝았다. 영상을 보정했을 수 있으나 휠체어를 타지 않았다면 영락없이 현역에서 활동하는 왕 회장의 모습이었다. 그를 보자 갑자기 늙어버렸다는 51세의 한성태가 떠올랐다. 아나운서는 곧 중계될 메이저리그 경기에 우리나라 선수 셋이 나란히 출전한다며 건승을 비는 클로징 멘트를 했다.

아르바이트생이 부리나케 경주 화면으로 채널을 돌리고 자리에 앉았다. 진료대기실 입구로 수의사가 들어오는 모습이 화면에 잡혔다. 채윤은 의구심을 가진 채 TV에서 시선을 거두고 복도로 나갔다. 그러곤 수의사에게 6경주 도핑 시료라며 소변을 건넸다.

신입은 나름 여유를 찾은 듯했다. 시료 채취실에 들어가기 전에 숨을 길게 내쉬고, 나올 때면 21세기가 된 게 언제인데 아직도 더러운 오줌과 잔인한 피로 도핑검사를 하느냐고 불평했지만 적어도 말이 흥분할 때 같이 날뛰지는 않았다. 채윤이 듣기에 마냥 가벼운 휘파람도 암실에 갇힌 경주마에게는 자극이 되는지 지난주부터는 채윤보다 소변을 잘 받아 냈다.

신입이 말의 생식기에 소변대를 대고 휘파람을 불었다. 채윤은 반대편 벽에 붙어 신입과 말을 지켜보았다. 신입의 휘파람은 길고 가늘게 울리다가 끊겼고, 그러다 다시 음을 높였다. 굵고 안정적인 채윤의 휘파람과 달리 예측되지 않는 리듬이었다. 도핑에 익숙한 경주마들은 채윤이 휘파람을 불면, 아니 시료 채취실에 끌어다 놓으면 소변볼 준비를 한다. 그건 휘파람에 의한 조건반사라기보다는 정해진 순서에 의해 길들여진 습관이었다. 채윤의 휘파람은 습관을 상기시키는 순서 중 하나이고, 오줌을 눌 시간이라는 익숙한 신호다. 그런데 신입의 휘파람은 채윤의 것과 달랐다. 경주마들은 그의 신호를 듣고 뒷걸음질을 치며 소변대를 거부하다가 이내 힘없는 오줌을 갈겼다. 마치 진짜 겁먹고 소변을 보는 것처럼.

바지 주머니에서 진동이 울렸다. 채취실에 들어오기 전에 무음으로 핸드폰을 돌려놓는 걸 깜빡 잊었다. 오줌을 누던 경주마가 소리에 반응해 몸을 작게 흔들었다. 채윤은 다급히 핸드폰을 꺼내 수신 거부를 눌렀다. 화면에 '태경 선배'가 깜빡이다 꺼졌다. 채윤은 채취실에 있다는 사실도 잊고 핸드폰을 쥔 채 허둥지둥 밖으로 뛰어나갔다. 경주마가 보호벽에 부딪치는 소리가 뒤에서 요란하게 들렸다.

끊긴 전화를 다시 걸었지만 연결되지 않았다. 경주마의 갑작스러운 기립에 신입은 고삐를 움켜쥐다가 어깨에 부상을 입었다. 채윤은 신입을 병원으로 데려가는 중에도 핸드폰을 놓지 않았다. 무슨 일 때문에 이 시간에 연락했을까. 그런데 왜 또 전화를 안 받는 거야! 전화는 계속 연결되지 않았고, 뉴스 채널에서는 최 회장의 소식이 주요 뉴스로 다뤄졌다.

***

일주일에 두 번 들어오던 의뢰가 세 번으로 늘었다. 승원 회장이 모습을 드러내면서부터였다. 채윤은 일이 늘어 수당이 올라가는 걸 마냥 기뻐할 수 없었다. 의심되는데 발을 넣고 기다리는 찜찜한 기분. 하지만 일은 거부하지 않았다. 오히려 전에 없이 전달자를 예민하게 살폈고, 수취인과 그들을 둘러싼 주변을 유심히 관찰했다. 그들 중에서 가장 주의 깊게 지켜본 대상은 고모였다.

지난주에는 30대로 보이는 여자와 60대쯤으로 보이는 남자, 여든 살이 넘는 걸로 추측되는 부부에게 물건을 전달했고, 이번 주에는 40대가 넘어 보이는 남녀와 그보다 나이 들어 보이는 남자 둘에게 배달했다. 배달 연령은 30대 이상으로 다양했으나, 성비는 남자의 비율이 현저히 높았다. 그건 지금까지 배달했던 다른 수취인을 떠올려도 비슷한 양상이었다. 그런데 지금껏 보이지 않던 것들이 조금씩 보이기 시작했다.

한성태의 말을 곱씹으며 그간 배달했던 수취인들을 분류해 보았다. 배달을 가면 몇몇은 겁에 질려 있기도 했지만, 거의 채윤을 반겼다. 그리고 채윤이 가져온 배달품을 품에 소중히 안았다. 배달지는 아파트나 오피스텔, 배인상이 사는 시골집 같은 곳도 있었으나 한성태가 사는 주택보다 못한 곳이 대부분이었다. 버스와 지하철 같은 대중교통을 몇 번 갈아타고도 발품을 상당히 들여야 하는 곳, 부유보다는 지원이나 보조 같은 단어가 어울리는 사람들이었다. 채윤은 한성태의 말이 무슨 뜻인지 서서히 실감했다. 자신이 이 일에 선택된 까닭도 어렴풋이 알 것 같았다.

도로와 맞닿은, 담이 없는 집이었다. 문이 열리자 방이 바로 나와 채윤은 놀라서 옆으로 비켜섰다. 쓰레기더미라고밖에 표현 못할 공간에서 할머니가 우두커니 서 있었다. 할머니는 속

살이 비치는 반팔 내의를 상의로 걸치고, 하의는 정강이까지 내려오는 속바지를 입고 있었다. 겉옷을 덜 입은 것 같은 차림에, 채윤과는 시선도 제대로 맞추지 못했다. 심하게 흔들리는 눈매가 정신이 멀쩡한 사람으로 보이지 않았다. 노인은 낯선 이름을 부르며 채윤의 손목을 덥석 잡았다.

"오빠, 정기 오빠!"

그녀는 채윤의 성별을 착각하는 것으로 보였다. 채윤은 괜히 무안해져 짧은 머리를 뒤로 쓸어 넘겼다. 하지만 노인이 놀랄까 봐 잡힌 손은 빼내지 않았다.

"어르신, 댁에 다른 분은 안 계세요?"

크게 묻는 소리에 할아버지가 나와 채윤을 붙든 할머니를 거칠게 떼어냈다. 할아버지는 굳은 얼굴로 할머니를 잡아끌어 안으로 데리고 들어갔다. 한참 만에 할아버지가 문 앞에 섰다.

"뭐요?"

"이걸, 배달하러 왔는데요."

채윤은 지문인식기를 할아버지에게 보였다. 할아버지는 안으로 들어가 돋보기를 쓰고 인식기에 찍힌 연구소 로고를 확인했다. 그는 야멸치게 손을 저으며 몸을 돌렸다. 노인이 움직일 때마다 방에서 시큰한 지린내가 풍겼다.

"아들놈이 보낸 것 같은데 안 받고 싶소. 우리가 여기서 무슨 영광을 보겠다고 이딴 걸 먹어? 미친 새끼."

채윤은 수취인이 할아버지인지, 안으로 들어간 할머니인지 분간할 수 없었다. 할머니의 건강이 양호해 보이지 않았지만, 안색이 어두운 할아버지도 건강한 사람으로 보이지 않았다. 이름도 하필이면 김준영이라 성별을 가늠하기 어려웠다. 배달을 가면 대부분은 이름을 부르기 전에 받을 사람이 나와 신원을 확인하는데, 이곳에선 아무도 자신을 알은체하지 않았다. 약을 거부하는 두 번째 사람이다.

"보시오. 사는 꼴이 이 모양인데, 오래 살아봤자 그게 사는 거냔 말이지. 나도 암에 걸려 오늘내일하지만 내 것까지 챙겨준대도 사양하고 싶소. 우리가 언제 지들한테 손 벌렸다고, 즈이 엄마 붙들고 가서는 이딴 걸 신청해? 그 회사도 그렇지, 어려운 사람 돕고 싶으면 돈을 대든가. 차라리 간병인을 붙여 달란 말이야!"

수취인은 할머니였다. 그러나 할아버지는 채윤이 할머니를 보도록 허락하지 않았다. 안을 흘깃 들여다보니 할머니는 구석에 묶여 있었다. 채윤은 한성태에게 했던 것처럼 노인을 다시 설득했지만 몇 마디 욕을 더 들었을 따름이다. 노인은 문을 걸어 잠그고 불러도 나오지 않았다.

한 번도 생각해 보지 않았다. 늙는 것을 고민할 나이도 아니지만, 젊다는 것에 의미를 두고 살지 않았다. 그래서 젊음과 늙지 않는 것을 거부하는 사람에게 무슨 말을 해야 하고, 어떤 감정을 느껴야 하는지 알지 못했다. 돌리고 싶지 않은 젊음, 돌려 봤자 아프기만 한 과거. 중병에 걸린 노인이라면, 병에서 헤어나와 건강한 삶을 살아도 고통스러운 시간만 길어진다면, 반복될 삶의 여정을 빤히 알고 있다면.

채윤은 집으로 돌아가는 내내 고민했다. 길거리에서 무수한 얼굴을 스치고, 낯선 이를 돌아보면서 노부부를 떠올렸다. 사람을 보고 반가워 달려나와 손을 꼭 붙든 할머니와 사람이 그저 짜증스러워 문을 굳게 닫아 버린 성난 할아버지. 집에 도착할 무렵 채윤은 할아버지를 어느 정도 이해할 것 같았다. 자신도 14년 전 과거로는 돌아가고 싶지만 바로 다음 해라면, 터널 사고가 난 다음 날이라면 시간을 절대 돌리고 싶지 않으니까. 그 시간 이후로 채윤에게 과거는 추억이라는 허술한 단어로 따스하게 기억되지 않았다. 어느 날 낯선 이에게 술을 얻어 마시고 하룻밤 만에 20년이 흘러 버렸다는 '립 밴 윙클'처럼 채윤은 자신이 일시에 늙어 가족에게 갈 날이 가까워졌으면 좋겠다고 자주 바랐다.

채윤은 배달하지 못한 약이 들어 있는 지문인식기를 흔들어 보았다. 흔들리는 기계에서 제품이 부딪치는 소리가 공허하게 들렸다. 모든 젊음이 아름다울 수 없고, 모든 과거가 그리움으로 말끔히 포장되지는 않는다.

3 황금사과를 품은 거위

지문인식기가 사라졌다. 가방은 지퍼가 채워진 채였고, 사람이 다녀간 흔적은 보이지 않았다. 채윤은 안방 문에 얼굴을 붙이고 귀를 기울이다 슬며시 문을 밀었다. 방에는 아무도 없이 상추 한 포기가 화분 옆에 뽑혀 있고, 서랍장 위에는 로션 뚜껑이 열려 있었다. 장롱을 열자 이사 오면서 유일하게 남겨 두었던 고모의 정장이 보이지 않았다. 단 몇 분 전, 채윤이 샤워하러 욕실에 들어갔을 때만 해도 고모는 분명히 집에 있었는데.

배달하지 못한 물건과 없어진 지문인식기, 소리 없이 외출한 고모까지. 채윤은 빠르게 상황을 연결했지만 무얼 먼저 해야 할지 판단이 서지 않았다. 알렉스에게 어디까지 보고해야 하나. 배달하지 못한 것은 사실로 말할 수 있으나 없어진 지문인식기와 의심되는 고모를 해명할 수 없었다. 문득 한성태가 떠올랐다. 그는 고모를 알고 있고, 고모가 과거에 했다는 일과 현재 연구소에서 하는 일도 자신보다 많이 알고 있다. 적어도 그라면 자신보다 나은 답을 갖고 있을 것 같았다.

오후 여섯 시가 될 무렵, 알렉스에게서 연락이 왔다. 그는 콜센터 AI 같은 목소리로 다음 전달자가 나올 위치를 전했다. 채윤은 배달을 못했다는 말과 지문인식기를 분실했다는 보고를 하지 않았다. 한성태를 만나는 게 우선이었다.

결승선에 열한 마리 경주마가 모두 도착하자 관중들이 일어나 탄식을 뱉었다. 그들은 쌍승식에 107배가 터졌다며 휴지가 된 마권을 집어던지고 순식간에 자리를 떠났다. 2층 관람석에 남은 사람은 채윤과 한성태뿐이었다.

"그 사람들도 이렇게 배달자를 불러내요?"

한성태는 잠겨 잘 나오지 않는 목소리로 힘을 다해 말했다. 말할 때마다 주름이 늘어진 목에 핏대가 길게 그어졌다.

"퇴근하고 뵀으면 좋았을걸요. 주말은 바빠서 자리를 비우기가 좀 그래요."

"급한 것 같아서 왔죠. 퇴근하고 집 주변에서 만나자고 하려니 감시하는 놈들이 있을지 모르고, 시내는 다닌 지 오래라서 헤맬까 봐 자신 없고요."

한성태가 느리게 말을 이었다. 표정을 봐선 일부러 말투를 다르게 하려는 것으로 보이지 않았다. 신체의 나이가 말하는 속도까지 지배하고 있을 터였다. 채윤은 핸드폰으로 시간을 확인하고 연락한 이유를 빠르게 말했다.

"약을 거부하는 사람을 또 만났어요. 오래 살고 싶지 않다면서요. 그래서 배달을 못했는데, 그보다 다른 문제가…… 지문 인식기가 없어졌어요. 아직 연구소에는 보고를 안 했고요."

"어디서 잃어버렸는데요?"

목소리와 눈빛이 흔들리지 않았다. 조급함을 간신히 감추는 채윤과 달리 그는 표정이 고요해 보였다. 관람대에서는 과도한 도박을 삼가라는 캠페인 방송에 이어 다음 주에 있을 국제경주를 홍보하는 안내가 흘러나왔다.

한성태가 고모를 모른다면 쉽게 말이 나올까. 고모에게 별다른 애정도 없고, 정말이지 이젠 의심밖에 남지 않았지만 어쨌거나 같이 사는 사람이라 말하기 껄끄러웠다. 한성태라는 사람도 아직 믿을 수 없다. 채윤이 말을 주저하자 한성태가 경주로를 가리켰다.

"저기, 저 모래밭에서 잃어버렸다고 하면 되겠네요. 열심히 찾고는 있는데 말들이 뛰어서 깊숙이 박혀 버린 것 같다고. 모래를 전부 뒤엎기 전에는 찾기 불가능하다고 말이에요. 그런데 그쪽 사람들이 학생을, 믿기는 해요?"

한성태가 고갯짓으로 채윤을 가리켰다. 순간 채윤은 그에게 자신의 이름을 밝혔는지 가물거렸다.

"학생은 아니고 채윤입니다, 명채윤. 실은 지문인식기도 그렇지만, 여쭙고 싶은 게 있어서요."

"알고 있어요, 이름은. 시력이 노인이라서 그런가, 나보다 젊은 사람한테는 생각 없이 말이 그렇게 나와요."

한성태는 물어보라며 경주로를 보고 고개를 끄덕였다. 다음 경주에 출전할 말들이 그들을 지나 출발선을 향해 뛰고 있었다. 전광판에는 경주마와 기수를 클로즈업한 화면이 나왔고, 아나운서는 화면에 말이 잡힐 때마다 경주 정보를 안내했다. 사무실에서 전화가 오지 않는 걸 보면 문제는 없겠지만 두 경주씩이나 신입에게 일을 맡기려니 마음이 여간 불편한 게 아니었다. 채윤은 직원들의 눈에 띌까 봐 주위를 계속해서 두리번거렸다.

"약을 가져간 사람이요. 이건 정말이지 혼자 생각이지만, 고모 같아서요."

경주로를 바라보던 한성태가 몸을 돌려 채윤을 쳐다봤다. 내려갔던 눈꺼풀이 살짝 올라가 입이 벌어졌다.

"먹었답니까?"

고모는 외출한 지 사흘 만에 집으로 돌아왔다. 장롱 속 정장을 입고, 봉숭아 모종을 사 들고 나타났다. 어디를 다녀왔느냐고 묻자 모종을 담은 종이봉투를 내밀었다. 화를 누르며 없어진 약을 물었다. 그러자 고모는 서랍을 뒤져 두통약과 소화제

를 찾아 건넸다. 어디가 아프냐면서 걱정스러운 표정을 짓는
데, 채윤은 어이없어서 하던 말을 멈췄다. 아무것도 모른다는
듯 짓는 표정도 그렇지만, 눈빛이 오래전 보육원으로 자신을 데
리러 왔을 때 보였던 그것과 흡사해 현기증이 났다. 걱정하는
척 미간을 찌푸렸으나 눈에 들어온 강렬한 빛이 감춰지지 않았
다.

"솔직히 모르겠어요. 물어도 모른다고만 하고요. 고모는 뭔
지 알고 있겠죠? 약 때문이라면 기계를 분해해야 하는데, 지문
을 읽혀야 약이 나오잖아요. 그걸 가지고 뭘 했을까요?"

"그쪽 사람들을 만났겠죠."

"누구요? 왜요?"

"그 뒤로 다른 일은 없어요?"

채윤은 아직은 없다고 대답했다. 아직까지는 없다고. 하지만
기계를 분실한 걸 연구소에서 알고 있을지 몰라 걱정된다고 덧
붙였다. 한성태는 약간 빨라진 음성으로 채윤의 말을 이었다.

"그렇게 됐다면 나도 부탁할 게 있는데, 도와주겠어요?"

이 와중에 누굴 도우라는 것인지, 약을 더 달라는 것이 아니
라면 채윤이 그를 도울 일은 없었다. 불현듯 약을 완전히 거부
하려는 게 아닌가 하는 의심이 들었다.

"그쪽한테 도와달라는 게 말도 안 되는 건 알아요. 하지만 나
도 딴 방법이 없어서⋯⋯. 거절해도 돼요. 다만 거절한다면 지

금 한 소리는 안 들은 걸로 해 주고요."

출발대에 경주마들이 들어섰다. 출발선은 관람석 반대편 타
원형 주로 끝에 위치해 경주마의 움직임은 작은 점으로 보일 뿐
눈에 들어오지 않았다. 대신 대형 전광판에서 출발대로 들어가
지 않으려는 말과 말의 엉덩이를 억지로 집어넣는 마필관리사
들이 확대되어 비쳤다. 아나운서는 모든 경주마가 출발대에 들
어가는 대로 경주를 시작하겠다고 관중들에게 양해를 구했다.
채윤은 채취실을 비워 불안했지만, 한성태에게 궁금한 것을 아
직 묻지 못해 일어설 수 없었다.

"임상센터에 들어가 보려고 해요."

"연구원으로 가시겠다는?"

"아뇨, 그건 말도 안 되고. 피실험자로요."

"연락하는 분이 계셨어요?"

"이 시점에 내가 거기 들어갈 방법은 두 가지예요. 하나는 그
쪽에서 검진받으러 오랄 때 가는 거고, 다른 하나는 채윤 씨가
도와주는 겁니다."

채윤은 당황해 자신을 가리키고는 바로 손을 저었다. 증오가
망상으로 이어진 건가. 도통 말이 안 되는 소리를 하는 남자가
정상이 아닌, 그보다는 정신이 나간 사람으로 보였다.

"저 말고요. 약 받고 일주일 뒤에 연구소에서 연락하잖아요."

"나한테는 그런 연락 안 와요. 연구원이었고, 부작용을 겪은

사람이라 다 안다고 생각해서 그러는지. 저번에 알렉스라고 했던가, 그렇게 부르는 걸 언뜻 들은 기억이 나는데. 그 사람이 연락할 거 아니에요. 그때 내 말을 전해 줘요."

"그치만 배달자와 수취인이 사적으로 말하는 건 금지예요. 하시는 말씀을 전달한다면 저까지 문제가 될 거고요."

"왜 아니겠어요. 그런데 나란 사람이 아주 특수해서요. 요구를 무시하니까 약을 거부하면서 난동을 부렸다고 하세요. 아니다. 그보다 세게, 예전에 협약을 맺었던 다른 나라 연구소와 연락하겠다면서 생떼를 부린다고 하면 반응할 겁니다."

채윤은 그럴싸하게 들리나 받아들이기 어려운 제안에 고개를 저었다. 그의 부탁을 들어주려고 나온 자리가 아니다. 경주를 시작하는 총소리가 들렸다. 관중석으로 몰려든 사람들이 함성을 지르기 시작했다.

"그걸 왜, 왜 지금 하시려는데요?"

한성태는 경주마가 달려오는 방향으로 몸을 틀었다. 점점 고조되는 관중의 함성과 경주마들이 다가오며 가까워지는 지축을 울리는 소리, 방송 효과음과 함께 급박하게 들리는 아나운서의 중계는 채윤처럼 경마에 익숙한 사람이라 해도 두려움을 느끼게 했다. 갑자기 일어섰다가 일시에 꺼지는 함성이 심장을 강하게 조였다. 주변이 소란스러워 한성태가 채윤이 묻는 말을 알아들었는지 알 수 없었다.

"이젠 돌릴 수도 없고, 예전처럼 절박하지도 않지만……. 그런데 사람이 말입니다. 절대 철이 드는 존재가 아니에요. 비록 거죽이 늙고, 머리 회전이 예전만 못해도 내가 또 실험용 기니피그로 던져졌다 생각하니 열에 받치면서 정신이 돌아오대요. 아주 긴 체념이었지, 잊어버린 게 아니더란 말입니다. 지들이 뭐라고 사람을 가지고 함부로! 한때 생명공학자로서 하지 말아야 할 것을 해서 후회하는 거라고 교양 있게 포장해 보죠."

아나운서는 10번 말이 2번 말보다 코차[4]로 먼저 결승선에 들어온 것으로 보이지만 정확한 결과는 재결위원들의 심의 후에 발표하겠다면서 경주 전체를 다시 중계했다.

"그럼 그 말만 전달하면 돼요?"

한성태가 고개를 저었다.

"일단 그걸 먼저 부탁하고, 기계 좀 빼돌립시다."

채윤은 화들짝 놀라 한성태를 쳐다봤다.

"기계가 어떻게 작동하는지 알았으면 해서요. 내가 가진 약과 배달품을 바꿔 넣고 싶은데 기계를 알아야 뭐라도 할 수 있잖아요. 바꿀 약은 원제품과 비슷하게 생긴 비타민이에요."

"네? 뭘 하시겠다고요?"

채윤은 그의 말이 황당해 화를 내듯 소리쳤다. 망상이 기어코

---

4 경마 결승선 통과 기준은 말의 코끝을 기준으로 하는 '코차'로 결정됨. 선착마의 코끝과 후착마의 코끝 사이의 거리로 약 0.1~21cm 정도의 간격 차이

헛된 확신으로 변해 버렸구나. 한성태는 약을 바꿔치기하겠다는 말을 반복했다.

"저기요, 지문인식기를 잃어버려서 저도 잘릴지 모른다고요. 안 잘린다고 해도 의심할 거고. 이거, 금방 들켜요!"

"명 이사가 가져간 것 같다고 하면 안 찾을지 몰라요. 그리고 10년 넘게 내 상태를 보면 눈에 띄는 부작용은 1년 뒤에나 나타났어요. 약을 복용한 지 얼마 안 된 사람들로 고르면 피해는 없을 거예요. 평생 그 약을 먹을 수 있는 부자가 아닌 바에야 지금이라도 끊는 게 낫죠."

채윤은 엄청난 부탁에 저도 모르게 헛웃음을 터뜨렸다. 그를 믿지도 않는데 도와주라고? 경주 심의 결과가 발표되었고, 순위가 확정되었다. 아나운서는 확대한 판정용 사진을 다시 설명했다. 미련을 못 버리고 전광판을 쳐다보던 관람객들은 전 경주와 마찬가지로 욕설을 쏟고는 자리에서 흩어졌다.

"죄송합니다. 제가 왜 도와야 하는지 모르겠어요. 연구원님이 하시는 말씀도 믿을 수 없고요. 저랑 상관없는 일이라서 싫습니다. 자꾸 이런 말씀을 하시면 배달은 그만……."

한성태는 이해한다며 낮게 웃었다. 그러곤 채윤을 찬찬히 들여다보았다.

"주변에 임상시험에 참여한 사람 없어요? 친척이나 친구 같은. 난 어쩐지 명 이사라면 사람들한테 추천했을 거란 생각이 들어요. 뭐, 아픈 사람을 도우려고 선의로 소개했을 수 있고, 회사 실적 때문에 희망자를 모았을 가능성도 있긴 한데. 짚이는 거 없어요?"

채윤은 경주 최종 결과가 배당판에 표출되는 걸 보며 그런 일은 없다고 고개를 저었다. 한성태는 사람을 잘못 찾은 거다. 고모가 다녔던 회사가 어딘지는 알지만 그녀가 그곳에서 무엇을 했고, 누구랑 어울렸는지는 알지 못했다.

승식별로 확정된 배당이 깜빡대다 꺼졌다. 불현듯 아빠가 병원 치료를 받고 돌아와 오늘은 유전자 검사까지 해서 피곤하다며 어깨를 주물러 달라던 날이 떠올랐다. 아빠는 유전성 심장 질환을 앓아 병원을 자주 들락거렸다. 그리고 사고가 나던 날 엄마와 아빠는 검진을 받는다며 서울로 향했었다. 채윤은 자리에서 벌떡 일어섰다. 한성태가 채윤의 팔목을 붙잡았다.

"근데 아까, 뭘 물으려고 했죠?"

***

아이는 마당에서 흙을 가지고 놀고 있었다. 손가락 굵기의 제 팔 길이만 한 막대기를 쥐고 마당 가운데를 깊이 파냈다. 어른

슬리퍼를 신어 발이 신발에 반이나 튀어나왔다. 채윤은 볕이 따가운데 왜 해가 잘 드는 곳에서 노는지 궁금해 거리를 두고 지켜보았다. 아이는 채윤이 다가가 잘 있었느냐고 물을 때까지 인기척도 못 느끼고 땅만 파냈다. 뒤늦게 늙은 개가 부엌에서 나와 짖었다. 아이는 파낸 곳을 서둘러 흙으로 덮었다. 지난 방문 때처럼 겁먹은 기색이 역력했다. 가려진 바닥에는 두 개의 동그라미 사이에 1이 희미하게 보였다. 010, 누군가의 전화번호인 것 같았다.

"아빠는 어디 가셨어?"

아이가 눈을 맞추지 않고 고개를 끄덕였다. 지난번과 비슷한 반응이었다.

"연락할 수 있어? 아니면 전화 걸어서 바꿔 줄래?"

아이는 고개를 숙였다가 이내 끄덕이고는 방으로 뛰어 들어갔다. 급히 뛰느라 슬리퍼 두 짝이 멀찍이 나가떨어졌다. 채윤은 허리를 구부려 아이의 신발 옆에 슬리퍼를 나란히 두었다. 그러곤 방으로 올라가는 마루에 걸터앉아 땀에 들러붙은 셔츠를 떼어내 펄럭였다. 날이 점점 더워지고 있다. 가슴골로 땀이 흐르는 게 느껴졌다. 방 안에서 아이의 목소리가 들렸다.

"그 언니 왔어요, 삼촌."

안이 다시 조용했다. 채윤은 마당으로 시선을 돌렸다. 불안 속에서 보이는 늦봄의 풍경이 여유로워 어딘지 비현실적인 느낌이다. 정물처럼 보이지만 느리게 움직이는 구름과 바람에 나부끼는 나뭇가지 사이로 보이는 얕은 저수지. 멀지 않은 곳에 옛집이 있다고 생각하면 내부 깊은 곳은 여전히 따끔거렸다. 그러나 그곳에 남은 게 없다는 사실을 상기하면 마음은 급속히 포기에 이르렀다. 감정이 더 이상 필요 없는 완벽한 배신감이 그곳을 한꺼번에 과거로 만들었다. 채윤은 한성태가 고모에 대해 한 말이 떠올랐으나 눈앞에 보이는 풍경에 애써 집중했다.

저만치서 배인상이 뛰어오는 게 보였다. 채윤은 마루에서 일어나 마당으로 걸어 나갔다. 그는 채윤 앞으로 상체를 구부려 밭은 숨을 몰아쉬었다. 거친 숨소리에 채윤까지 숨이 가빠지는 것 같았다.

"연락하지 왜 기다렸어요?"

"수취인과 따로 연락하는 건 금지라서요."

"에이, 다 아는 처지에 그런 걸 뭐 하러 따져요."

"지금처럼 말하는 것도 금지입니다."

"거 참, 되게 딱딱하게 구네. 우리만 입 다물면 되잖아요. 저것들이 어디다 떠들 것도 아니고."

배인상은 엎드린 개와 여자아이가 있는 방을 턱 끝으로 가리켰다. 그러곤 덥지 않으냐며 슬쩍 웃었다. 채윤은 배인상의 시선을 피해 지문인식기를 들었다. 배인상이 기계를 밀쳤다. 연구소에서 경고한 걸로 아는데 그는 별로 개의치 않았다.

"왜 또 이러시나. 귀찮은 건 생략 좀 합시다. 아, 나 이런다고 회사에 또 꼰지를 건가?"

존대도 아니고, 반말도 아닌 말에 채윤은 짜증이 치솟았다. 말하는 수취인이라 지금 하는 일에 단서를 잡을까 하는 마음이 없었다면 상대도 안 했을 것이다.

"신원을 확인해야 물건이 나와요. 얼굴을 안다고 줄 수 있는 게 아니라고요. 알면서 이러시면 보고할 수밖에 없죠."

배인상은 그럼 부수면 되겠네, 하고 기계에 손을 내밀었다. 채윤은 승인되었다는 알림음이 울리자 약이 나오는 배출구를 잽싸게 막았다. 그는 주의사항을 건조하게 읊는 동안에도 언제 줄 거냐며 계속해서 팔을 흔들었다. 채윤은 그의 행동이 괘씸해 약을 빨리 건네지 않았다.

"계속 드실 건가요?"

"왜, 주지 말래요?"

배인상이 금방이라도 물건을 채갈 것처럼 지문인식기에 손을 뻗었다.

"아뇨, 언제까지 드실지 궁금해서요."

"죽을 때까지 쭈우욱. 10년이 지나고, 50년이 지나도 이렇게 살 수 있는데 마다할 필요 있어요?"

그는 채윤의 어깨를 툭툭 건드리며 험상궂은 표정을 지었다. 치켜뜬 눈이 한껏 올라가 매서웠다. 채윤은 그의 손을 밀어내고, 인상을 찌푸렸다. 그러자 배인상이 능글맞게 웃으며 팔을 내리고 주머니에 손을 꽂았다.

"근데 물어볼 게 있는데, 약을 받다가 다음 배달에서 빠지는 경우가 있어요? 그러니까, 병이 없다고 했는데 들통나서 빼 버린 놈도 있냐고요?"

채윤은 모르는 일이었다. 그러나 한성태에게 들은 말이 있었다. 필요 없는 사람은 애초 임상 명단에 올리지 않는다고, 비용이 많이 들고 결과치를 빨리 뽑아야 해서 실험에 효율적인 사람만 선발한다고, 그래서 한성태도 수년 전에 선발됐고, 다시 불러낸 거라고.

"거기까진 제 소관이 아니라서 모르지만······."

배인상이 인상을 쓰며 채윤을 노려봤다. 그의 뒤로 비를 품은 구름이 대문 가운데에서 끝으로 밀려나고 있었다. 채윤은 저도 모르게 긴장해 시선을 돌리고 침을 몰래 삼켰다.

"병명을 알려주시면 알아볼게요. 물론 확답은 아니지만요."

배인상은 고맙다며 슬쩍 웃고는 가까이 다가섰다. 그리고 조그맣게 간경화라고 속삭였다.

"봐요. 내가 어디 환자로 보이나. 건강해지려고 술도 끊고, 운동도 얼마나 열심히 하는데. 검사받고 괜찮으니까 뽑아 준 거지. 재수 없는 것들한테 피만 안 받았어도."

그가 짜증스러운 눈빛으로 뒤를 돌아보는데, 아이가 방문을 밀고 나왔다. 손에 걸레가 들려 있었다. 채윤은 기우뚱대며 슬리퍼를 꿰는 아이를 보았다. 그때 배인상이 소리를 버럭 지르며 아이에게 달려들었다. 그는 눈에 띄게 당황해 걸레를 뺏고, 걸레에서 떨어진 마른 부스러기를 발로 비벼 없앴다.

"누가, 너보고 어, 어? 기어 나오래! 시키지도 않은 걸, 왜, 뭣하러 하는데!"

배인상은 걸레를 주머니에 억지로 집어넣고 아이의 등을 후려쳤다. 밀친 힘에 아이가 고꾸라져 새된 신음을 질렀다. 그러자 배인상이 시끄럽다며 발을 쳐들었다. 아이가 목 뒤로 두 팔을 감싸고 등허리를 둥글게 말았다. 채윤은 올린 다리에 놀라 반사적으로 남자의 다리를 힘껏 걷어찼다.

아이가 집 안으로 들어가자 배인상이 거칠게 숨을 뱉으며 채윤을 노려봤다. 채윤은 어떤 표정도 짓지 않으려고 애썼으나 걷어찬 다리가 욱신거려 얼굴까지 열이 올랐다.

"씨발, 이렇게 안 하면 애먼 짓을 한다고. 부모도 아닌데, 저 미친년을 키우느라 내가 얼마나 개고생하는 줄 알아?"

배인상은 발자국이 남은 바지를 털어 내면서도 채윤에게서 눈을 떼지 않았다. 그는 고개를 쳐들고 몸을 부들거리며 상대를 겁주려고 부단히 애썼다.

"매번 이런다고 생각하지 마쇼, 어? 그냥 겁만 주는 거라고. 쓸데없는 상상 하는 거 아니지? 맞아요? 아니지? 아니, 무슨 말을 해야 알아먹었는지 알 거 아니냐고!"

눈을 번뜩이며 약이나 내놓으라고 치켜든 손에 더럭 겁이 났다. 더 이상 그와 대치하는 건 무리였다. 겁먹어 웅크린 아이가 마음에 걸렸지만 채윤이 당장 해결할 수는 없었다. 아동학대로 신고하려고 해도 증거가 없고, 그들 사이에 낀 이유를 설명할 길이 없었다. 경찰에 신고하려면 연구소와 맺은 계약을 어겨야 했다. 어쨌든 아이는 그를 삼촌이라고 부르고 있으니 자신이 모르는 다른 사정이 있을지 모른다. 아무리 그래도 어린애한테 그러면 안 된다는…….

배인상이 채윤에게 다가왔다. 170센티미터쯤 채윤과 비슷한 키가 앞으로 다가들자 오래된 화장품 냄새와 시큼한 구취가 기분 나쁘게 났다. 땀으로 번들거리는 얼굴에는 허옇게 화장품이 번져 땀으로 흘러내렸다. 누르스름해 충혈된 안구로 채윤을 쏘아보는 눈길이 금방이라도 목을 조를 것처럼 위태로웠다. 배인상은 손아귀에 힘을 줘 채윤의 팔목을 붙들었다.

"어디서 우리 얘기 떠들고 다니면 재미없을 줄 알아, 어? 배달 끊기면 내가 너, 가만 안 두겠다고!"

채윤은 배인상의 손을 있는 힘껏 떼어냈다. 그리고 쥐고 있던 물건을 그의 앞으로 내던졌다. 겁이 났지만 그대로 돌아서면 안 될 것 같았다.

"떠들 일도, 다시 볼일도 없을 겁니다. 그치만 조카한테 그런 식으로 하지 마세요. 제가 약도 쥐고 있고, 회사에 보고할 수도 있거든요!"

채윤은 돌아가는 버스를 기다리다 공중전화 박스에 들어갔다. 그러곤 익명으로 112에 배인상을 신고했다.

***

문을 열자 새 물건에서 덜 빠진 플라스틱 냄새가 강하게 났다. 암막 커튼 때문에 시야가 어두워 커튼을 걷고, 불을 켰다. 이틀 전까지 안방에 놓였던 식물이 치워졌고, 그 자리에는 컴퓨터 책상과 노트북이 설치되어 있었다. 채윤이 일하러 나간 사이 안으로 들여놓은 것 같았다. 채윤은 방을 찬찬히 둘러보며 노트북을 매만지고, 화장대에 올라간 물건을 눈여겨 살폈다.

고모는 칩거 생활을 완전히 청산하려는 듯 어떤 눈치도 보지 않고 빠르게 움직였다. 하지만 지문인식기를 물을 때는 말을 못 알아듣는 것처럼 딴청을 부렸다. 배달 아르바이트를 하는데 쓰는 거라며 돌려달라고 몇 번 더 사정했으나 소용없었다. 또렷하고 냉정하게 들리는 말투에 채윤은 뜨거운 숨을 누르기 힘들었다. 가족의 사고와 고모가 연관됐을지 모른다는 생각까지 하면 속이 울렁거려 같이 있는 것도 괴로웠다. 그래도 이틀 전까지는 방에 식물을 두고 돌봤는데, 하루아침에 치워 버린 화분이 형체 없이 사라진 옛집을 연상시켜 모욕감마저 들었다.

장롱과 화장대의 서랍을 전부 열고, 벽면 구석에 처박아 둔 캐리어를 꺼내 의심할 만한 것이 있는지 샅샅이 뒤졌다. 정장 두 벌과 새것으로 보이는 속옷, 오랫동안 써왔던 아이라이너의 신제품, 향수, 노트북과 책상. 모두 전에 없던 물건들이다. 채윤은 엉킨 실타래 같은 고모의 방에서 나와 제 방으로 들어갔다. 며칠째 개키지 않고 내버려 둔 요 위에 몸을 던졌다. 미세하게 곰팡내가 났다. 빛이 안 들어오는 구조라 며칠만 환기를 미뤄도 실내에는 꿉꿉한 공기가 들어찼다. 고작 이따위로 살자고 자신을 데려왔는지, 몸에 기운은 빠지는데 치받는 열 때문에 누워 있기가 힘들었다.

채윤은 자리에서 일어나 싱크대 개수대에 던져 놓은 걸레를 집었다. 걸레에도 비릿한 냄새가 나기는 마찬가지였다. 수도를 틀어 걸레를 빨자 하수구가 역류해 음식물 찌꺼기가 올라왔다. 이틀 동안 집에서 식사를 안 했으니 하수구로 음식을 흘려보낸 사람은 고모일 거다. 짜증이 인내심을 넘어 주체 되지 않았다. 채윤은 한숨을 푹푹 내쉬며 하수구 관을 분해했다. 오물이 새서 싱크대 아래에 대야를 받치려는데 하부 합판에 대야가 걸려 안까지 들어가지 않았다. 합판을 꺼내 옆으로 치우고, 그 자리에 대야를 밀어 넣었다.

작업을 마치고 다시 조립하려고 든 합판에는 코팅된 제품설명서가 붙어 있었다. 채윤은 그것을 무심히 집어 들었다. 영문과 연월일, RH- A, 168cm……. 한참을 들여다봤으나 그건 제품이나 제조 공장의 정보가 아니었다. 비대성 심근 병증? 채윤은 두 장의 용지를 떼어내 내용을 꼼꼼히 훑었다. 영문은 다름 아닌 자신의 엄마와 아빠 이름이었다. 개인정보 아래로 날짜가 표로 작성되었다. 표기된 날짜 중 하루는 터널 사고가 있던 다음 날이었다. 채윤은 정신없이 싱크대의 다른 하부 판도 분해했다.

한성태는 경주 트랙에서 채윤에게 시선을 돌렸다. 그는 채윤의 심각한 얼굴을 잠시 살피고는 느리지만 밝은 어조로 말을 시작했다.

"나 좀 젊어진 거 같아요? 두 달째 꼬박꼬박 약을 챙겨 먹었는데 효과가 보이느냐고요? 그 사람들 말로는 내가 복용하는 제품이 회장 거랑 유사해서 안전성이 확실하대요. 배아 줄기세포를 이용해 부작용을 보완했다는데……. 아무튼 나를 왜 또 불러냈냐고 성을 내니까 실험 사례까지 보여 주면서 극진히 설명하데요. 뇌가 늙어 버린 건 맞지만 기억까지 사라진 건 아닌데,

회장이랑 같은 걸 먹는다고 좋아할 줄 알았나. 뭐라더라, 실험에 잘 따라 주면 집까지 주겠다나."

채윤은 급한 마음에도 한성태의 말을 자르지 않았다. 흥분을 가라앉힐 시간이 필요했다. 그가 말을 다 마치면 천천히, 자신이 본 것과 추측한 것을 풀어놓을 작정이었다. 채윤은 손 거스러미를 피가 날 때까지 뜯어내며 고개를 끄덕였다.

"경계하는 통에 연구소를 다 보진 못했지만, 규모가 상당했어요. 처음 보는 로봇과 자동화기기도 늘었고. 연구원 중에서 유일하게 알아본 사람이 거기 소장이었어요. 내가 퇴사할 무렵에 들어온 후배인데, 아마 옆 팀에서 병역특례 연구원으로 뽑았을 거예요. 20대 후반이 온전하게 스무 해를 보내면 저런 얼굴이 되는구나, 그런 생각을 하면서 인사를 나눴죠. 소장은 처음에 나를 몰라보다가 직원의 소개를 받고는 귀신이라도 본 것처럼 눈이 커지더라고요. 세월이 흘러 자연스럽게 변한 얼굴과 억지로 시간을 빠르게 감은 얼굴이 서로 알아보지 못한 거죠. 어쨌거나 몇 마디 안부를 묻고 자리를 떠났어요. 하긴 일말의 양심이 있다면 내가 불편했겠죠. 아니다. 지금까지 살아남을 정도라면 그깟 양심 따위 신경이나 쓰겠어? 그냥 늙은 놈이랑 입씨름할 시간이 아까운 거지."

"뭘 알아내시긴 했어요?"

채윤은 그제야 한성태의 말에 반응했다. 한성태는 씁쓸히 웃으며 고개를 저었다.

"기대했던 만큼은 아니고……. 그건 그렇고, 기계를 분해할 수 있다네요. 기계에 위치추적 장치는 있는데 도청 기능은 다행히 없었어요. 십수 년을 허송세월했다고 세상 탓하면서 지냈는데, 알고 지낸 사람의 도움을 받게 됐네요."

한성태를 만난 중에 서론이 가장 길었다. 그는 긴말이 버거웠는지 고개를 숙여 숨을 크게 몰아쉬었다. 채윤은 어떻게 말을 꺼낼지 몰라 연신 눈치만 살폈다.

"그 기계를 아는 사람한테 맡겼거든요. 원래 카이스트에서 전자통신 연구원으로 일했는데 담당 교수가 국책 연구 중에 뇌물을 받고 걸리는 바람에 프로젝트에 참여한 멤버 모두가 학교에서 정리됐대요. 교수 몫까지 누명을 뒤집어썼고요. 워낙 크게 화제가 된 사건이라 받아 주는 학교가 없었고, 취업도 어려웠죠. 조건을 낮추면 취업이야 했겠지만 젊을 때 타협이 어디 쉽습니까? 나랑은 농산물시장에서 일용직을 하다 만났어요. 나보다 다섯 살이 많은데 내 꼴이 이래서 나를 늙은 동생이라고 불러요. 그 친구가 기계를 들여다보더니 힘들다고 해서 포기했는데, 사흘 전에 연락이 다시 왔어요. 기계와 연구소가 송수신하는 시스템을 건드리지 않고 분해할 수 있다고. 이제 방법이 보여요."

한성태는 경주로를 보며 자신의 손을 맞잡았다. 처음 봤을 때와 표정이 달라지지는 않았으나 꼭 잡은 손에는 무언가 하겠다는 의지가 실려 있었다. 채윤은 그의 말에 맞장구치지 않고 얘기가 끝나길 잠자코 기다렸다. 숨이 자꾸 차올라 주먹을 쥐었다 펴며 마음을 가라앉혔다.

"우리, 당분간 여기에서 보는 게 어때요? 인식기로 위치를 추적한다니 특이한 장소는 위험할 것 같아서. 여기나 채윤 씨 집 근처? 약속을 정하면 내가 그리로 가죠. 이것 때문에 중고로 핸드폰도 샀어요. 명의는 그 친구로 해 뒀고요."

채윤은 한성태가 바라보는 쪽으로 의미 없는 시선을 같이 보냈다. 새벽에 경주마가 달리는 풍경이 근사하다는 말에 건성으로 고개를 주억거리고는 두 장의 문서를 한성태에게 꺼내 보였다. 문서를 내려다보는 한성태의 얼굴이 점점 굳어 갔다.

***

채윤은 수시로 들어오는 배달 스케줄이 가늠이 안 되고, 한성태를 만날 일이 잦아져 보습학원 행정 보조를 그만두었다. 배달 수당이 높아 크게 아쉬운 건 없었다. 학원 보조라면 얼마간 쉬어도 경력이 남아 다시 구하는 게 어렵지 않다. 다만 일주일에 두세 번은 낯선 길에서 전달자를 만나고, 한 번도 가지 않은 동네를 헤매 가끔은 자신이 왜 길에 서 있는지, 다른 사람을 관찰하며 고민할 이유는 무엇인지 혼란스러울 때가 있었다. 채윤은 그때마다 어른이 되지 않은 승윤과 영원히 늙지 않을 부모를 기억했다. 고모를 떠올리며 오랜시간 모호했던 분노의 짝을 맞춰 나갔다. 절대 분노가 식으면 안 된다고 하루에도 몇 번씩 다짐했다. 알렉스는 무슨 이유인지 없어진 지문인식기는 묻지 않았다.

어느 때보다 많은 사람을 만났지만 어느 때보다 말을 주고받는 일은 드물었다. 종종 입을 열던 전달자나 수취인들도 언젠가부터 보이지 않았다. 그들도 알렉스가 채윤에게 주의를 준 것처럼 경고를 받았을 것이다. 하지만 그런 것보다 눈에 띄게 달라진 건 수취인들의 나이와 태도였다. 수취인의 연령이 확연히 올라갔다. 지난주에 만난 다섯 명 모두 60대가 넘어 보이는 사람들이었는데, 이번 주에도 연이어 노인들에게 배달하고 있다. 반가움과 경계가 섞인 미묘한 태도는 시간이 갈수록 불안한 형태로 색채를 옮겨 갔다.

목 뒤를 잡아당기는 두통이 신경을 자극했다. 50대 여성의 집을 나선 지 한참 지났는데 두통이 좀체 가라앉지 않았다. 채윤은 평소 먹던 약을 약사에게 말했지만, 약사는 채윤의 말을 안

들은 것처럼 나이와 증상을 자세히 물었다.

"두통이 있는 쪽으로 어깨가 많이 뭉쳐요."

"언제부터 그랬어요? 만성이에요?"

언제부터 통증이 있었는지 기억나지 않았다. 배달이 많아지고부터인 것도 같고, 고모와 한성태의 사정에 휘말려 생각이 많아지고부터인 것도 같다. 늘 있던 통증으로도 느껴졌다. 약사는 잠시 기다리라고 말하고는 높은 선반에 사다리를 갖다 댔다. 채윤은 하릴없이 약국을 둘러보았다. 계산대 옆에 세워둔 태블릿에서 케이블 방송 뉴스가 나오고 있었다. 앵커 옆으로 보이는 현장 사진에 시선을 멈췄다.

앵커가 현장에 나가 있는 기자를 부르자 기자는 "7년간 네 명의 아동을 납치해 농가에서 대마초를 제조하던 남성이 경찰에 체포되었다."는 소식을 전했다. 기자는 남자가 범행을 벌였다는 농가 안에 들어가 사건 현장을 카메라에 잡았다. 슬레이트 지붕의 기역자 건물, 나무 마루와 그 옆에 붙어 있는 부엌문. 채윤은 익숙한 배경을 보고 태블릿에 가까이 붙었다. 약사와 고객 사이에 놓인 가림막 때문에 바짝 다가설 수 없지만, 뉴스의 배경은 채윤이 배달을 갔던 시골집이었다. 기자가 가옥 뒤편에 있는 비닐하우스에 들어가며 리포팅하는 사이 화면은 남자가 경찰서에 연행되어 들어가는 모습으로 바뀌었다. 목 뒤에서 머리 방향으로 헤엄치는 고래 타투. 수갑을 찬 채로 고개를 숙여 얼굴을 감췄지만, 그는 포니테일로 머리를 묶었던 배인상이 확실했다.

채윤은 약사가 눈앞에 두통약을 흔들고, 태블릿에서 다른 프로그램이 재생되는데도 화면에서 눈을 떼지 못했다. 저 사람이 유괴범이라면, 배달 갔을 때 봤던 그 아이는 납치당해 붙잡혀 있었다는 뜻인가. 그가 아이를 향해 올렸던 다리가 번뜩 떠올랐다. 학대가 의심돼 신고하긴 했으나, 저런 사람을 위해 자신이 무엇을 했는지 갑자기 들어온 정보가 해석되지 않았다. 약사는 멍해 있는 채윤에게 오래된 편두통에는 채윤이 말한 제품보다 손에 든 약이 훨씬 낫다고 추천했다. 약사가 내미는 두통약 상자에는 익숙한 로고가 찍혀 있었다.

"신제품인데, 요새 이거 괜찮다고 제약 쪽에서 소문이 자자해요. 이 회사가 최근에 뇌 질환 쪽으로 투자를 많이 하거든요. 건강 보조제도 부쩍 많이 나오고 있고요."

채윤이 반응을 보이지 않자 약사는 무얼로 할 거냐고 다시 물었다. 그제야 채윤은 그란셀의 로고가 찍힌 제품을 받아 들었다. 아무 생각도 나지 않았다. 몸이 시키는 대로 계산도 하지 않고 종이상자를 찢었다. 다이아몬드형 알약이, 색은 다르지만 배달하는 제품과 비슷한 알약이 낱개로 포장되어 있었다.

"머리가 많이 아픈가 봐요. 이게 일주일에 두 번씩 몇 주만 먹어도 만성에 효과가 좋대요. 가격이 좀 센데, 이달까지 체험 행사를 하니까 괜찮을 거예요.”

같은 약이 아닐지 모른다. 포장도 여덟 알이 아니라 열두 알이었다. 그런데 두통처럼 불쾌한 기시감이 느껴졌다. 내내 피하던 일이 기어이 벌어진 것 같은 서늘함. 채윤은 간신히 정신을 차려 값을 치렀다.

“그러지 말고 행사할 때 쟁여 둬요. 20대부터 40대까지 청년층에 효과가 좋다고 들었어요. 요새 제약사들이 연령별로 제품을 세분화하는 게 트렌드거든요.”

채윤은 더 필요 없다고 손을 젓고는 빼앗듯 물건을 챙겨 약국을 나섰다. 경찰에 체포되어 뉴스에 나오는 배인상과 그의 앞에서 몸을 떨며 목을 감싸던 아이, 지금 자신의 손에 들려 있는 두통약. 이것들은 대체 무슨 신호일까. 아니, 어떻게 서로 관계된 걸까. 지하철을 타야 하는데 어디로 가야 할지 생각이 전혀 안 났다. 채윤은 방향을 못 잡고 미친 듯 거리를 두리번댔다. 핸드폰을 들어 번호를 누르기 전부터 한성태를 불렀다.

한성태는 몇 번이나 돋보기를 벗었다 쓰며 성분이 나열된 설명서를 들여다봤다. 하지만 원하는 걸 발견하지 못한 듯 설명서를 내려놓고 포장을 찢어 약에 돋보기를 비쳤다. 그들 사이에는 그간 채윤이 빼돌린 제품을 분류한 반투명 약통이 두 개놓여 있었다. 한성태는 S와 C라고 크게 적은 통에서 한 알씩 약을 꺼내 A4 용지에 나란히 올렸다. 두 알 옆으로 채윤이 사 온 두통약도 같이 놓았다.

"설명서를 보면 약국에서 파는 약은 이부프로펜 계열의 두통약이에요. 분석 기계만 있다면 간단히 성분을 알 수 있는데."

"다른 약이죠?"

"확신은 못하겠어요. 색이 다르긴 한데, 형태도 같고 약에 그어진 세 줄마저 같아서 다른 약으로 보기가……. 특히 두 개는 동일한 것 같아요."

"제가 가져온 게 다르단 말씀이시죠?"

"아뇨, 이거."

그가 가리킨 건 가운데 놓인 약이었다. 채윤은 한성태처럼 설명서와 약을 들어 열심히 살폈으나 색을 빼고는 차이를 발견할 수 없었다. 한성태는 검지를 꼿꼿이 펴 약의 귀퉁이를 가리켰다.

"글자가 작아서 돋보기로 봐야 해요. 그간 우리가 모은 약도 여기에 적힌 레터로 분류했어요. 내가 어떤 사람들한테 배달했냐고 매번 물었잖아요."

채윤은 그가 가리키는 약을 얼굴 위로 들어올렸다. 어두운 등으로는 알아보기 어려워 핸드폰 조명을 쏘았지만 점으로밖에 보이지 않았다. 채윤은 하는 수 없이 한성태가 준 돋보기를 약에 갖다 댔다. 돋보기를 가까이 하자 C라고 조그맣게 파인 글자가 보였다. 다른 약에는 S가 새겨 있었다. 두통약으로 포장된 알약에도 S가 보였다.

"이 글자가 단서인가요?"

"분석하기 전엔 모르죠. 다만 S라고 적힌 두 제품이 같다는 생각이 드네요. 약사도 청년층에 효과가 있다고 했다면서요. 채윤 씨가 알려준 정보에 따르면 젊은 사람들이 먹는 약, 그러니까 60대 미만에서는 S가, 그 이상에서는 C가 적혀 있었어요. 이 시점에 그란셀이 약을 출시한 것도 미심쩍고, 형태가 같은데 레터까지?"

채윤은 계속해서 올라오는 기분 나쁜 통증 때문에 관자놀이를 세게 눌렀다. 증상이 심해질 줄 알았다면 다른 진통제라도 사 오는 건데 후회되었다. 통증이 일어 인상을 찌푸린 채로 한성태를 쳐다보았다.

"승원에서 상황이 바뀐 거 같아요. 최 회장이 얼굴을 드러내는 것도 아귀가 맞고. 연구소에 다닐 때 직원들끼리 농담을 자주 했거든요. 우린 그 집안의 영생을 위해 과로로 자연사할 거라고. 최 씨 일가에서 약이 급해졌는지도 모르고, 사업을 더 미루기에는 상황이 어려워졌을 수도 있고요."

"하지만 그건 승원이에요. 제가 배달하고, 오늘 사 온 건 그란셀이고요."

"그란셀은 페이크겠죠. 아니면 공동 합작품일지도. 실험하다 보니 원래 예상했던 효과와 다른 약효가 나왔는지도 모르고요. 비아그라[5]나 닐로티닙[6]처럼. 그런 경우라면 그나마 나은데, 만약 실험 대상이 모자라서 일부러 시중에 유통했거나 펜타닐[7] 같은 중독을 의도한 거라면."

한성태는 세차게 고개를 저으며 말도 안 된다고 몇 번을 주절거렸다. 채윤은 한성태가 한쪽으로 치운 상자를 들고 제조 일자를 확인했다. 두 달 전에 생산한 제품이었다. 채윤이 배달을 시작하고 석 달 뒤에 만들어졌으니 출시는 한참 전에 계획됐을 것이다. 한성태가 채윤이 들고 있는 걸 가져와 말했다.

"사설 연구소에라도 의뢰해 봐야 하나. 예전에 거래하던 데가 있긴 한데, 아직도 성분 검사를 해 줄지 모르겠네요. 저번에 채윤 씨가 부모님 임상 일정표를 가져왔을 때 기다려 보자고 했는데⋯⋯. 이젠 정말 명 이사를 만날 때가 된 것 같군요."

***

5 협심증 치료제로 개발했으나 임상시험 중 성기에 혈관이 몰리는 부작용을 발견해 후에 발기부전제로 사용
6 원래 백혈병 치료를 위해 개발했으나 파킨슨병과 치매에 효과적이라 그 치료제로 사용
7 암 환자 또는 만성 통증 환자의 고통을 덜어 주기 위해 쓰이는 마약성 진통제로 헤로인의 백 배, 모르핀의 만 배 중독성이 있는 것으로 알려짐.

30대 남성, 검정 나이키 모자, 청색 점프수트.

여름 해가 길어져 저녁 시간이지만 시야가 밝았다. 국립과천 과학관 정문 오른편에 모자를 눌러쓴 남자가 쇼핑백을 들고 서 있는 게 보였다. 마른 체형에 긴 다리 때문인지 잘못 입으면 작업복으로 보일 점프수트가 전달자에게 꽤 어울린다는 생각을 하면서 그를 향해 걸었다. 가까이 다가가자 깊이 눌러쓴 모자 아래로 웃는 입매가 보였다. 채윤은 걸음을 멈췄다. 남자가 다가와 쇼핑백을 내밀었다.

"뭐해, 안 받고?"

채윤은 태경을 쳐다보았다. 그는 자주 짓던 장난스러운 표정으로, 몇 달 전 도핑검사소에서 인사하던 얼굴로 웃고 있었다.

"규정 때문에 아는 척 안 하는 거야? 하여간 넌 융통성도 참 없다."

태경은 채윤에게 억지로 쇼핑백을 쥐여 주었다. 채윤의 손에 들린 종이가방이 힘없이 흔들렸다.

"면세에서 초콜릿 하나 샀어. 너 여기 거 되게 좋아하잖아."

너무도 천진한 태경의 태도에서 지문인식기 같은 건 본 적 없다고 잡아떼던 고모의 얼굴이 겹쳐 보였다. 누가 이딴 걸 먹고 싶댔나. 채윤은 귀밑머리로 흘러내리는 땀을 닦아 바지에 문질렀다.

"전달자세요?"

태경이 생글거리며 고개를 끄덕였다.

"왜요?"

채윤의 물음에 태경은 답하지 않았다. 그는 모자를 벗어 머리를 흩뜨린 뒤 다시 깊이 눌러 썼다.

"여기에 왜 왔고, 나는 뭐 하러 뽑아서……. 이미 알고 있었다면서요?"

과학관에서 한 무리의 학생들이 인솔교사와 함께 나오고 있었다. 학생들은 대치하듯 서 있는 두 사람을 흘깃대다 선생이 부르는 소리에 주차장으로 뛰었다. 태경은 목이 뻐근한 것처럼 고개를 한 바퀴 돌렸다.

"화가 많이 났네? 일부러 속인 건 아니었는데. 그러지 마. 이런 말 지금 하기는 그렇지만, 나는 네가 더 엮일 줄 몰랐다고. 그냥 배달만 하라고 했잖아."

채윤은 어처구니가 없어 태경의 발밑에 쇼핑백을 던졌다. 그러곤 버스에 오르는 학생들 쪽으로 시선을 돌렸다.

"날 일부러 끌어들였다면서요? 대체 선배는, 아니 대리님은 뭐 하는 사람이에요?"

선배라고 부르기 싫었다. 지난 9년간 무슨 일이 있어도 지키려고 했던 예의는 머릿속에 없었다. 태경이 한 말은 채윤이 듣고 싶은 어떤 답도 아니었다. 태경까지 자신을 속였다고 생각하니 혼란스러워 따지려고 했던 말도 기억나지 않았다.

슬슬 웃으면서 처다보는 얼굴이 얼마 전 고모를 몰래 뒤쫓다가 그곳에서 만난 사람들을 연상시켰다. 고모와 알렉스, 승원에서 제약기술을 빼돌려 복제품으로 해외에 진출하려는 승원의 연구원들. 그들은 그곳을 임시연구소라고 불렀다. 알렉스의 본명이 윤성균이라는 사실도 모인 사람들이 부르는 소리를 듣고 알았다. 알렉스가 없어진 지문인식기를 들고 사람들 앞에 섰을 때 채윤은 그만 평정심을 잃어 자리에 주저앉고 말았다. 고모가 여태껏 자신을 속인 것도 모자라 알렉스하고도 알고 지냈다니, 승원 사람들과 사업을 구상하고 뻔뻔하게 자신을 배달자로 이용했다니……. 더 이상 일을 같이하지 않겠다고 강하게 거부했으나 그들은 채윤이 당황해 놀란 거라고 웃어넘겼다. 지금 채윤 앞에 태경이 그러고 있는 것처럼.

　　태경은 채윤이 던진 쇼핑백을 집어 들었다.
　　"나도 대학 때부터 너랑 비슷한 일을 했어. 12년 넘게 하다 보니 그쪽 사람들과 알고 지내는 거고. 승원에서 널 뽑으라고 했을 때 놀랐지만 다른 요구가 없어서 말을 안 한 거야. 수취인이 노약자나 환자일 때는 힘으로 위협할 수 있는 남자보다 여자 배달부를 선호해서 네가 괜찮을 거라고 생각했거든. 신원 확인은 승원에서 이미 철저히 해 줬고, 나도 널 잘 아니까 보증인으로 나선 거지. 그게 전부였다면 믿어 줄래?"

"그럼 해외 파견은 뭐예요? 그것도 승원이 보냈어요?"

"아냐, 그건 도핑검사소에서 경주마 치료 건으로 수의사랑 출장 보낸 거 맞아. 거기에서 승원을 돕긴 했지만. 근데 너, 배달 말고 연구소 몰래 따로 일해?"

"그건 또 어떻게 아는데요?"

채윤은 고모가 속한 임시연구소에서 약을 받아 수취인의 제품과 바꿔서 배달하라는 제안을 받았으나 하지 않기로 결심했다. 비록 알렉스가 지시하고 고모가 문 앞에 물건을 두고 가지만, 채윤이 승낙한 일은 아니었다. 아직 거절도 안 했는데 태경이 알고 있다니, 그는 대체 어디까지 일에 관여한 걸까. 속이 울렁거려 태경을 똑바로 쳐다볼 수가 없었다.

"너한테 지시하는 알렉스. 그 사람이 나한테 처음으로 일을 줬어."

"그래서 이젠 어쩔 거래요? 하아, 나만 모르게 진행해서 내가 어떻게 되는지 나만 모르고 있다고요!"

"시키는 대로 하든, 원하는 쪽을 돕든."

태경의 거의 방관하는 말투가 채윤을 자극했다. 이렇게 될 거라면 차라리 모른 척이나 계속할 것이지, 해 지는 배경을 뒤로 한쪽 다리에 기대고 선 태경을 참아내기 힘들었다. 태경은 쇼핑백을 채윤에게 돌려주었다.

"그렇게 생각했다면 미안해. 근데 말이지. 내가 너라면,이라고 가정해 봤거든. 어쨌든 너, 내가 어떤 놈인지 오래 봐 왔잖아. 그렇다면 날 믿는 게 낫지 않겠어?"

"그래서 뭘 또 시키게요?"

"현실적으로 그 조직, 승원의 상대가 안 돼. 꼬리가 너무 길었어. 회사에서도 이미 알고 있다고. 지금까지 내버려 둔 건 그 일당을 한꺼번에 잡으려는 거야. 그래서 하는 말인데 기왕 이렇게 된 거 승원을 돕는 게 어때? 그럼 회사에서 너 하나는 구제해 줄 거야."

"나, 그쪽 사람들이랑 일 안 해요! 아무 상관도 없다고요!"

채윤은 여기서 누굴 더 믿을 것인가를 두고 고민했다. 무엇이 나은 선택인지도 생각했다. 그리고 어느 누구의 계획에도 자신은 끼어 있지 않다는 결론에 다다랐다.

"실은 회사에서 널 지목했을 때 네 가족이 당한 사고도 알려 주더라. 난 그전까지 몰랐거든. 아는 척하면 네가 민망할까 봐 말을 안 한 거고. 출장 갈 때도 너한테 무슨 말을 해야 할지 몰라서 계속 피했는데. 근데, 그때 임상 브로커가 너희 부모님을 연구소에 소개했다던데, 그 사람이 누군지 알아?"

채윤은 태경의 말에 강한 현기증을 느꼈다. 원치 않게 일에 얽혔고, 멍청하게 다시 엮이지 않을 거라고 다짐했는데, 여전히 자신이 아는 건 아무것도 없었다.

"지금 그걸 믿으라는 거예요? 대리님은 내가 바보, 아니 호구로 보여요?"

태경은 고개를 끄덕였다가 바로 세차게 내둘렀다.

"그럼 불쌍하니까 보상하려고 이딴 식으로 사기친 거래요?"

"나도 정확히는 몰라. 아니면, 혹시 유전되는 가족력이라도 있어?"

새삼스러울 것도 없는 결론. 채윤은 자신의 의지 없이 시작된 일이지만 어느새 그것에서 자유로울 수 없다는 사실을, 이미 그 안에 빨려 들어갔다는 것을 끝내 인정하지 않을 수 없었다.

＊＊＊

뉴스에서 최두현 회장과 그란셀의 바이스 프레지던트 사라 아놀드가 합의서에 사인을 했다. 서명을 마친 두 사람이 힘차게 악수를 나누자 곳곳에서 플래시가 터졌다. 앵커는 수년 전 좌절되었던 건강수명 프로젝트가 장애인과 실버 세대를 겨냥해 다시 추진된다며 승원의 공격적인 마케팅 소식을 알렸다. 그 뉴스 뒤로 지지부진했던 주가가 반등을 거듭해 3000선을 회복했다는 소식이 이어졌다.

한성태는 채윤이 부르기 전까지 화면에서 눈을 떼지 않았다.

일주일 전에 만났을 때보다 안색이 한결 환해 보였다. 통증이 줄어서 표정이 나아졌는지, 시력이 회복돼 세탁이나 외모에 신경 써서 좋아 보이는지 알 수 없지만, 돌아보는 모습이 채윤을 처음 만났을 때와 많이 달라 당혹스러웠다. 약의 효과라고 생각하면 그를 바라보는 게 멈칫거려졌다.

채윤은 머리가 무거워 인사만 겨우 했다. 그란셀에서 두통약이 나오고, 승원의 비밀 모임에 다녀오고, 고모가 가족의 죽음에 관여했음을 태경이 넌지시 알려주고. 식당에 오기 전에 본 뉴스에서는 배인상의 신상공개가 결정돼 고개가 들려 사진이 찍혔다. 그는 마약류 제조와 아동 유괴로 구속되어 수사 중이었다. 유괴되었다는 네 아이 중 둘은 아동일시보호소에 넘겨져 승원 어린이재단의 지원으로 정신상담과 건강검진을 받고 있는데, 나머지 두 아이의 행방은 묘연하다고 전했다. 살해를 강하게 의심하며 조사하고 있지만 배인상은 진술을 계속 거부한다고 했다.

아동일시보호소로 보내졌다는 두 아이 중 한 명은 채윤이 시골에서 본 말이 없던 여자아이일 것이다. 쪼그려 앉아 자신을 흘깃대며 망설이던 눈빛이 떠오르자 머리가 더욱 지끈거렸다. 그때 아이는 채윤에게 도와달라고 구조신호를 계속 보냈던 것은 아닌지. 비록 경찰에 신고하긴 했으나, 자신이 저지른 범죄처럼 가슴이 눌려 숨이 가빠 왔다. 자신도 보육원에서 고모를 처음 봤을 때 그런 눈빛을 보였을까.

한성태는 말이 없는 채윤에게 무얼 먹을 거냐고 물었다. 그는 뉴스를 보고 표정은 굳었지만, 그렇다고 화난 얼굴은 아니었다. 채윤은 아무거나요, 하고 건성으로 대꾸하며 식당을 두리번거렸다. 음식점 앞으로 행인과 배달 오토바이가 이따금 지나갔고, 실내에는 테이블 넷 중 두 개가 찬, 점심시간에도 한가한 종로의 뒷골목 식당이었다. 첩보를 주고받는 것도 아닌데 지나치게 경계한다는 생각에 한심했지만, 긴장이 도무지 풀리지 않았다. 고모와 사람들을 만난 뒤로 눈앞의 모든 것이 의심스러웠다.

한성태는 채윤이 주문을 하지 않자 된장찌개와 청국장, 계란말이를 알아서 시켰다.

"오다 보니 이 골목은 자주 다닌 곳이더라고요. 대학 때 요 근처 어학원에 다녔거든요. 지금도 있는지 모르겠네. 이 집이 그때 거기였는지, 된장찌개도 먹었던 거 같기도 한데. 여길 와서 보니까 내가 갑자기 늙은 게 아니었어요. 세월이 정말로 30년이나 흘렀어."

무생채와 고추, 양파, 된장을 올린 밑반찬이 나왔다. 한성태는 아련한 눈빛을 거두고 허겁지겁 젓가락을 움직였다.

"이사는 잘하셨어요?"

채윤은 그제야 한성태의 안부를 물었다. 한성태는 오물거리던 반찬을 급히 삼켰다.

"그니까 이사한 집에서 보자니까요. 거기에 모이는 사람들, 승원이 나한테 집을 해 준 거는 몰라요."

한성태는 승원이 자신을 믿어야 일도 몰래 할 수 있다며, 그들이 주는 집으로 이사한 건 일종의 신뢰를 내보이는 거라고 말했다. 설마 제 집에 가둔 쥐를 의심하겠어요? 그는 거처를 마련해 준 담당자 외에 집의 위치는 아무도 모른다면서, 구성원조차 서로 하는 일을 모르게 하는 게 승원의 방식이라고 말했다. 하지만 채윤은 일을 크게 만들긴 싫었다. 좋은 쪽으로만 생각하는 한성태가 너무 안일해 보여 그의 말을 믿을 수도 없었다. 어쩐지 고모와 사람들은, 아니 태경은 알고 있을 거라는 생각이 들었다.

채윤은 가방에서 고모가 준 제품을 꺼냈다.

"고모한테 약을 받아서 최태경이 준 것과 바꿨어요. 그 사람이 그러는데, 승원이 일당을 한꺼번에 잡으려는 것 같대요. 고모랑 최태경이 준 약을 몰래 빼 왔는데, 이것도 성분을 알아내긴 힘들겠죠?"

채윤이 약을 꺼내는 사이 된장찌개와 청국장이 나왔다. 점원이 찌개와 밥을 테이블 가운데 올리자 한성태는 빠르게 콩비지가 섞인 청국장을 자신 쪽으로 돌렸다. 그는 채윤이 약을 보여 주거나 말거나 공깃밥을 뚝배기에 통째로 만 뒤 한 술 크게 떠서 입에 넣었다.

"채윤 씨가 어쩌다 몇 가지 일을 하네요. 승원에서 물건을 받아 나랑 교환해 배달하고, 최태경 씨가 준 건 명 이사에게 전달하고. 이거, 내가 받는 약도 진짜인지 의심해야겠어요."

채윤은 그가 농담하는 줄 알면서도 따라 웃지 않았다. 그저 한성태가 잘 볼 수 있게 약을 들어 올릴 따름이다. 승원과 그란셀의 협약 소식을 보고도 너스레를 떠는 그를 이해할 수 없었다.

"받은 걸 그대로 드리는 거라 진짜가 아니라도 알 수 없죠."

"농담이에요, 농담. 일단 밥부터 먹어요."

밥숟갈을 같이 뜰 기분이 아니었다. 노인이 되어 버린 남자와 무슨 일을 벌이겠다고 이 자리에 앉았는지 갑자기 밀려오는 현실감에 표정이 감춰지지 않았다. 그는 고모가 말한 것처럼 친구나 가족이 아니고, 알고 지낸 지 얼마 안 된 모르는 사람이다. 하지만 그 때문에 배신감을 느끼지 않아 나쁜 감정은 쌓이지 않았다. 욕심부릴 이권이라곤 늙어 버린 몸뚱이밖에 없는 사람, 그의 깡말라 갈라진 얼굴을 마주하고 가능성이 희박한 얘기를 들을 때면 답답함과 함께 돕고 싶은 연민마저 생겼다. 아이러니하게 가족의 죽음과 자신의 상황을 똑바로 알려준 사람이기도 했다. 세상을 향해 어떤 손짓도 못 하고 살았던, 가진 게 하찮은 자신과 가장 닮은 사람인지 몰랐다.

"배달품하고 똑같이 생겼네요. 그나저나 최태경은 어떤 사람이에요?"

지금껏 태경은 믿을 만한 사람이었다. 이 일에 자신을 끌어들이기 전까지는, 고모의 무리에게 승원의 가짜 약을 전달하라고 부탁하기 전까지는 특별한 신뢰를 공유했던 단 한 사람.

한성태가 다시 숟가락을 들었다. 좋은 집으로 이사 갔다고는 하지만 금전적인 여유가 생긴 건 아닌 듯했다.

"솔직히 말해서 이젠 모르겠어요. 승원 사람이라 믿는 건 아닌데, 그나마 말하고 지내는 사람이라서……."

한성태는 국물이 뜨겁지도 않은지 뚝배기를 들고 찌개를 넘겼다. 채윤은 입맛이 당기지 않아 앞에 놓인 밥과 찌개를 한성태 쪽으로 밀었다.

"어제부터 먹은 게 없어요. 이사 가고 몇 푼 못 버는 일을 쉬었더니 형편이 그러네요. 바꿀 비타민을 사느라 수중에 있던 돈은 떨어져 가고 있고. 웃긴 건 약 때문에 몸이 나아져서 입맛은 돌아요. 하루에도 몇 번씩 승원이랑 진짜 손잡아야 하나 고민한다니깐요. 그나저나, 투자자는 찾았대요?"

"거길 안 나가서 잘은 모르지만, 그런 것 같아요. 고모가 요새 부쩍 바빠지기도 했고, 중국어로 자주 통화하는 게. 근데 약은 계속 모으실 거예요? 저쪽에서 공장을 세워 대량 생산에 들어가면 아무 소용 없잖아요."

"한동안 고민했죠. 다들 혈안이 돼서 덤비는데, 약을 모은들 무슨 의미가 있을까. 결국엔 빼돌려 암거래하는 게 종착역이 아닐까. 내가 폭로한들 누가 관심이나 가질까."

"관두신다는 말씀이세요?"

"아뇨, 돌아갈 데도 없는데 고민은 접어야죠. 대신 딴 방법을 찾아야지."

"어떤 거요?"

"내부 임상시험자."

"네?"

"접때, 한 말 기억 안 나요? 승원에서 사업을 포기한다고 발표한 뒤에 직원을 대상으로 임상시험을 계속했다고. 실은 얼마 전에 화학포럼 사이트로 그때 참여했던 연구원한테서 쪽지가 왔어요. 한번 보고 싶다고."

채윤은 비밀 임상시험이란 말을 듣고 그게 무슨 소리인지 기억하느라 한참 골몰했다. 그리고 가까스로 한성태가 했던 말을 떠올렸다. 한성태와 채윤은 모두 과거에 갇힌 사람이지만 집중하는 과거가 달라 바라보는 대상도, 기억하는 장면도 달랐다.

"그래서 만나셨어요?"

옆 테이블 손님이 바뀌고 있었다. 한성태는 채윤이 밀어준 밥의 절반을 덜어 자신의 뚝배기에 담았다. 허기에 서두르는 모습은 사라졌으나 느리게 움직이는 입매가 음식이 아닌, 기억을 더듬는 것처럼 보였다.

채윤은 정수기에서 냉수를 받아 한성태에게 건네고, 자신도 한 모금 마셨다. 냉수라지만 식도로 내려가는 물은 냉기가 전혀 느껴지지 않았다. 한성태가 숟가락을 내려놓았다.

"내가 지금 능력도 없고, 도와줄 사람도 별로 없어서 채윤 씨라도 붙드는 게 맞지만."

한성태가 말을 주저했다. 채윤은 그를 보며 고개를 가만히 주억거렸다.

"저도 아무도 없어요. 연구원님보다 젊지만, 그것 빼고는 내세울 것도 없고요."

그 말에 한성태는 핸드폰을 꺼내 만지작거리더니 채윤에게 메일을 보여 주었다. 한성태 선배님께,로 시작되는 메일은 그간 어떻게 지냈는지 묻는 안부와 그 사람의 근황이 담겨 있었다. 그는 지방의 화장품회사 공장에서 일한다고 했다. 한성태와 같이 근무할 때 워크숍에서 찍은 단체사진과 현재의 모습을 담은 증명사진을 보내왔다. 48세라는 남자는 한성태만큼은 아니지만, 그 연령으로는 볼 수 없게 나이 들어 보였다. 약의 부작용일지도 모르고, 살아온 삶이 그의 외형을 바꾸었는지도 모른다. 그는 직접 만나서 얘기하고 싶다며 메일을 끝맺었다.

한성태가 다음 메일로 넘겼다. 그건 한성태가 남자에게 답장을 한 거였다. 한성태는 반갑다는 인사와 함께 그들이 어울렸던 기억을 추억했다. 임상시험이나 약에 대해서는 어떤 언급도 하지 않고, 조만간 보자면서 실수로 첨부한 것처럼 흐린 사진을 메일 끝에 붙였다.

"저번에 보여 줬던 기사, 기억해요? 승원에 내부고발자가 있었다고……. 바로 그 사람이에요. 연구원이었으니까 사진을 보면 감잡을 거예요. 지금 뭘 하고 사는지 말은 하지만, 시간이 지나서 어떻게 변했을지 몰라 길게 안 썼어요."

"그 사람이랑 하실 건 있고요?"

채윤은 상황이 아리송해 자세히 물을 수 없었다. 과거의 연구원이었다면 채윤보다 한성태에게 도움이 되겠지만, 그가 어떤 사람인지 모르고, 현재 그들이 가진 게 별로 없어 할 수 있는 게 있기나 한지.

"그때 연구원들을 몇 명만 모으면 해볼 일이 있을 거예요. 아, 그건 그렇고 그 약, 추측했던 거랑 달랐어요. 이것 좀 볼래요?"

한성태는 가방을 뒤지더니 두 장의 서류를 펼쳤다. 사설 연구소에 의뢰한 약품 성분 분석지였다. 두 가지 약은 성분이 대략 비슷했고, 약국에서 구매한 약은 함량과 성분에서 차이가 났다. 채윤은 내용을 빠르게 훑고는 사실이냐고 물었다.

"결과가 어떻든 난 계속할 겁니다. 다시 말하지만, 단순한 호기심 때문에 덤비는 거라면 내가 한 말은 무시하세요."

한성태는 잘못 간 시간을 돌리고 싶어 했다. 그의 방식으로 아주 작은 것에 희망을 걸고, 채윤과 과거의 동료 같은 지금은 별볼일 없는 사람들과 함께. 채윤에게도 그처럼 잘못 흐른 시간이 있고, 늦었지만 이제 눈감기 어려웠다. 한성태처럼 작은 것이라도 붙들고 매달려야 하나, 적어도 그래야 모르는 일에 맥없이 끌려다니지 않으려나, 억울하게 죽은 가족에게 떳떳해질 수 있으려나.

남은 물을 마저 마셨다. 정수된 물에 기분 나쁜 염소 냄새가 섞여 입맛이 개운치 않았다. 스테인리스 컵의 차가운 감촉이 턱에 닿아 지독한 한기가 들었다. 채윤은 입안에 있던 물을 도로 뱉어 냈다. 그러곤 한성태에게 돕고 싶다고, 꼭 같이하겠다고 대답했다.

4 어른아이, 명은주

1966년 봄, 서울의 한 산부인과에서 일곱 달을 못 채운 여자아이가 태어났다. 엄마는 아이를 낳고 두 시간 만에 목숨을 잃었다. 거꾸로 들어선 아이라 당시에는 드물었던 제왕절개 수술을 받아야 해서 서울에 있는 병원에 응급으로 실려 갔지만 끝내 사망한 것이다. 사인이 명확히 밝혀지지 않았으나 아이가 자라고 나서 당시의 정황을 들어보면 엄마는 임신중독이 심했던 것으로 추정되었다.

태어나자마자 엄마를 잃은 아이는 아빠의 차지가 되었다. 아빠는 스물네 살 청년으로 고향에서 멀지 않은 도시의 직업전문학교를 다니고 있었다. 그는 아이를 큰형에게 맡기고 도시로 통학하는 생활을 5개월 동안 지속했다. 군대를 다녀오고 아이가 생기는 바람에 억지로 한 결혼이라 아빠는 어린아이를 감당해야 하는 책임감에 금세 지쳐 갔다. 어느 날 아빠는 나간다는 메모 한 장 없이 아이의 곁을 떠났다. 아이가 태어난 지 154일째였다.

아이는 큰아버지 밑에서 무럭무럭 자랐다. 부유하지 않은 시골 살림에, 사촌들 틈에 끼여 눈치를 봐야 했지만, 엄마의 유전자를 물려받은 아이는 먹는 게 시원찮아도 국민학교 6학년이 될 무렵 집에서 가장 키가 큰 사람이 되었다. 동네 사람들은 아이를 보고 큰아버지와 큰어머니 같은 사람은 세상에 없다면서 책임지고 키워준 그들에게 항상 보답하며 살라고 충고했다.

아이는 그들에게 고마워했다. 눈꼬리가 처져 웃으면 착하게 보인다는 칭찬 같지 않은 칭찬을 듣고 무슨 일이 있어도 웃으려고 항상 노력했다. 비록 큰아버지와 큰어머니가 사촌들을 쓰다듬을 때처럼 아이를 안아 주진 않았지만 도시락을 싸 주고, 학교에서 부모를 부를 때면 싫은 기색 없이 선생을 만나 주는 그들에게 고마워하지 않을 수 없었다. 그래서 학교에 입학하고 나서는 시키지 않은 집안 청소와 음식을 할 때 알아서 거들었다. 손이 많이 가는 아이가 되지 않으려고 공부도 열심히 했다. 하지만 그들은 사람들이 보는 데서 아이가 일을 돕는 걸 허락하지 않았다. 그건 큰아버지의 자식들만이 할 수 있었다. 아이는 부엌과 마당 한편에 위치한 소와 돼지를 키우는 축사에서만 일을 도왔다.

아이는 자라 읍내의 상업고등학교에 진학했다. 한 살 많은 오빠는 도시의 인문계 고등학교에 들어갔다. 아이가 상고에 들어가겠다고 말했을 때 큰아버지는 "네가 정 원한다면 그렇게 해야지."라고 대답했다. 본인의 바람보다 포기를 먼저 해야 가족이 평온하다는 걸 아이는 본능적으로 알았다. 주산과 부기를 배우며 미래의 어느 날 대학생이 될 자신의 모습을 기약했다. 어느새 집안일은 고등학생이 된 아이의 차지가 되었다. 아이는 농사에 바쁜 큰아버지와 큰어머니를 위해 식사를 준비하고, 청소와 빨래를 하고, 소와 돼지의 먹이를 챙기고, 두 남동생의 뒤치다꺼리를 했다. 학교를 다니면서 시골집을 돌보는 생활은 그야말로 정신없었다. 반항을 하고, 꿈을 꾸는 사춘기는 시간이 없는 아이에게 찾아올 겨를이 없었다.

그런데 그즈음 없던 감정이 움트기 시작했다. 고마운 사람들인데 자꾸 서운해지고, 자신을 뺀 가족들의 모습이 훨씬 안정되어 보이는, 평소와 다름없는 생활인데도 가슴이 싸늘해지는 일이 많아졌다. 죽은 엄마나 아이를 버리고 나간 아빠처럼 자신을 둘러싼 사람들이 모두 사라져 혼자 남는 게 낫겠다는 생각이 차츰 고개를 들었다. 특히 도시로 유학을 가 가끔씩 집에 와서 쓰다 버리는 참고서를 챙겨 주는 사촌오빠가 가장 거슬렸다. 한 살밖에 많지 않으면서 어른인 척 아이를 챙기는 오빠를 보면 알 수 없는 역한 기분에 부대끼곤 했다.

그날은 오빠가 개교기념일이라 금요일부터 주말까지 사흘을 내리 쉰다고 집에 내려온 날이었다. 큰어머니는 밭일을 나가면서 오빠와 동생들의 밥을 챙기고, 그들이 어지른 방과 벗어놓은 옷가지를 정리하라고 아이에게 시켰다. 학교를 쉬라는 말은 하지 않았지만 그 일을 다 하려면 학교에 갈 수 없었다. 오빠는 마루에 반쯤 누워 한 손에는 『호밀밭의 파수꾼』을 들고, 다른 손으로는 아이가 내다 준 주스를 마시고 있었다. 고맙다며 웃는 얼굴에 하마터면 주스를 부을 뻔했다. 좋은 책이라며 다 보면 빌려주겠다고 흔드는 손을 부러뜨리고 싶었다. 평소와 다르지 않은 모습인데도 자꾸 화가 치밀어 큰어머니가 한 말을 어기고 학교에 가 봐야 한다며 둘러대고 늦은 밤까지 집에 들어가지 않았다.

집으로 돌아가자 아무도 없고, 매캐한 연기만 아이를 맞았다. 오빠가 깜빡 잠든 사이 쌍둥이 남동생들이 축사에 들어가 놀다 불을 낸 것이다. 두 동생은 축사에 갇혀 연기로 질식사했다. 오빠는 불이 난 걸 뒤늦게 알고 뛰어들었다가 얼굴과 팔에 큰 화상을 입었다. 그 사실을 몰랐던 아이는 집에 들어가면 일도 팽개치고 나가 놀다 늦었다는 호통을 들을까 봐 적당한 변명거리를 찾으며 대문을 밀었다.

큰아버지와 큰어머니는 아이에게 화내지 않았다. 두 동생을 묻고 돌아온 뒤에도 어린 동생들을 두고 집을 비웠다고 호통치지 않았다. 그들은 아이를 따듯하게 안아 주진 않지만 아이가 잘못했을 때도 손찌검을 하거나 큰소리를 내는 사람들이 아니었다. 다만, 그 사건 이후로 아이를 절대 쳐다보지 않았다. 도시락을 싸 주지도 않았다. 아이는 슬프고 무서워도 가족들이 더 힘들어할까 봐 울음을 참아냈다. 하지만 오빠는 며칠 동안 크게 울었다. 모두 자신이 잘못한 거라고, 동생들을 못 지켜서 죄송하다며 울음을 터뜨렸다. 일이 가까스로 진정된 뒤에는 큰아버지와 큰어머니를 위로하고 아이에게도 안타까운 듯 말했다.

"네 잘못이 아니었어."

아이는 비로소 모든 게 제 탓임을 실감했다. 자신의 탓이라고 가족들이 생각한다는 것도 그제야 받아들였다. 바쁘게 돌아가는 시골의 일상이 깨진 것도, 무뚝뚝하지만 서로를 챙겼던 가정이 무너진 것도, 그들 사이에 조그맣게 만들어졌던 자신의 자리가 완전히 사라져 버렸다는 사실까지 알게 되었다. 하지만 아이는 집을 떠날 수 없었다. 자립을 꿈꿀 수도 없거니와 뭐라도 해서 용서를 받아야 할 것 같았다.

오빠는 가족을 돌본다며 도시에서 고향으로 전학 왔다. 대학입시가 1년밖에 안 남아 큰어머니가 반대했으나 큰아버지는 집에 사람 구실 하는 놈이 아무도 없으니 오빠라도 내려오는 게 좋겠다고 허락했다. 오빠는 그들에게 든든한 위안이 되었다. 큰어머니가 싸 주는 도시락을 들고 등교하는 뒷모습, 공부하느라 밤늦게까지 불을 켠 방, 빈자리가 남은 밥상을 둘러보며 미안하다고 울먹이는 모습 같은 걸로 큰아버지와 큰어머니의 얼굴에 표정이 들게 했다. 아이는 그나마 오빠가 있어 다행이라는 생각을 하면서도, 익숙한 불안감에 시달렸다. 그래서 손을 떼라는 집안일에 필사적으로 매달렸고, 축사의 가축을 더욱 열심히 돌봤다. 오빠처럼 늦은 밤까지 공부하며 피곤한 몸을 일찍 일으켰다. 그러나 그들 틈에 끼려고 노력하면 할수록 사이는 더 벌어졌고, 그 집에서 가족은 셋이라는 사실만 자명해질 뿐이었다. 자신을 바라보는 큰아버지와 큰어머니의 눈빛은 텅 빈 지 오래였다.

고등학교를 진학하기 전까지 의사가 꿈이었던 오빠는 사범대학에 진학했다. 꿈이 바뀌어서가 아니라 점수가 모자란 탓이었다. 그게 다닌 학교의 수준 때문인지, 오빠가 받은 점수 탓인지 알 수 없지만 오빠는 자신의 능력 때문이라고 설명했다. 그러나 큰아버지와 큰어머니의 생각은 달랐다. 그들은 오빠가 사범대 합격증을 들고 집으로 돌아오던 날, 아이에게 처음으로 크게 분노했다.

"18년을 염치없이 버티더니 결국 이 사단을 내!"

그들은 동네 사람들이 볼까 봐, 들을까 봐 내내 감췄던 말을 기어코 터뜨리고 말았다. 진절머리난다, 제 부모를 닮아 낯짝도 두껍다, 에미를 잡아먹더니 내 새끼들까지……, 우리 아들 얼굴을 저따위로 만들고 여기가 어디라고! 아이는 그때 자신이 듣고 살았던 말 중에 가장 끔찍한 말을 모두 들었다. 그러나 그 자리에서 선뜻 도망치지 못했다. 어쨌거나 그들은 자신의 보호 자였으니까, 남들 말대로 18년을 키워준 은인이었으니까. 하지만 아이는 오빠의 한마디에 그대로 집을 뛰쳐나갔다.

"내 뒤로 숨어. 아버지, 어머니가 나한테는 안 그러시니까."

어른이 되고 오랜 시간이 흐른 뒤에도 아이는 오빠가 등 뒤로 자신을 잡아당겨 붙든 손목이 욱신거릴 때가 있다. 어떤 기억은 절대 잊히지 않고, 어떤 기억은 너무 고약해 선택적으로 조작되기도 한다. 내가 그들에게 무엇을 그렇게 잘못하고 살았나, 화재가 순전히 나 때문에 일어났나. 아이는 독립하고 나서는 만만한 사람으로 보이지 않으려고 아침마다 진하게 아이라인을 그리고, 궁지에 몰렸을 때 목소리를 크게 내는 연습을 평소에 했다. 더는 타인에게 휘둘리지 않기 위해 가족을 떠나 공부나 일, 그 무엇을 하더라도 악착같이 매달렸다.

아주 오랜 다짐 때문이었을까. 성인이 된 아이는 큰아버지와 큰어머니가 죽었다는 부고와 사촌오빠가 가족과 함께 연구소로 검사받으러 오던 중 터널 사고를 당했다는 연락을 받고도 가슴은 내려앉았으나 일어서지 못할 만큼 좌절하지는 않았다. 인생의 긴 챕터가 드디어 끝이 났구나. 30년간 몸을 죄던 족쇄가 비로소 풀린 기분이었다.

어릴 적부터 아이는 그들에게 최선을 다했다. 집을 나오고 나서도 어떻게든 보답하려고 큰아버지에게 매달 용돈을 부치고, 오빠의 안면 화상 재건 수술에 큰돈을 썼으며, 난소에 문제가 있다는 새언니와 심장질환으로 고생하는 오빠를 생명공학 연구소에 소개해 주었다. 나중에 연구소에서 생산한 약에 부작용이 있을지 모른다는 정보를 듣고 오빠 부부를 말리기도 했다. 다른 사람이야 어떻게 되든 아이에게는 가족이니까, 그들이 잘못되는 건 막아야 했다. 하지만 부부는 고집을 부렸다. 오래 건강하게 살고 싶다고, 그들의 아이에게 평온한 가정을 만들어 주겠다면서 사고가 나던 날까지 만류했음에도 불구하고 의지를 꺾지 않았다. 모든 게 그들이 선택한 거였다. 태어나자마자 혼자 남겨진 아이처럼 사고는 피할 수 없는 그들의 운명이었다.

아이는 터널 사고로 혼자 남은 오빠의 딸을 품기로 했다. 어쩌면 그것이 자신을 키워준 사람들에게 같은 방식으로 보답하는 마지막 책임일지 몰랐다.

보육원에서 처음 마주한 오빠의 딸은 오빠를 많이 닮지 않았다. 조카는 오빠와 달리 중학생인데 성인 남자만큼 키가 컸고, 이해한다는 듯 괜찮다는 눈빛을 보이려고 애쓰지 않았다. 아이는 그런 모습이 훨씬 정직해 보여 불편한 표정으로 자신을 쳐다보는 조카가 한눈에 마음에 들었다. 이번엔 자신이 오빠의 딸을 등 뒤로 숨길 차례라고 생각했다.

***

   나는 어슴푸레 빛이 비치는 밀폐된 장소에 누워 있다. 약물이라도 주입한 듯 몸이 무거워 움직이기 힘들다. 팔다리를 대자로 크게 벌리고 있지만 누군가 옆에 눕는다면 몸을 웅크려야 할 만큼 좁은 공간이다. 화분을 잔뜩 들여놓아 잘 자리가 부족했던 내 방과 크기가 비슷하다.

   여긴 어디일까. 바닥은 두꺼운 매트가 깔린 듯 폭신했다. 바로 보이는 회색 벽도 바닥과 비슷하게 처리되어 있었다. 방음벽일까. 방의 생김을 보면 방음보다는 딱딱한 벽에 몸을 부딪쳐 사고 치려는 걸 방지할 목적으로 만들어진 것 같았다. 수년 전, 승원의 사업에 휘말려 갇혔던 교도소와 면적이 비슷했고, 구조도 다를 바 없었다. 그때 기억이 떠올라 포박된 듯 몸이 움직여지지 않았다. 숨을 깊이 들이쉬고 거기가 아니라고 가까스로 진정했다. 어딘지 모르겠고, 몸은 가둬지지 않는데 어이없는 현실에 맥없이 웃음이 샜다. 사람을 가둬 놓고 사고 치는 건 싫었나 보지? 꼼짝 못하고 당한 상황을 좀체 받아들이기 어려웠다.

   좁은 공간에 어울리지 않게 천장이 높다. 천장 가운데는 똑바로 쳐다보기 힘든 밝은 조명이 켜져 있고, 대각선으로 바라보

142 속도의 안내자

는 모서리 두 곳에는 감시 카메라가 설치되어 있었다. 문틈으로 새는 바람에 한기가 들었다. 팔을 겨우 움직여 몸을 감싸고 주위를 둘러보았다. 언제 갈아입혔는지 입고 있는 옷은 황토색 수의였다. 머리맡에는 성의 없이 뚜껑을 올려놓은 재래식 변기와 호스가 이어진 수도가 있고, 다리 아래편 출입문에는 생수통과 에너지바가 놓인 게 보였다. 문고리가 없어 안에서는 열 수 없는 구조였다. 탈출을 완벽히 차단한 밀실이었다.

며칠 사이 있었던 일들이 눈앞에 아스라이 스쳐 간다. 인천공항에서 출발해 좁고 서늘한 감방에 갇혀 눈을 뜬 지금까지의 시간. 중국에 도착해 내부 공사를 마친 연구소를 둘러보고, 현지 직원을 뽑고, 새로 지은 공장에서 시제품을 만들어 테스트하는 것까지 확인했다. 모든 일이 빠르고, 순조로워 삐거덕거릴 가능성을 의심할 여지가 없었다.

기억하는 마지막 날에는 페닌슐라 호텔의 스위트룸에서 쯔쉬엔, 윤성균과 어울려 자축하는 티타임을 가졌다. 식도를 뜨겁게 조이던 보이차가 아직도 입안에 얼얼하다. 그곳에 모인 우리는 일의 성공을 확신하며 그간의 노고를 서로에게 칭찬했고, 보이차를 도수가 센 중국술이라도 되듯 향을 음미하며 기분 좋게 넘겼다. 그리고 10~20분 시간이 지났을까. 몸이 노곤해졌고, 어느샌가 웃는 얼굴들이 멀어졌다.

허기가 몰려들었다. 나는 손을 짚고 힘겹게 자리에 앉았다. 손목에 얇은 줄이 걸리며 하복부에서 뭔가 뽑히더니 찔린 것처럼 치골 주변이 따끔거렸다. 투명 튜브가 바지 위로 뽑혀 올라가 허공을 향해 누런 액체를 쏘았다. 황토색 하의에 흔적이 길게 새겨지고 있었다. 설마 소변줄 같은 건 아니겠지? 가는 튜브는 내가 누운 자리 옆에 A4 용지 크기의 투명 파우치와 연결되어 있었다. 그것이 소변줄이고 소변봉투란 사실을 깨달았을 때 주위에 아무도 없지만 얼굴이 화끈거려 고개를 들 수 없었다. 수치심에 얼굴을 가렸다. 나는 대체 여기에서 얼마나 나자빠져 있었던 걸까. 며칠이 지났는지도 모르지. 시계나 달력 따위는 없고, 시간을 가늠할 밖이 보이는 창도 없었다.

한참을, 흩뿌려진 소변이 거의 말랐으니 한참이라고 생각되는 시간 동안 허공만 응시했다. 겨우 정신을 차려 변기 옆에 놓인 화장지를 찢어 바닥을 세차게 문질렀다. 바닥에 스민 소변의 흔적을 없애려고 침을 뱉는데 뱃속에서 그르렁거리는 소리가 끊이지 않았다. 휴지를 던지고 생수와 에너지바를 집었다. 이곳에서 무엇을 해야 할지, 어떤 걸 먼저 해야 할지 떠오르는 건 없는데 지독한 두통이 머리를 조여 왔다. 갑작스러운 허기와 참기 힘든 두통만큼이나 배신감도 빠르게 치솟아 몸을 부들거렸다. 여기까지 오려고 얼마나 기를 쓰고 발버둥쳤는데, 시체처럼 엎어져 있던 시간을 당신이 상상할 수나 있어? 나는 아무렇지도 않다는 듯 카메라를 노려보며 물을 넘기고 에너지바를 씹었다. 하지만 손바닥 크기도 안 되는 에너지바로는 도무지 허기가 가시지 않았다. 이 또한 사람을 길들이는 방식이라고 생각하니 비참해지면서 솟구쳤던 기운이 일시에 사그라들었다.

분명한 건 쯔쉬엔에게 속았다는 사실이다. 지금의 전경이 사업 파트너로 나를 대접한다고 볼 순 없으니까. 끊긴 기억은 내가 기억하지 못하는 몇 시간, 다만 며칠이 아니라 사람을 의심하지 않은 어떤 순간부터 시작된 것이다. 채윤에게서 빼돌린 지문인식기를 들고 쯔쉬엔에게 연락했을 때부터, 그전에 승원이 한성태 같은 사람들을 모아 시험을 재개했다는 걸 알게 된 시점부터 내 이성은 기능을 못하고 그저 괜찮았던 과거로 돌아간다는 망상에 비틀거렸다. 그게 잔인한 건 지금보다 나아질 거라고 헛된 희망을 품었다는 것이다. 이제야 그걸 깨닫고, 이빨 사이에 낀 에너지바를 혀로 열심히 긁어내는 지금이 한심해 미칠 것만 같았다.

아무리 머리를 쥐어짜도 쯔쉬엔이 왜 이러는지 당최 이해할 수 없었다. 비록 몇 년 동안 숨죽여 지내느라 연락은 끊고 살았으나 그는 과거에도, 아니 여기에 갇히기 얼마 전까지만 해도 든든한 파트너였다. 나는 그를 공항 자회사에서 근무할 때부터 VIP 투자자로 모셔 왔고, 신공항 부지를 선정하기 전에는 공사의 대외비를 빼돌려 개발 예정지를 알려줌으로써 신뢰를 얻었다. 승원의 일에 투입되고 나서는 신약에 대한 정보를 흘려 투자 손해를 보긴 했지만, 그는 그걸 내 탓으로 돌리지 않았다. 도리어 최근에 연락을 다시 했을 때 승원이 제약을 포기 안 할 줄 알았다면서 잊지 않고 찾아 줘 고맙다며 사람을 시켜 선물까지 보냈다. 그때만 해도 나는 연구소 사람들보다 그에게 먼저 연락하길 잘했다고 생각했다. 사람들 몰래 쯔쉬엔과 사업을 기획한 건 현명했다고 스스로 칭찬했다. 약 부작용은 이제 해결했겠지, 일을 다시 시작하며 찜찜한 기분을 억지로 털어냈다. 그런데 그가 왜? 내가 아니면 누구와 같이하려고 이딴 곳에 나를?

윤성균, 어쩜 그놈인지 모른다. 기억의 마지막 날, 쯔쉬엔은 비서가 아닌 윤성균에게 따듯한 차를 마셨으면 좋겠다고 부탁했다. 나는 그걸 쯔쉬엔이 내게 신호를 보내는 거라고 착각했다. 쯔쉬엔은 내가 중국으로 들어오기 일주일 전에 전화를 걸어 말했다. 시제품이 나오는 것만 확인하면 필수 인원을 제외하고 모두 정리할 거라고. 그는 윤성균이 차를 준비하러 자리를 비우자 들릴 듯 말 듯한 목소리로 다 되었다고, 오늘 모두 정리된다고 입 모양을 냈다. 나는 그의 말에 턱 끝으로 윤성균이 있는 방향을 가리켰다. 쯔쉬엔은 엄지를 들어 올리며 함박 웃었다.

돌이켜 보면 쯔쉬엔이 윤성균을 제거할 이유는 단 하나도 없었다. 다만 내가 그를 경계하지 않아 눈치채지 못했을 뿐이지. 연구소 소장이 알렉스, 알렉스 하면서 윤성균을 아랫사람 부리 듯했고, 채윤이 물건 배달을 지시했던 사람이라고 해서 크게 신경 쓰지 않았다. 그저 나보다 아랫사람이겠거니, 어느 조직에나 있는 스마트한 심부름꾼으로 단순하게 생각했다. 오랫동안 현장을 떠난 탓에 사람을 보는 눈도, 항시 주변을 의심하며 바라봐야 한다는 사실도 잊고 지냈다.

시간이 얼마나 흘렀을까. 설마 정신을 잃은 동안 약이 시판돼 내가 들인 공이 완전히 묻힌 건 아니겠지? 머리가 얼마나 자랐는지 만져 보고, 어깨와 배, 엉덩이, 허벅지를 차례로 더듬었다. 머리는 가슴 길이에서 더 자라지 않았고, 살은 흐물거리지만 변동이 별로 없었다. 정수리 쪽에 머릿기름이 뭉친 게 사나흘 정도 시간이 흐른 것 같았다. 마른세수를 한 손바닥에는 아이라이너와 마스카라에서 떨어진 검은 가루가 묻어났다. 시간이 얼마 지나지 않아 다행이라는 생각이 들면서도 폐쇄된 공간이 갑갑해 숨이 잘 나오지 않았다. 이런 상황에도 허기는 사라지지 않아 상하이 외곽 식당에서 먹었던 전복과 게 요리가 눈에 선했다.

쯔쉬엔은 우리가 상하이에 도착한 날, 상하이와 광둥요리로 유명하다는 레스토랑에 멤버를 모두 데려갔다. 웨스턴과 이스턴 양식이 혼재된 레트로한 느낌이 나는 모던한 식당이었다.

치파오를 입은 웨이트리스의 안내에 따라 건물 깊은 곳에 위치한 프라이빗 룸으로 따라 들어갔다. 마치 1800년대 후반이 배경인, 중국이 어지러웠던 시절을 그리는 영화처럼 쯔쉬엔을 비롯한 멤버 여덟은 요직이라도 된 듯 정장을 갖춰 입고, 은밀한 분위기로 둥근 테이블에 둘러앉았다. 엄숙한 분위기는 호화로운 음식이 나오자 이내 왁자지껄 변했다. 샥스핀과 전복, 제철 맞은 상하이 게가 코스대로 나왔다. 음식을 먹고 나서는 한국의 해금과 중국의 비파가 어우러진 공연으로 이어졌다. 이곳에 들어오기 전 마지막 음식은 아니었으나 마지막 만찬으로 기억되는 자리였다. 나를 포함해 필요 없는 사람들을 보내기 위한 굿바이 쇼였는데 그것도 모르고 성공에 다다랐다고 공연 음악에 맞춰 어깨나 들썩거렸다니.

쯔쉬엔이 계획한 대로라면 제품은 우리가 도착하고 한 달 뒤에 판매할 것이다. 젠장, 며칠이 지났는지 몰라 무슨 일이 벌어지는지 짐작할 수 없었다. 그들과 열흘을 함께 있었으니 만약 지금 같이 시간을 보냈다면……. 내 상태를 봐서는 닷새는 안 지났을 것 같은데, 그렇다면 보름 뒤에는 내가 완전히 제거되는 건가. 절대 그럴 수 없다. 그 약을 쯔쉬엔에게 바친 사람은 승원도, 윤성균도 아닌 바로 나였다.

나는 16년 전, 승원의 오더를 받고 임상시험자를 찾아 세계 각국을 헤맸다. 공항 자회사에서 해외 행사를 담당한다는 이유로 사장의 유학 시절 친구가 일하는 승원 바이오틱스 해외사업부에 업무 협약 건으로 차출되었다. 제약에 대해 잘 몰랐지만 아시아와 아프리카, 남미의 여러 지역을 돌며 현지 실무자를 만나고, 임상시험자를 심사하는 일은 한국에서의 답답한 위치보다 훨씬 다이내믹하고 즐거웠다. 상고를 졸업하고 야간대학을 자퇴한 학력도 문제 되지 않았다. 영어와 중국어, 어설프지만 스페인어를 구사하며 주어진 업무에 최선을 다했다. 덕분에 나는 만년 과장에서 회사 첫 여성 임원으로 빠르게 승진했다. 채윤을 맡은 것도 그때 일이 잘 풀려 넉넉해진 마음 때문이었다.

하지만 고작 3년, 내 인생에서 봄날은 딱 그만큼 허락되었다. 승원의 불법 임상시험이 국제적인 문제가 되면서 나 같은 브로커도 궁지에 몰렸다. 승원은 해결책으로 사업을 접고, 브로커들이 동물 시험 중인 약을 빼돌려 밀거래한 거라고 책임을 모두 뒤집어씌웠다. 난 그 일로 5년 실형을 선고받고, 평생 모은 돈을 얼굴도 모르는 타국의 피해자에게 위자료로 지급했다. 회사에서는 퇴직금 없이 해고되었다. 승원은 피해를 합의해 주는 대신 누구와도 접촉하지 않고 평생 숨죽여 살라는 단서를 달아 변호사를 붙여 주었다. 단서를 지키지 않으면 기업 명예훼손으로 다시 고발해 영원히 빛을 못 보게 하겠다는 엄포를 회사 담당자를 통해 전달했다.

"당신을 계속 지켜볼 겁니다. 그러지 않길 바라지만, 당신이 한 짓을 따질 날이 올지도 모르고요."

그간 잊고 지냈던 그 말을, 철석같이 믿었던 사람에게 속아 타국의 감방에서 기억하고 말았다.

4개월 동안 교도소에 갇혔고, 13년을 죽은 듯 살았다. 그리고 쯔쉬엔과 연구소 사람들을 만나 복제품을 만들어 중국에서 사업에 성공하겠다는 의지를 불태웠는데, 어쩌다 이런 곳에 다시 ……. 살아남으려면, 떠올릴 수 있는 모든 걸 기억해 붙들어야 한다.

열흘을 내리 묵었던 페닌슐라의 스위트룸. 오랫동안 회사를 다녔지만 고급 호텔 스위트룸에서 숙박하긴 처음이었다. 미팅 때문에 호텔 커피숍은 종종 들락거렸으나 사적인 이유로 호텔을 찾지는 않았다. 그럴 만한 여유가 있는 삶이 아니었다. 그래서 스위트룸의 모든 것이 생생히 기억나기도 하지만, 무엇이 특별했는지 기억 못하기도 했다. 두툼해 얼굴을 포근히 감싸던 목욕용 타월? 몸을 담그면 상하이 야경이 한눈에 들어오던 사치스러운 욕조? 그러고 보니 담당 메이드가 수상쩍긴 했다. 고급 호텔의 메이드라 영어를 잘하는 게 특이한 건 아닌데 발음이나 태도가 보통의 메이드 이상이었다. 쯔쉬엔이 각별히 신경 썼을 거라고 여기며 깊이 생각하지 않았으나 성조를 지운 영어 발음에 몇 번이나 고개를 돌려 쳐다보았다.

만약 내가 짐작한 게 맞는다면 왜 내칠 사람에게까지 연구소를 공개했을까. 지하 2층, 지상 9층 규모의 단독 건물. 내부를 온전히 돌아본 건 그때가 처음이었다. 지하 두 개 층엔 실험용 약을 생산할 설비시설과 약품, 실험 부자재를 들여놓은 창고가 들어섰고, 지상 1, 2층은 공동 연구소, 3, 4층은 연구원들의 개별 연구실, 5층은 회의실, 6층은 카페와 식당, 7층은 체력 단련실, 8층과 9층엔 연구소장과 사장의 집무실이 배치되어 있었다. 그때까지만 해도 나는 내 자리가 연구소 9층에 위치한 사장실이라고 믿어 의심치 않았다. 생산공장은 연구소와 1킬로미터쯤 떨어졌는데, 한눈에 들어오지 않는 엄청나게 거대한 규모라 쯔쉬엔의 욕망을 들여다보는 기분이었다. 그건 쉽게 충족되지 않을 내 욕망과도 크기가 비슷했다.

소장과 윤성균, 연구원 다섯 명은 그들이 생각했던 것보다 연구소 규모가 상당한 것에 놀라 한동안 말을 잃고 고개만 움직였다. 미래에 들어선 것 같은 설비실과 공동 연구실은 쯔쉬엔을 보좌하는 중국 측 연구원이 레이저 포인터를 사용해 설명했는데, 한국의 연구원들에게는 윤성균이 통역했다. 나도 대강 할 수 있는 설명이지만 약물이나 기자재 등 실무 용어가 많아 정확성을 위해 나서지 않았다. 사실 몇 년 동안 중국어를 쓰지 않아 대화가 길어지면 통역이 꼬이곤 했다. 업무를 하는 데도 세월의 흐름을 느껴야 하다니 앞으로 생산할 약이 정작 필요한 사람은 나일지 몰랐다. 지금은 어떻게 생각해도 화가 치민다.

맞다, 그 연구원. 중국어로 설명했던 그 여자. 까만 긴 머리를 아래로 질끈 묶고 모자를 썼던 메이드랑 비슷한 느낌이다. 금발로 염색한 단발에 실험실 가운 차림이었지만, 곰곰이 떠올려 보면 연구원은 호텔 메이드와 얼굴형과 체구가 거의 같았다. 안구가 동그랗고 또렷해서 달라 보이기도 하나, 눈동자는 콘택트렌즈를 끼면 얼마든지 바꿀 수 있다. 연구원은 설명을 마친 뒤 무람없이 윤성균을 쳐다봤고, 윤성균은 그녀의 말이 끝나면 곧장 통역을 이어 갔다. 어떤 부분은 먼저 나서서 설명하기도 했다. 마치 시설을 익히 알고 있는 것처럼, 자주 만나 합을 맞춘 사이처럼. 아, 혼란스러워 머리가 터질 것 같다.

소장은 제 앞가림도 못할 것 같고, 윤성균은 쯔쉬엔과 작당해서 나를 도울 리 없고……. 믿을 곳은 채윤밖에 없는데, 세상 무심한 성격이라 내가 없어진 걸 알고나 있는지 모르겠다. 더군다나 출장 중에 일을 당했으니 나를 기다리고 있지 않을지도.

아, 그 사진. 며칠 전, 연구소 건물과 그 안에서 설명을 듣는 사람들을 몰래 찍어 채윤에게 문자를 보냈다. 그저 내가 하는 일이 이 정도는 된다고, 구질구질한 알바는 집어치우고 같이하자며 전송한 거였는데, 그거에라도 희망을 걸어야 하나. 대꾸조차 없는 문자에 기대야 하다니. 이럴 줄 알았다면 승원에서 받은 임상시험자 리스트나 오빠 부부의 임상 계획서라도 거래

용으로 들고 올걸. 승원의 임상시험을 때가 되면 유리하게 쓰
려고 꼭꼭 감춰 둔 게 후회된다. 아직까지는 상황이 좋아 공개
할 필요가 없다고 생각했다. 정말이지 손에 쥔 게 아무것도 없
다.

어쨌든 채윤밖에 없다. 그 아이가 나를 찾겠지. 아무려나, 건
조하지만 모진 아이는 아니니까 며칠 연락이 안 되면 경찰이나
그 어디에라도 신고할 것이다. 생긴 것도 제 부모보다 나를 더
닮았는데, 내가 저를 어떻게 찾아내 지금껏 키웠는데, 나한테
고마운 마음이 조금이라도 있다면 모른 척할 수는 없다. 찾아
줄 것이다. 아마, 아니 꼭 그래야만 한다.

허기가 잠잠해지자 이젠 거센 복통이 일었다. 나는 부리나케
변기 뚜껑을 열고 그 위에 앉았다. 감시카메라 두 대가 나를 향
해 돌아가는 게 느껴졌다. 내린 하의를 주춤 붙들고 일어섰다
가 몰리는 통증에 참을 수 없어 변기에 도로 앉았다. 몸을 최대
한 웅크려 무릎 사이에 얼굴을 묻고 상의를 잡아당겨 엉덩이를
가렸다.

5 시간을 거슬러

초인종을 누르고 정원을 따라 5분쯤 걸었다. 정문에서 주택의 현관문까지 이르는 길은 정원수와 화초로 가꿔졌는데, 채윤이 알아본 건 소나무와 철쭉, 사이프러스 정도였다. 생전 처음 보는 작은 새들이 정원수에 숨어 시끄럽게 울다가 공중으로 푸드덕 날아올랐다. 완만한 곡선으로 이어지는 길은 채윤을 다른 세계로 인도하는 듯했다. 가족과 함께 갔던 수목원과 초등학교 때 체험활동으로 놀러간 놀이공원의 식물원을 떠오르게 하는 평화로운 풍경이었다.

채윤은 배달하면서 한 번도 접하지 못한 풍경에 생경함을 느꼈다. 가깝게 대저택이 보이는데 그 뒤로 자리 잡은 허름한 집에서 수취인이 나올 거라고, 혹은 수취인이 이곳에서 일하는 사람일지 모른다면서 그런 상상에 맞는 사람을 찾으려고 고개를 부산히 움직였다. 너무 평온해 거꾸로 무슨 일이 벌어질 것 같은 불길한 예감이 들었다. 채윤은 근래 수취인들이 거칠어졌다는 사실을 상기하며 긴장을 늦추지 않았다. 지속되는 안도는 예기치 않은 혼란에 빠뜨릴 수 있다. 무슨 일을 벌이는지 모르는 승원과 배신감만 차오르는 고모를 생각하면 마음 편히 주변이 돌아봐지지 않았다. 하지만 누군가 지켜볼지 모른다는 생각에 속도는 내지 않고 걸었다.

문자가 들어왔다. 배인상이었다. 채윤은 핸드폰을 흘깃 쳐다보고는 가방에 도로 집어넣었다. 구속되기 전에 보낸 예약 문자일 것이다. 올 수 없는 문자가 낯선 풍경 속에서 아무것도 아닌 것처럼 느껴졌다.

정원의 끝에는 5층의 층고가 높고 창이 많은 주택을 가운데 두고, 단층의 긴 건물 두 채가 이어지지 않은 디귿자 형태로 들어서 있었다. 채윤은 세 개의 건물을 두리번대다 가운데 주택의 계단을 타고 출입문으로 올라갔다. 벨을 누르고 얼마 지나지 않아 문이 열렸고, 현관처럼 보이는 빈 공간이 나왔다. 조금 기다리고 있으려니 실내를 가로막는 무거운 커튼을 걷고 여자가 얼굴을 내밀었다. 여자는 안으로 들어오라며 고갯짓을 했다.

"저기, 여기서 드릴게요."

채윤의 말에도 여자는 대꾸 없이 몸을 돌렸다. 채윤은 주춤거리다 하는 수 없이 신을 벗었다. 그리곤 커튼을 올려 실내로 들어섰을 때 펼쳐진 광경에 휘둥그레져 저도 모르게 신을 다시 꿰었다. 바닥은 흙과 모래가 섞여 다져졌고, 고개를 들어 올려다본 천장은 쏟아질 듯 들어오는 빛에 눈이 부셨다. 안에 식물을 많이 들여놓아 마치 실내 수목원에 들어선 기분이었다. 밖에서 5층으로 보였던 건물은 실은 단층이었다. 유난히 층고가 높고 창이 많다고 생각했는데 그게 모두 식물을 위한 채광 장치였던 모양이다. 바닥에는 미니 스프링클러가 곳곳에 설치되어 있었다. 식물이 있는 뒤편으로 거주 공간이 따로 있을지 모르나 얼핏 보면 평범한 주택이 아니었다.

채윤은 허둥대며 잰걸음으로 여자를 쫓아갔다. 여자도 채윤처럼 실내에서 스니커즈를 신고 있었다. 내부 공간이 클 거라고 생각은 했으나 예상보다 넓은 곳이었다. 여자는 입구에서 대각선으로 보이는 테이블 앞에 걸음을 멈췄다. 철제 테이블 뒤에는 간이 주방과 커피머신이 설치되어 야외 카페에 나온 느낌을 주었다.

가까이 마주한 여자는 분위기가 어딘지 원숙해 채윤보다 나이가 들었을 거라고 짐작되지만 연령을 가늠하기가 어려웠다. 그저 눈높이가 높아 키는 175센티미터가 넘을 거고, 군살 없이 바른 체형이라 모델이나 무용수 같은, 몸을 아름답게 쓰는 직업을 가졌을 거라고 추측할 뿐이다. 초여름인데 몸에 들러붙는 캐시미어 니트를 입어 궁금증을 자아냈다. 채윤은 지문인식기로 그녀가 수취인이라는 것을 확인하고 주의사항을 일러주었다. 여자는 테스트용 약까지 먹고는 배달품을 받지 않은 채 채윤을 테이블로 이끌어 앉혔다.

"죄송한데, 이거만 드리고 갈게요."

여자는 말없이 채윤에게 차를 한 잔 내주었다. 차를 따르는 하얗고 마른 손가락이 섬세해 보였다. 목이 깊게 파인 회색 니트에 쇄골이 드러나 묘하게 우아한 분위기를 자아냈다. 그녀는 배달품을 들고 자리를 비우며 인사했다.

"캐모마일이에요. 기분 좋게 몸이 이완될 거예요. 저도 주신 약이랑 이걸로 도움 많이 받고 있거든요."

채윤은 무엇에 홀린 것처럼 그대로 앉아 여자가 건넨 차를 의심하지 않고 한 모금 넘겼다. 어깨와 목의 긴장이 따듯한 차와 초록 식물로 둘러싼 배경 때문에 풀리는 기분이다. 실내에 잔잔한 클래식이 계속 흐르고 있다는 사실을 그제야 인지했다. 그리고 삶에 찌들지 않은 것 같은 수취인을 처음 만났다는 생각이 문득 들었다. 채윤은 잔에 입을 다시 대며 한쪽 손을 다른 어깨에 두르고 느리게 주물렀다. 여자는 벌써 나무 사이로 들어가 모습이 보이지 않았다.

새로운 유형의 수취인인데 어떤 사람인지, 왜 약을 먹고 있는지, 대체 무슨 도움을 받았다는 건지, 앞으로 무슨 일이 벌어질지 생각이 진전되지 않았다. 그저 조금 쉬어 가도 된다는 나른

함이 채윤을 감쌌다.

채윤은 식물원 같은 대저택에 배달한 뒤로 그와 비슷한 수취인을 종종 만났다. 일주일에 세 번 하는 배달 중 한 번은 누가 봐도 부유한 사람이었다. 출입할 때 경비가 삼엄한 고급 빌라와 아파트, 부촌으로 불리는 유명 주택단지. 정도의 차이는 있으나 그들은 전에 배달했던 사람들보다 상대적으로 제품에 덜 집착했다. 반가워는 하지만 배달이 끊길까 봐 안달 내지 않는다고 해야 하나. 물질적인 여유에 젊음이 더해져 그럴 거라는 짐작을 하면서도 아직 임상시험도 안 끝났고, 부작용이 있다는데 흔쾌히 받아들이는 그들을 이해할 수 없었다.

분명한 건 수취인들이 달라졌고, 승원의 전략이 다른 쪽으로 방향을 틀었다는 거였다. 그건 알렉스가 내리는 지시에서도 알 수 있었다. 알렉스는 고모와 비밀리에 하는 일을 채윤이 거부했음에도 "비밀유지 각서를 유념하십시오."라는 암호로 지시를 내렸고, 업무 전화로는 이제껏 하지 않았던 "모든 내용은 녹음되며, 이에 따른 책임은 배달자가 집니다."라는 주의를 덧붙였다. 그가 암호로 지시를 내리는 날이면 고모는 포장한 물품을 채윤의 방에 두고 갔다. 하지만 식물원 여자와 비슷한 사람에게 배달을 갈 때면 알렉스는 전에 하던 지시—보안이 요구되는 사항입니다.—로 돌아갔고, 고모 또한 채윤의 방에 물건을 두지 않았다.

　이번 배달은 서초동의 고급 아파트였다. 채윤은 아파트 정문
에서 경비요원에게 방문자가 맞는지 거주자의 확인을 받고, 신
분증을 맡긴 뒤 출입문을 통과했다. 단지 입주민의 안전을 위
해 출입자를 확인하는 절차라지만 비밀스러운 일에 동원된 흔
적을 남기는 것 같아 명부를 작성하는 게 찜찜했다. 신분 확인
은 수취인이 묵는 동에 가서 비슷한 형태로 다시 진행되었다.
　호수를 살피고 벨을 누르려는 사이 가사도우미로 보이는 사
람이 나와 들어오라고 목소리를 냈다. 출입문을 밀고 들어간
공간은 채윤의 방보다 면적이 배는 넓고, 바닥과 벽이 상앗빛
대리석이라 서 있기에도 부담스러웠다. 하릴없이 사방을 둘러
보다 벽에 걸려 있는 가로로 긴 액자에 시선을 멈췄다. 어디선
가 본 그림인데 떠오르지 않았다. 무심코 핸드폰을 들어 이미
지를 검색했다. 잭슨 폴락의 1948년 작 〈Number 26A〉. 작품
명이 생소했다. 퐁피두센터에 작품이 있다고 정보가 나오는 걸
보면 그림은 인테리어용 가품일 확률이 높다. 어쨌거나 까만
물감을 새하얀 여백에 흩뿌린 작품은 진품이 아니라도 집주인
의 감각을 대강 짐작하게 했다. 작가의 다른 작품도 핸드폰으
로 넘겨 보는 사이, 도우미가 문을 밀고 나와 들어오라며 채윤
을 불렀다.

현관에 들어서자 다시 긴 복도가 이어졌다. 도우미는 부리
나케 복도를 뛰어 안으로 들어갔다. 채윤은 그녀를 따라 움직
여야 하나 고개를 빼고 안을 들여다보았다. 식물원 같은 주택
에 살던 수취인이 떠올라 신발은 벗기 편하게 뒤축을 꺾어 신었
다. 하지만 안으로 들어간 사람은 자동 센서등이 꺼져 몸을 여
러 번 움직인 뒤에도 나타나지 않았다. 나중에는 불을 켜는 게
의미 없다는 생각에 멍한 채로 서 있었다. 다시 10여 분쯤 기다
리자 종종거리는 걸음 소리가 들렸다. 채윤은 사람을 보고 반
사적으로 앞으로 움직였고, 도우미는 그런 채윤에게 달려와 들
어오지 못하게 막아섰다.

채윤은 도우미의 반응에 당황해 꺾어 신은 신발을 완전히 발
에 꿰었다. 식물원 여자처럼 따라오라고 할지 몰라 신을 벗고
있었던 거지 안이 궁금해 들어가려고 한 건 아니었다. 도리어
계속 기다리는 상황이 짜증 나 독촉하려던 참이었다.

"안에 사람이 계시긴 해요? 저도 이거 주고 바로 가 봐야 한다
고요."

도우미는 더 기다리라고 할 뿐 채윤의 말에 대꾸하지 않았다.
둘이 3~4분쯤 어색하게 있는 사이, 남자가 복도의 조명을 켜고
걸어 나왔다. 남자는 채윤이 말을 걸기 전에 이를 환히 드러내
고 웃었다. 화를 내려고 한 게 민망할 정도로 밝은 표정이었다.
노인으로 보기에는 이른 초로의 남자는 회색 후드 트레이닝복

을 상하로 입고, 실내 슬리퍼를 신어 편안한 차림이었다. 채윤은 수취인의 이름을 확인하고, 지문인식기를 들어 그에게 내밀었다. 떨어진 거리 때문에 인식기가 닿지 않아 까치발을 들었다.

"이쪽으로 조금만 오시겠어요? 지문 인증을 해야 하는데 기계가 안 닿아서요."

남자가 눈웃음을 짓더니 고개를 좌우로 흔들었다. 웃고는 있지만 뺨이 슬쩍 떨리는 게 기분 좋아서 하는 행동이 아니었다. 채윤은 묘하게 뒤틀린 분위기를 감지하고 신을 벗은 뒤 남자에게 다가섰다. 남자가 소리를 지른 건 찰나였다. 도우미는 채윤을 밀치며 신발을 신으라고 했고, 재빨리 앞치마에서 걸레를 꺼내 채윤이 디딘 곳을 닦았다. 채윤은 그들의 행동에 놀라 지문인식기를 든 팔을 내리고 뒤로 물러섰다.

조금 뒤 남자는 아무 일도 없었던 것처럼 인식기를 다시 올리라며 손을 위아래로 까닥댔다. 남자는 생체 인증을 하고, 주의사항을 듣는 내내 희미하게 미소를 지었다. 채윤은 조롱을 담은 듯한 웃음이 불쾌해 잠결에도 외울 수 있는 주의사항을 머뭇머뭇 더듬었다. 남자는 채윤이 만났던 수취인들, 이를테면 다른 부유한 수취인들과 다른 사람이었다. 그가 손을 뻗어 채윤의 말을 멈췄다.

"웅얼거리지 말고요. 못 외우겠으면 설명서를 보고 그대로 읽든가."

처음 듣는 그의 음성은 낮고, 서늘했다. 옆에서 도우미가 얼굴을 찡그리며 다시 하라고 입 모양을 냈다. 번잡하게 움직이는 눈동자가 불편한 분위기를 대신 말하고 있었다. 그런데 이상하게 고압적인 남자의 태도에 화가 나기보다는 얼른 자리를 피하고 싶은, 더 이상 분란을 일으키면 안 된다는 이해하기 어려운 압박이 느껴졌다. 실수를 더 하면 안 될 것 같아 눈치를 계속 살폈다. 채윤은 숨을 눌러 쉬며 주의사항을 다시 읊었다. 그런 뒤 테스트용 알약을 라텍스 장갑과 같이 남자에게 내밀었다. 남자가 채윤의 손을 밀쳤다.

"그 지저분한 걸 어떻게 끼라고. 약을 함부로 다루면 안 된다면서요?"

남자가 미는 바람에 알약과 장갑이 현관 바닥에 떨어졌다. 채윤은 당황해 그것을 멍하니 내려다봤다. 허리를 구부려 떨어진 물품을 주울까 망설이는 손과 반질반질한 대리석 바닥에 비친 자신의 모습이 어딘지 굴욕적으로 보였다. 긴장에서 간신히 벗어나 그의 오만한 태도가 제대로 보이기 시작했다. 채윤은 절차대로 새 라텍스 장갑과 제품을 전달했다. 위생까지 의심한다면 어찌 할 도리가 없었다.

"주의사항을 들으셨으니 아시겠네요. 바닥에 떨어진 제품은 드실 수 없습니다. 일단 드리는 제품에서 약을 꺼내 테스트로 복용해 주세요. 위생을 많이 걱정하시니 장갑은 댁에 있는 것으로 쓰셔도 됩니다."

채윤은 포장된 제품을 남자에게 내밀었다. 아무렇지 않은 척 덤덤하게 굴려 했지만 하대하듯 쳐다보는 눈길이 가슴속 무언가를 자극했다. 시선을 외면하고 싶은 마음을 누르고 고개를 들었다. 남자는 제품을 받지 않고 느리게 목을 돌렸다. 가사도우미가 물건을 달라고 손을 내밀었으나 채윤은 건네지 않았다.

"그래서 그쪽이 시키는 대로 그걸 지금 먹으라고요?"

남자의 코웃음에 채윤은 그렇다고 대꾸했다. 그러자 남자는 미소를 거두고 몸을 돌려 안으로 들어갔다. 가사도우미가 바짝 쫓아 뛰어갔다. 채윤은 도무지 상황을 이해할 수 없었다. 아무리 되짚어봐도 배달 중에 실수한 건 없었다. 규정을 따르지 않았으니 제품을 배달할 의무도 없을 것이다. 채윤은 잠시 서 있다 집을 나섰다.

엘리베이터를 기다리는데 채윤을 부르는 소리가 났다. 도우미였다. 채윤은 물건을 다시 받으려는 게 아닌가 싶어 가방에 손을 넣었다.

"저기요, 앞으로는 다른 배달부를 보내 달라십니다. 서비스 교육 제대로 받은, 청결하고 키 큰 남자 배달부로요. 그리고 물건은 꼭 새 걸로 다시 보내 주시고요. 지불한 게 얼만데 그에 맞는 서비스를 해 달라고 전하시라네요."

남자는 일반 임상시험자가 아니었던 모양이다. 채윤이 황당해 되묻자 도우미는 수취인과 같은 미소를 짓고는 문을 세게 닫았다. 매너를 운운하며 혼잣말하는 모습이 남자와 다르지 않은 사람으로 보였다.

***

고모가 사라졌다는 소식을 태경에게 전해 듣고도 채윤은 그녀를 찾을 생각을 하지 않았다. 고모는 알렉스와 한 달 동안 중국으로 출장을 갔다. 어딘가에 틀어박혀 일하느라 나올 생각도 안 하는 거겠지. 중학생이었던 채윤을 두고 고모는 출장을 가면 며칠씩 연락이 없었다. 서울로 전학 오고 언젠가는 다섯 달 가까이 집을 비운 적도 있었다. 잘 지낼 것 같은 고모의 안부보다는 해야 할 일을 처리하는 게 우선이다. 수취인들의 연령과 상황을 추측하고, 물건을 받은 사람들이 어떤 반응을 보이는지 관찰하는 게 채윤에게는 훨씬 중요했다. 다른 배달자를 요구하던 오만한 남자를 만난 뒤로 수취인들에게 더욱 주의를 기울이고 있었다. 의미 없는 일은, 더군다나 고모를 걱정하는 따위는 차라리 잊는 게 나았다.

할머니는 채윤을 보자 칼자국이 남지 않게 동그랗게 깎은 배에 이쑤시개를 꽂아 내주었다. 채윤이 거절했으나 할머니는 손바닥을 위로 들어 올리며 먹으라고 수줍게 입 모양을 냈다. 그녀는 엄지손가락을 기계에 넣으면서 뒤에 선 할아버지를 자주 돌아봤다. 할아버지는 할머니의 눈길에 가만히 고개를 끄덕였다. 비록 몸을 해하지 않을 영양제라지만 채윤의 손을 내려다보며 미소짓고, 할아버지와 눈을 맞추는 할머니를 보니 죄책감이 들었다. 어쨌든 그들을 속이는 거니까, 희망에 장난질하는 거니까.

할머니는 채윤이 주의사항을 건조하게 읊는 동안 기계에서 눈을 떼지 않았다. 채윤은 할머니가 약을 삼키는 것까지 확인하고 배달품을 내밀었다. 하지만 할머니는 물건을 받지 않고 채윤을 멀뚱히 쳐다보았다. 할아버지는 할머니의 맞은편, 채윤의 뒤에 서서 둘을 지켜보고 있었다.

"아가씨, 내가 이거 안 먹으면 배달에서 잘리지? 그럼 안 되니까 그 기계 놓고 가. 그 안에 딴 놈들 것도 있다며? 내가 우리집 양반이랑 그것만 얌전히 빼내고 돌려줄게. 저번에 더 보내 준다고 하고서 입 싹 씻었잖아!"

지난 배달을 채윤이 하지 않았음에도 할머니는 잃은 물건을 되찾으려는 것처럼 억울해하며 기계를 달라고 막무가내였다. 그녀는 지문인식기를 황금사과를 품은 거위쯤으로 믿는 모양이었다. 낯을 가리며 시선을 맞추지 못했던 몇 분 전과 완전히 다른 태도였다. 뭔지 모르고 덮어놓고 약을 더 달라는 할머니도, 뭔지 알면서 약을 배달하는 자신도 형편없긴 마찬가지였다. 어쨌거나 지금은 해야 할 일을 하는 거니까, 그냥 비타민이니까 채윤은 노인의 말을 무시하고 약을 다시 내밀었다.

"이봐요, 이렇게 조금 말고, 많이. 그 기계를 나한테 아예 넘기라니깐! 진짜 말을 못 알아먹어서 그래?"

할머니가 채윤에게 가까이 다가섰다. 그러곤 느닷없이 점퍼를 붙들었다. 앞섶을 흔들며 목청을 높이자 채윤은 순간 귀가 먹먹해 꼼짝하지 못했다. 붙든 손을 밀쳐 버릴까 팔을 뻗다가 며칠 전 예의를 들먹이던 남자가 떠올라 멱살만 빠르게 풀고 몸을 빼냈다. 비쩍 마른 노인이라 힘을 잘못 썼다간 사고가 날 수 있다. 당혹스러웠으나 문제가 커지면 계획에 차질이 생긴다. 한성태가 일을 마무리 지을 때까지는 사고 없이 배달을 계속해야 했다.

채윤은 약과 지문인식기를 품에 감추고 할머니를 쳐다보았다. 할머니가 채윤을 노려보며 몸을 바짝 붙였다. 씩씩대며 흘기는 눈빛이 매섭다 못해 독기까지 서려 있었다. 그때 그들을 지켜보던 할아버지가 숨을 와락 내쉬며 채윤을 등 뒤에서 끌어안았다. 두 사람에게 갇힌 채윤은 본능적으로 위험하다는 촉이 발동해 몸이 붙들린 채 지문인식기를 무기라도 되듯 사정없이 휘둘렀다. 하지만 앞에 선 할머니가 품에 과도를 숨긴 사실을 알지 못해 둘 사이에서 허우적대다 칼에 찔려 결국엔 배를 붙들고 바닥을 굴렀다. 포장된 약이 손을 떠나 멀리 나가떨어지는 순간이 영화의 슬로모션처럼 현실감이 없어 보였다.

부상을 입고 엎어진 채윤을 보고 놀란 노부부는 바닥에서 약을 주워들고 잽싸게 집 안으로 도망쳤다. 잠시 후 할머니가 창을 열고 소리쳤다. 자신이 먼저 찌른 게 아니라 채윤이 위협해서 어쩔 수 없이 정당방위했다고, 젊은 사람이 노인한테 이렇게 함부로 하면 안 된다며, 그래서 연구소에서 따져도 자신들은 떳떳해 책임질 게 아무것도 없다는 말을 악을 쓰며 외쳤다.

칼이 지나간 채윤의 셔츠에 피가 붉게 번지고 있었다.

약을 받으려는 사람들이 점점 미쳐 가고 있다는 사실을 모르지 않았다. 돈을 지불했다는 부유한 수취인들이 늘어나는 것도 수상쩍기는 마찬가지였다. 그들의 행동을 마음에 담지 않으려고 애썼다. 불길한 예감도 한성태가 일을 마치면 사라질 거라고, 자꾸만 커지는 불안은 되도록 흘려 버리려고 했다. 그러다 불현듯 승원에서 인력을 동원했는데 고모를 찾지 못했다고 심각하게 말하던 태경이 떠올랐다. 이런 약이 중국에서, 아니 국내로 퍼져 사람들이 찾는다면, 방금 만난 노인 같은 사람들이 약을 구하지 못해 배달자를, 약을 가지고 있는 사람을 덮치기라도 한다면.

누가 약을 먹든 상관없어 말릴 필요도 없지만 몇 알의 비타민을 두고 덤비는 그들을 보니 이런 일 때문에 흉기를 들고 모르는 사람을 공격하고, 고모가 자신의 부모를 시험 대상으로 넘겼다는 사실이 떠올라 더러운 기분이 눌러지지 않았다. 실험용 기니피그, 고모는 자신의 가족을 그런 대상으로 제약사에 바쳤다. 불안하게 주변을 맴돌며 자신을 노려보던 수취인들이 떠오르자 복부에서 뜨거운 통증이 밀려들었다. 채윤은 배를 부여잡고 정류장 벤치에 주저앉았다. 울분이 차올라 고모가 마지막으로 연락했던 번호로 전화를 걸었다. 전화는 중국어로 몇 마디 안내되고는 바로 끊겼다.

고모는 보름 전 상하이에 도착했다며 목소리가 들떠서 전화를 하고는 와이탄의 야경과 수향마을의 풍경을 담은 사진을 문자로 보내 왔다. 마지막 문자가 연구소처럼 보이는 건물과 그 안에서 사람들을 찍은 포커스가 어긋난 사진이었다. "여기가 훨씬 나아 보이지?"라는 물음에 채윤은 대꾸하지 않았다. 사업이 잘되어 간다는 소식은 궁금하지 않았다. 그녀를 쫓아가 감시해야 했다는 후회가 들지만, 고모를 떠올리면 감정이 요동쳐 이곳에 남아 한성태를 돕는 게 훨씬 현명했다는 자위를 하곤 했다. 하지만 한성태도 곁에 없고, 다른 알렉스가 채워진 상황에서 예측이 안 되는 수취인과 알 수 없는 승원의 지시는 채윤을 더욱 안갯속으로 몰아갔다.

채윤은 찢긴 셔츠를 백팩으로 가렸다. 병원에서 상처를 소독하고 붕대로 덧댔지만 움직일 때마다 다친 곳에 가방이 쓸려 견디기 어려웠다. 이대로 배달은 힘들었다.

"다음 전달자는 택시기사예요. 금요일 오전 아홉 시 50분, 발산역 9번 출구에서 검정 대형택시가 기다릴 거예요. 전달자가 명채윤 씨를 알아볼 거니까 시간 맞춰서 나가면 돼요."

"저기 알렉스, 보고할 게 있는데요."

목소리는 뜸을 들이고는 무엇이냐고 물었다. 채윤이 아는 알렉스는 아니지만 상황은 보고해야 했다. 중년 여성으로 들리는 목소리는 이전의 알렉스와 달리 어딘지 진짜 존재할 것 같은 친근한 음성이었다. 채윤은 잠시 시간을 두고 말을 이었다.

"어제 배달을 갔다가 수취인의 칼에 찔렸어요. 나이 드신 분들이었고요. 많이 다친 건 아닌데, 진짜 큰일 날 뻔했거든요. 그래서 배달을 다 못했어요."

알렉스가 말을 듣다 말고 새된 소리를 질렀다. 어떤 수취인인지 자세히 묻는 음성이 떨려 전에 느끼지 못한 감정이 전해졌다.

"치료는 받았어요?"

"칼이 배에 스쳐서 병원에 가긴 했는데…… 남은 배달은, 내일 할게요."

"그건 일단 접어요. 제가 연구소에 보고하고, 빨리 연락하죠."

다정하다고 할 수는 없지만, 걱정을 담은 목소리였다. 목소리가 중년 여성이라서 상상을 보태 감정을 느끼는지 모른다. 늘 건조했던 지시가 아니라서 당혹스러운지도 모른다.

그날 저녁, 같은 음성의 알렉스에게서 전화가 왔다. 그는 괜찮으냐며 안부를 묻고는 남은 배달은 가지 말라고 다시 한번 말했다. 칼을 휘두른 수취인은 회사에서 알아서 상대하겠다며 일주일 쉬었다가 다음 금요일에 일을 나가라고 하고는 전화를 끊었다.

끊긴 전화에는 뉴스 속보가 떠 있었다. 중국의 한 제약사가 노인을 대상으로 노화방지제를 개발했으며, 두 달 뒤에 판매할 예정이라는 소식이었다. "인류 생명 연장을 꿈꾼다."는 아나운서의 멘트는 한성태가 보여 준 신문기사처럼 진부하게 들려 자신과 아무 상관 없는 소식처럼 느껴졌다.

***

좁은 방을 서성이는 태경의 얼굴이 곤혹스럽다 못해 침통했다. 채윤은 횡설수설 말을 뱉으며 어쩔 줄 모르는 태경을 지켜보았다. 채윤의 머릿속도 태경의 번잡한 손짓만큼이나 혼란스러웠다.

핸드폰으로 노화방지제가 출시된다는 뉴스를 접하고 한 시간도 안 돼 태경이 문을 두드렸다. 그가 자신이 사는 곳을 어떻게 알고 찾아왔는지는 전혀 놀랍지 않았다. 이젠 개인정보를 털었다 해도 쓴웃음조차 나지 않았다. 태경은 현관에서부터 상체를 앞으로 기울이고 거의 싸울 듯한 기세로 채윤을 앞장서 방으로 들어갔다.

"정말 몰랐어? 고몬데 진짜 몰랐다고?"

채윤도 방금 알았지만, 설사 전부터 알았다고 말한다 해도 태경이 흥분을 쉽게 가라앉힐 분위기가 아니었다.

"봤지? 레몬색이더라. 하긴 승원에서 나온 거랑 뭐라도 다르게 만들었겠지. 아무리 그래도 그렇지, 우리가 그걸 모를 거라고 생각했어? 대체 명 이사랑 알렉스, 아니 윤성균이 그 새긴 어딨어?"

목에 핏대를 올리며 격앙된 얼굴의 태경을 본 적이 없었다. 우리라 하면 자신은 다른 쪽에 서 있다는 의미일 테다. 채윤이 그렇게 헷갈렸던 태경과의 관계가 드디어 정의되었다.

"나도 고모한테 계속 전화했어요. 안 받아요. 메일로도 방금 연락했는데, 확인 안 하고 있고요. 그런데요, 나한테 왜 이래요? 나도 고모가 어떤 사람인지, 어디에서 뭘 하고 다니는지 진짜 모른다고요!"

채윤은 고모가 떠난 방을 돌아봤다. 자신이 서 있는 곳이 상황을 대변해 주었다. 좁고, 허름하고, 고모의 짐이 빠져 남은 것조차 별로 없는, 대충 봐도 낡고 닳은 벽지와 장판, 바깥이 거의 보이지 않을 만큼 먼지가 붙어 지저분한 창. 중국 투자자가 고모에게 선물했다는 도자기 화분만이 어울리지 않게 화려한 색감을 띠고 있었다. 채윤은 팔을 흔들며 화를 쏟다가 태경을 쳐다봤다. 태경은 변명 없이 따지는 채윤을 보며 가까스로 화를 진정하는 듯했다. 그는 고개를 숙여 머리를 흔들더니 깊은숨을 내쉬었다.

"네가 한 말을 듣고 상하이를 모조리 뒤졌어. 처음 사흘은 페닌슐라 호텔에서 명 이사와 윤성균, 다른 연구원들이 보이더라. 근데 닷새 전부터 자취를 감춘 거야. 베이징으로 지역을 옮겼나 해서 사람을 풀어 호텔이랑 레스토랑, 심지어 뒷골목 여관과 식당, 관광지까지 찾았어. 입국 기록도 없고. 그러다 방금 뉴스가! 너는 그쪽이랑 일도 같이했으니까, 더군다나 조카니까 전부 아는 거 아냐?"

"그쪽이랑 가까웠던 건 내가 아니라 대리님이잖아요! 그럼 약을 출시한다는 것도 몰랐어요?"

"연락할 방법 전혀 없어?"

태경은 여전히 제 할 말만 뱉고 있었다.

"이제 거의 끝나 간다고 생각했는데, 그게 아니라 내가 완전히 끝난 거였어."

채윤은 끝났다는 태경의 말에 문 앞으로 걸어갔다. 그러곤 방문을 활짝 열었다. 앞으로 어떻게 될지 예상할 수 없어 막막했지만, 그의 말처럼 태경과의 인연도 지금이 끝이라는 생각이 들었다. 태경의 말투는 그간 알고 지낸 시간이 아무것도 아니라는 듯 냉정했고, 그 때문에 채윤의 감정은 점점 날카로워졌다. 전날 난 상처에서 기분 나쁜 통증이 계속해 올라왔다.

"저한테 들을 말이 없어서 참 미안하게 됐네요. 할 말 끝났으면 그만 나가 주시죠."

가뜩이나 좁은 방에 성인 둘이 서 있어 방 안에는 두꺼운 그림자가 가득 들어찬 것 같았다. 태경이 무겁게 몸을 돌렸다.

"이럴 수밖에 없는 이유, 너도 알잖아. 내가 지금 널 못 믿는 만큼 너도 날 안 믿는 거 알아. 그래도 이 말은 해야겠다. 이 시간 이후로 그 일에서 완전히 손 떼. 이제 경마장 알바만 하라고. 경마장에 있다가 없어지면 사람들이 최소한 실종신고는 해 줄 테니까."

"내가 왜 없어지는데요?"

"한, 일주일? 길더라도 보름이면 끝날 거 같아요."

한성태의 목소리가 밝다. 일이 잘되어 간다고 종종 연락해 오지만, 해결된 게 없어 채윤은 그의 기분이 이해되지 않았다. 그저 공장 기숙사에서 집으로 돌아와 잠자리가 편해지고, 승원이 감시할지 모른다는 긴장을 내려놓는 정도? 그마저 승원이 한성태를 주시하고 있다면 곧 허물어질 평화라 마냥 기분 좋게 받아들일 일인지. 채윤은 칼을 든 수취인과 고모가 중국에서 사라졌다는 소식을 어떻게 전할지 몰라 잠자코 듣기만 했다.

"손끝이 세심하고, 일도 체계적으로 한다는 칭찬을 여기서 듣네요. 현장직에 지원할 때 서류를 보고 50대라고 놀랐으면서, 사람들은 여전히 나를 액면가로 보더라고요. 간만에 칭찬을 들으니 속없이 우쭐하기도 하고, 구내식당에서 밥도 잘 나오고. 아, 부탁할 게 있는데 채윤 씨 부모님 치료일지를 보내 줄래요?"

"새로 하실 일이라도 있어요?"

"아직 확정된 건 아닌데, 몇몇 해외 연구소에서 관심을 보이고 있어요. 그래서 치료일지 원본 서류가 필요한 거고요. 줄 수 있죠?"

"해외라뇨?"

채윤은 지방 공장에 내려가 있는 한성태가 다른 나라까지 접촉했다는 사실이 믿기지 않았다. 종로의 식당에서 같이하겠다고 말하며 헤어지긴 했으나 공장에서 일하는 과거의 연구원과 무엇을 할 수 있을지, 그럴 힘이나 있는지 듣고서도 고개를 갸웃거렸다. 아직도 자신이 모르는 일이 많은지 의문투성이였다.

"되도록 빨리 부쳐 줬으면 좋겠어요. 그리고 알아볼 게 하나더 있는데."

한성태는 무슨 말을 하려는지 머뭇거렸다. 핸드폰에서 배터리가 부족하다는 경고음이 울리고 있었다. 채윤이 들고 있는 핸드폰은 한성태가 썼던, 한성태가 아는 사람의 명의로 등록한 구형 전화기였다. 채윤이 승원의 감시를 받을지 몰라 대비용으로 한성태가 주고 간 물건이다. 한성태의 말을 기다리던 채윤은 핸드폰 알림이 간격을 좁혀 울리자 무얼 알아봐야 하느냐고 먼저 물었다.

"그란셀이 독일에서 어린이 치료센터를 운영한다네요. 나랑 김 선생이 승원에서 일할 때 자료를 공유했던 해외 연구소를 알

아보다가 어떤 연구원한테 우연히 들었어요. 시범 운영 중이라
는데, 거기 아이들이 아시아와 아프리카 쪽 애들이래요. 발달
장애나 지적 장애가 있는 아이들부터 소아마비, 유전성 신체장
애가 있는 애들. 내막까진 모르지만, 한국에서도 애들을 보내
는 것 같다고. 거기, 승원이랑 협약도 맺었잖아요."

"이제 긴 말씀도 힘들어하지 않으시네요?"

한성태의 말에 호응하는 대꾸로 적절하지 않지만 일이 어떻
게 돌아가는지 혼란스러워 말이 멋대로 나왔다. 한성태는 채윤
의 물음에 대꾸하지 않았다. 그는 헛기침을 하고는 하던 말을
이었다.

"혹시나 해서 승원을 검색해 보니까 이상한 뉴스도 보이던데.
애들을 유괴해서 마약을 제조한 놈인가? 거기서 구출한 애들을
승원 센터로 보냈다고 하고요. 그걸 보니까 더 수상한 거죠. 그
래서 하는 말인데, 거기가 어떤 덴지 알아봐 줘요. 가능하다면,
아니 시간을 빼서 꼭 다녀와요."

그는 배인상과 같이 있던 아이를 말하고 있었다. 채윤도 뉴스
를 접하고 상당히 충격받았다. 지금껏 자신이 이런 사람을 위
해 배달했고, 납치된 애들을 돕는 곳이 승원이라니 아이러니하
다는 생각이 들었다. 하지만 승원은 대기업이고, 그만큼 벌이
는 사업도 많아 그럴 수 있다며 자책을 눌러 버렸다. 그간 일이
많아 거기까지 고민할 정신이 없었다.

한성태는 자신이 움직이면 승원이 알아챌 거라며, 채윤이 지문인식기를 두고 그곳을 다녀와 실태를 파악해 줬으면 좋겠다고 덧붙여 말했다. 자신과 김 선생이 아무리 뒤져도 시설이나 재원 같은 기업 정보밖에는 찾을 수 없다면서.

"저, 근데 승원이 그란셀이랑 어린이 치료센터도 합작한 거예요?"

"발표한 건 없는데, 정황이 그렇잖아요."

"중국에서도 약을 출시한다고 하고, 방금 하신 말씀도 그렇고 많이 복잡해지네요. 아, 중국 쪽 뉴스는 보셨죠?"

한성태는 봤다며 우리도 서두르자고 채윤을 격려했다. 잘될 거라고 믿는 한성태에게 칼을 든 수취인을 만났다는 말을 차마 꺼낼 수 없었다. 그저 알았다면서 치료센터의 위치만 알아봐 달라고 부탁했다. 놀랍게도 치료센터는 승원 어린이재단 홈페이지에 오시는 길로 소개되어 있었다.

센터에 도착하려면 버스를 두 번 갈아타야 하는 건 알았지만 어쨌거나 경기도 안에 있어 멀진 않을 거라고 예상했다. 버스 정류장에서 내려 500미터 거리라면 어렵지 않게 찾을 거라고. 몇 달 동안 낯선 곳에 배달해 길을 찾는 건 문제가 아니라는 어쭙잖은 자신감도 있었다. 그러나 채윤은 운이 없게도 환승 정류장에서 갈아탈 버스를 놓쳐 한 시간 가까이 기다렸고, 버스에서 내려서는 또 한 시간 넘게 산길을 헤맸다. 10여 분쯤 걷자 덜 아문 복부 상처 때문에 걷기가 힘들었다. 울창하지 않은 숲이 었으나 도심과 다른 풍경에 길눈이 밝은 채윤도 제대로 가는지 판단하기 어려웠다. 안내 표지판은 보이지 않았고, 내비게이션 에도 치료센터의 위치가 등록되어 있지 않았다. 채윤은 홈페이 지에 올라간 지도와 나침반 어플을 이용해 위치를 추적해 이동 했다. 500미터라고 소개된 길은 구불구불한 산길이 아닌 포장된 도로가 직선으로 관통한다면 걷게 될 거리를 말하는지 모른다.

이윽고 건물에 다다랐을 때 채윤은 두려움을 느꼈다. 치료센 터는 단층으로 펴진 거대한 단지였다. 한눈에 담지 못할 만큼 넓게 세워져 출입문이 어디인지 알아내는 데도 시간이 한참 걸 렸다. 건물을 마주하기 전까지는 산속 어딘가에 이런 시설이 있으리라고 예상하지 못했다. 높지 않은 건물이라 수풀에서 헤 맬 때는 센터가 보이지 않았다. 건물 옆에는 15인승 노란 봉고 두 대가 주차되어 있었다. 큰 도로와 이어진 길이 안 보이는데 어떻게 차가 들어왔는지 의아해 주위를 살피자 지하주차장으 로 연결된 길이 보였다. 채윤이 발견하지 못한 길이 더 있을지 모른다. 하지만 아무리 둘러봐도 주차장 외에는 난 길이 없었 고, 주차장은 외부 출입을 막아 그 안에서 바깥으로 나 있을지 모를 길을 찾을 방법은 없었다.

채윤은 건물을 찬찬히 둘러보며 오늘의 할 일을 되뇌었다. 형편이 좋지 않은 싱글 대디가 키우는 일곱 살 청각장애아의 이모. 보습학원에서 난청 때문에 수업을 받기 힘들어, 정확히 말해서 그 아이 때문에 수업을 진행하기 어려워 아이를 강제로 퇴원 조치한 적이 있었다. 아이의 아빠가 학원에 찾아와 항의하자 총무부장은 채윤에게 잘 타일러 내보내라며 학원에서 우수 학생에게 상품으로 주는 10만 원권 문화상품권을 들려 주었다. 채윤은 아이의 아빠에게 그것을 내밀며 궁색한 변명을 늘어놓았다. 그는 애를 맡길 데가 없다며 아무런 권한도 없는 채윤에게 사정했다. 채윤은 고개를 들지 않고 상품권을 그의 손에 쥐여 주었다. 돌아선 아이 아빠의 모습이 말을 잔뜩 머금은 말줄임표 같다는 생각이 들었다.

그런데 그 아이를, 채윤이 이용했다. 승원의 홈페이지에서 어린이 치료센터 방문 신청을 하면서 아이의 인적사항과 함께 관계에 자신을 이모라고 남겼다. 상품권 지급 대장에 적어 넣었던 아이의 주민등록번호를 아직도 기억한다는 사실에, 알고 있는 장애아가 없어 그 아이를 이용하는 자신에게 욕지기가 치밀었다. 어쨌거나 채윤은 이모인 척 연기해야 했고, 그러려면 세심한 자기최면이 필요했다.

인터폰을 누르고 상담 때문에 왔다고 말하자 이내 문이 열렸다. 연한 베이지색 정장을 입은 여자가 채윤을 안에서 맞았다.

안내하는 사람은 채윤의 신상을 일절 묻지 않고, 아이의 이름과 상담 접수 번호를 확인했다. 혹시 몰라 준비한 위조 신분증을 가방에서 꺼내려다 그만두었다. 포토샵과 컬러 프린터로 공들여 만들었으나 전문가나 위조 판별 기계가 있다면 금방 들통날 일이었다. 가슴이 심하게 두근댔지만, 일단 첫 번째 관문은 무사히 통과했다.

산속에 자리 잡은 상담센터이나 대강 본 내부의 광경과 안내자의 태도는 대형 병원이나 학원의 상담실과 크게 다르지 않았다. 채윤은 노트북이 놓인 4인용 상담 테이블에 앉았다. 유리가 올려진 연갈색 테이블은 지문 흔적 하나 없이 깨끗했다. 여기가 어떤 곳인지 알아내야 한다는 부담이 있었으나 과한 행동 때문에 의심받으면 안 돼서 되도록 자연스럽게 굴려고 노력했다. 다리를 꼬다 실내화를 떨어뜨려 허리를 구부리고 하부를 살폈고, 괜히 의자를 당겨 앉으며 옆을 흘끔거렸다. 머리를 정돈하는 척 뒤로 쓸어넘기며 천장과 벽에 설치된 카메라가 있는지 관찰했다. 몰래 들어와 도둑질하는 것처럼 두근대 호흡을 계속 가다듬었다. 5분쯤 지나자 채윤을 처음 맞았던 사람이 상담 가이드를 들고 나타났다. 그녀는 자신을 상담 팀장이라고 소개했다.

"아이가 일곱 살 남자애라고 신청서에서 봤어요. 듣는 게 불편하다고요?"

상담 팀장은 채윤을 바라보며 손으로는 안내 책자를 펴고 있었다. 정확히 센터 안내도를 펼치는 걸 보면 상담을 자주 하는 사람으로 추측되었다. 채윤은 아무렇지 않게 그녀를 응시하려 했지만, 자신을 향한 눈길이 부담스러워 테이블에 놓인 책자에 시선을 두었다. 머릿속으로 아이의 이름과 지금의 상황을 되뇌었다.

"아주 큰 소리는 들어요. 특수 보청기를 쓰면 조금 낫지만, 어른의 도움이 없으면 평상시 생활은 힘들고요. 형부가 직접 와야 하는데 직장에서 시간을 안 빼줘서 제가 대신 왔어요. 주말에는 상담이 없다고 하시고……. 상진이를 받아 주실 수 있는지, 애랑 맞는 시설인지 잘 보고 오라고 형부가 부탁했거든요."

채윤은 자신을 아이의 이모라고 밝히려다 그만두었다. 상담 신청서에 관계를 기재했고, 형부라는 표현을 쓰면서도 이모라고 말하기는 어딘지 껄끄러웠다. 채윤의 말에 상담 팀장이 작게 소리 내어 웃었다.

"당연히 궁금하시겠죠. 부모에게 소중하지 않은 아이가 어딨겠어요. 일단 안내자료와 영상을 보시고, 부모님과 상의한 후에 결정하시면 어떨까요. 그런데 대기가 많아서 입소는 대여섯 달? 길게는 1년 넘게 기다리실지 모르겠네요."

상담 팀장은 입술을 살짝 내밀며 안타까운 표정을 지어 보였다. 바로 도와주지 못해 미안하다는 사과에 더는 뻔뻔스러워지기 힘들었다. 몇 달이든 몇 년이든 가상의 조카가 대기해야 한다는 시간은 지금 중요하지 않다. 그저 상담 팀장의 말에 어떤 반응을 보여야 할지가 고민되었다. 형편이 어려운 싱글 대디라면, 언니를 잃고 조카가 부담스러운 이모라면 어떤 표정을 짓는 게 마땅할까. 채윤은 시선을 슬쩍 돌리며 느리게 답했다.

상담 팀장은 안내도를 가리키며 시설에 대한 개략적인 설명을 했다. 청각장애아들이 받는 치료와 이용시설, 그 아이들을 위한 전문화된 교육을 설명할 때는 다른 부분을 말할 때보다 시간을 더 할애했다. 말하는 중간중간 상진이라고 이름을 섞어 부르며 채윤과 눈을 맞추기도 했다. 친절하지만 강요하지 않는 태도는 시설에 의구심을 가졌던 부모라고 할지라도 거부감을 덜어 낼 것 같았다.

상담자의 설명과 안내 가이드로 판단하면 승원의 치료센터는 아동 전문 치료기관이 분명했다. 그 분야의 문외한인 채윤이 듣기에도 규모와 전문성, 기술적인 면이 하루아침에 지어진 건 아닌 듯했다. 상담 팀장은 20여 분의 설명을 마치고, 노트북을 열어 시설 소개 영상을 틀어 주었다.

"입소가 결정이 안 돼서 세부 시설은 보여 드릴 수가 없고요. 영상을 보신 다음에 궁금하신 게 있으면 물어보세요. 음, 끝나는 시간이 아이들 놀이수업이랑 맞으면 잠깐 둘러보실 수도 있겠네요."

상담 팀장은 인사를 하며 상담실을 나갔고, 채윤은 영상과 실내를 번갈아 살피며 이곳의 정경을 머릿속에 담았다.

초등학교를 막 들어갔을 것 같은 일고여덟 살쯤 되어 보이는 아이들이 교육실에서 요리 수업을 받고 있었다. 설명하는 선생을 가운데 두고 놓인 네 개의 테이블에는 아이 셋과 보조교사 한 명이 조를 이뤄 앉았다. 오늘 할 요리는 카스텔라 경단과 흰 송편이라고 선생이 말했다. 아이들은 손바닥에 떡을 올려 조몰락거리다 선생이 해 보자고 외치면 무얼 만들든 상관없이 카스텔라 가루와 콩고물에 떡을 마구 집어 던졌다. 보조교사들은 아무렇게나 던져진 것들을 집어 아이들 손에 쥐어 주고 완성할 수 있게 도왔다. 요리라기보다는 놀이였고, 소근육을 자극하는 운동으로 보였다.

채윤은 상담 팀장을 따라 교실 복도를 걸었다. 복도에는 스피커가 설치되어 선생과 아이들의 목소리가 생생하게 들렸다. 움직임에 비해 목소리가 크지 않아 청각이나 언어 장애가 있는 아이들일지 모른다고 짐작했다. 상담 팀장은 복도 창이 원웨이 미러로 바깥에서만 보이게 관리팀에서 조정할 수 있어 아이들이 어떤 수업을 받고, 선생이 적절한 수준으로 가르치는지, 그래서 수업이 원활하게 진행되는지 수시로 체크한다고 설명했다.

"장애가 심하지 않은 애들이 받는 수업이에요. 경증의 자폐라든가, 지금보다 어릴 때 충격을 받아서 정신적인 내상이 있는 아이들, 심각하지 않은 언어장애가 있는 아이들이죠. 서로 방해가 안 되는 수준의 아이들을 모아서 수업을 진행하거든요. 치료라고 말하기는 그렇지만 놀이를 통해 또래와 교감하고, 마음의 상처를 스스로 극복하는 법을 지도하고 있어요. 분위기가 자유분방하죠?"

채윤은 건성으로 고개를 끄덕이고, 유리창에 바짝 다가섰다. 아이들은 여전히 경단과 떡을 만지다 고물에 던졌고, 선생이 제재하면 그것을 다시 집었다. 채윤은 아이들의 모습이 조금 낯설다고 느꼈다. 언어장애가 있는 아이들이 섞였다고 하나 놀이 수업에 애들의 목소리가 선생보다 작을 수 있는지. 떡을 던지고는 있지만, 웃고 떠들며 장난을 치는 혹은 요리가 마음대로 안 되어 보채거나 우기는 모습도 보이지 않아 기묘한 기분이 들었다. 보습학원에서 봤던 저 또래 아이들을 생각하면 표정이 없는 게 일반적이지 않았다.

자신이 만났던 아이들과 다를 수 있다는 생각을 하며 교실을 둘러보다 한 아이를 발견했다. 그 아이는 주변의 아이들과 달리 떡을 제대로 빚고 있었다. 어딘가 눈에 익었다. 잘못 봤나 싶어 몇 발짝 움직여 다시 살폈다. 볼을 덮던 긴 머리를 양 갈래로 묶어 처음엔 못 알아봤지만 그 아이가 확실했다. 배인상과 같이 있던 여자아이. 얼마간 수업을 지켜보는데 아이가 채윤을 알아보는 것처럼 돌아봤다.

"다음 상담이 있어서 아쉽지만 여기에서 마쳐야 할 것 같아요. 댁에 돌아가서 부모님과 상의해 보시고, 연락 주세요. 연락처는 책자에 넣어 드렸으니까 거기로 하시면 되고요. 참고로 아이와 부모님의 인터뷰는 입소가 결정되기 전에 따로 하고 있어요. 전액 무료인 시설이라 신체와 서류 심사를 엄격하게 진행하거든요. 결격 사유가 있어서 입소가 안 되는 경우가 더러 있긴 합니다."

상담 팀장은 채윤도 보라는 듯 손목을 걷어 시계를 내보이고 늦었다며 잰걸음을 옮겼다. 채윤은 알았다고 말하고는 아이를 잠시 쳐다보다 고개를 돌렸다. 시골에서 구출되어 여기에서 치료받고 있었구나, 그나마 다행이네. 그때, 아이가 소리를 크게 지르며 자리에서 벌떡 일어섰다. 언니! 몸이 채윤을 향해 있었다. 채윤은 그 소리에 놀라 창문에 바짝 붙었다. 상담 팀장은 창가에 다가선 채윤을 붙들어 복도 바깥으로 빠르게 데리고 나갔다.

채윤은 집으로 돌아와 곧장 부모의 치료일지를 택배로 부쳤다. 그리고 한성태에게 넘길 치료센터 정보를 정리했다. 센터의 위치와 보안, 건물 규모 같은 시설의 개요와 상담자와 교육실에서 아이를 가르치던 선생, 센터를 나오며 마주쳤던 보안 직원 등 그곳에서 일하는 사람들, 안내 책자와 홍보 영상 같은 센터에서 내놓은 자료들도 한눈에 볼 수 있게 요약했다. 다시 살펴도 몸이 불편한 아이들을 위해 기업에서 공들여 운영하는 어린이 치료센터가 분명했다.

그런데 자료를 정리할수록 찜찜한 기분이 더했다. 선명해지는 불쾌감은 시설을 덜 봤고, 감춰서 못 본 이유도 있지만 본 것만 떠올려도 개운치 않은 건 마찬가지였다. 왜 찾기 어려운 곳에 센터를 세웠고, 위치는 그렇다 치더라도 그 큰 건물이 내비게이션에조차 등록이 안 된 이유는 무엇이며, 항공 사진은 왜 찍히지도 않는 건지.

상담을 받고 싶다고 어린이센터에 연락했을 때 직원은 기자가 아닌지 몇 번이나 물었다.

"혹시 기자님 아니세요? 기자님이시면 따로 봐 드리는 전담 직원이 있거든요."

채윤이 아니라고 몇 번을 부인하자 직원은 센터보다 승원 재단 본사로 방문하길 권유했다. 센터가 찾기 힘들고, 찾아온다 해도 아이들의 안전 때문에 개방된 시설이 한정되었다면서. 그는 전화를 끊기 전에 다시 물었다.

"정말 잠입 취재 같은 건 아니시죠?"

시설을 친절히 안내했으나 적극적으로 권하지 않던 상담자의 태도도 미심쩍었다. 관리팀의 실수라지만 안에서도 밖을 볼 수 있는 시설인데 그녀는 다르게 말했다. 하지만 그런 것보다 마음에 더 걸리는 건 그 아이가 채윤을 알아보고 소리쳤다는 거였다. 시골에서 마주했던 얼굴보다 절박한 표정을 짓고서 악을 썼다는 거였다. 아이의 외침이 귓가에서 내내 떠나지 않아 잘못된 게 있었는지 그곳에서 있었던 일을 곰곰이 되짚어 보았다. 상담 팀장은 채윤을 상담실로 다시 데려가 정신과 치료 중인 아이들이 가끔 돌발 행동을 하지만, 그 또한 회복 과정이라 걱정하지 않아도 된다고 차분히 설명했다. 그리고 잘 부탁한다며 의미심장한 눈빛으로 채윤을 바라보았다.

채윤은 얼마 전 배인상에게 받은 문자가 생각나 핸드폰을 뒤졌다. 구속된 상황에서 문자를 보내는 건 불가능해 연락을 무시했었다. 그와 아는 사람 혹은 그를 돕는 국선 변호사라고 하더라도 위험을 감수하며 흔적을 남기진 않을 것이다. 채윤은 문득 치료센터에 있는 아이가 문자를 보낸 게 아닌가 하는 의구심이 들었다. 아이도 자유롭지 않지만 배인상보다는 나을 테고, 만약 배인상이 구속 전에 뭔가 시켰다면 그것을 해 내려고 노력하고 있을지도. 아이에게 그럴 능력이 있을까 고개를 내젓다가 그날을 떠올렸다. 아이는 채윤이 배달 갔을 때 납치를 알릴 수 있었는데, 어떤 시도도 하지 않았다. 배인상이 화를 못 이겨 발을 들어올렸을 때조차 도와달라거나, 살려달라고 애원하지 않았다.

스톡홀름증후군[8] 같은 게 아니었을까. 그 사람이라면 충분히 아이를 그렇게 길들였을 가능성이 있다. 게다가 배인상과 자신이 같이 아는 사람이라면 그 아이뿐이다.

— 물건은 잘 가지고 있죠? 아는 얼굴이 곧 연락할 거니까 기다려요.

택배를 보내고 닷새가 지난 오후, BBC에서는 〈그란셀의 뜰에서 꿈꾸는 아이들〉이라는 헤드라인으로 특집 방송이 보도되었다. 유색인종 아이들이 승원의 치료센터에서 본 것과 비슷한 수업을 받고, 치료를 받는 장면이 방송되었다.

아이들은 원형 테이블에 작업별로 둘러앉아 그림을 그리고, 조각을 하고, 점토 공예를 했다. 치료사들과 로봇이 테이블 사이를 오가며 놀이 학습을 도왔다. 눈과 귀에 보조기구를 착용하거나 인공 팔을 부착하거나, 휠체어를 탄 아이도 보였다. 아이들은 도와주는 기구와 치료사 덕분에 작품을 완성하는 데 큰 어려움이 없어 보였다.

다른 교실로 화면이 이어졌다. 그곳에는 피아노와 바이올린, 첼로로 협주 연습을 하는 아이들이 있었다. 열 명 남짓한 아이

---

[8] 인질이 인질범에게 동화 혹은 동조하는 비합리적인 현상

들은 미술수업을 하는 아이들과 마찬가지로 연주에 열중했다. 지휘자는 아이들의 신체 상태에 맞춰 섬세하게 지도했지만, 장애가 있다고 해서 아이들이 실수할 때도 너그러운 표정만 짓지는 않았다. 선생의 찌푸리는 미간마저 교육의 한 부분으로 비쳤다.

그란셀의 연구소장은 그곳에서 글로벌로 진행하는 어린이 건강 프로젝트를 설명했다. 그는 신체 장애아를 대상으로 한 재활 치료센터 운영과 소아마비, 자폐 등 유전적인 원인으로 태어나면서부터 장애가 있는 아이를 위한 치료제를 연구하고 있다고 밝혔다. 줄기세포, 텔로미어, 에너지 대사 등 다양한 생체 연구를 바탕으로 동물 임상시험을 마치고, 전 세계 기업 연구소와 협력해 인체 임상시험을 순차로 진행하고 있다는 말도 덧붙였다.

방송에서 특정 기업에 대한 언급은 없었으나 임상시험을 말할 때 몇몇 그룹의 로고가 화면 하단에 빠르게 지나갔다. 채윤은 그 가운데서 한국의 한 사립대학과 승원 바이오틱스의 로고를 발견했다. 방송의 마지막에는 그란셀 연구소에서 치료받는 아이들이 서툴게 연주하는 라흐마니노프 협주곡이 배경음으로 깔렸다. 다양한 인종의 어린이들이 성인의 얼굴과 겹쳐지며 화면이 페이드아웃되었다.

***

지금, 나를 둘러싼 이 모든 광경이 그저 꿈이었으면.

채윤은 알렉스가 지시한 대로 지하철역 9번 출구에서 검정 대형택시를 찾았다. 택시기사가 차창 밖으로 팔을 뻗어 채윤에게 다가오라고 손짓했다. 전달자의 행동에 크게 신경 쓰지 않았다. 승원 센터에서 마주한 아이의 목소리와 〈그란셀의 뜰에서 꿈꾸는 아이들〉의 얼굴이 종일 자신을 따라다녀 시선을 돌릴 때마다 어지러웠다. 물건을 받고 돌아갈 때는 어느 역에서 환승해야 하나 일부러 딴생각에 집중했다.

무슨 일이 벌어지는지 정신을 차리기도 전에 차가 먼저 출발했다. 채윤은 묶인 채 악을 쓰며 허리를 튕겨 냈다. 하지만 꼼짝하지 못하게 좌석에 몸을 고정시켜 상체는 뜨지 않았고, 묶인 것도 풀리지 않았다.

그들은 채윤이 차에 오르자 간단히 몸을 제압해 팔다리를 묶었다. 운전자는 잠금장치를 걸고 운전대를 잡았고, 차 안에 있던 다른 남자는 채윤의 옆에서 감시를 계속했다. 테이프로 입을 막아 신음만 간신히 낼 수 있었다. 어디인지 위치라도 파악하려고 고개를 잽싸게 움직였으나 다음 신호에 걸리기 전에 시야마저 가려졌다. 엔진 소음과 두 남자가 내는 무거운 숨소리, 채윤의 거친 비음과 속도 제한 경고음만이 정적에 가까운 차 안의 공기를 채웠다. 어둠 속에서 거대한 공포가 이는데 공포를 만드는 실체가 손에 잡히지 않았다. 두려움이 통제가 안 되어 몸집을 부풀렸다.

차를 탄 뒤로 까마득하게 시간이 길게 느껴졌으나 어느 정도 흘렀는지 대강도 가늠이 안 되었다. 속으로 숫자를 세며 시간을 헤아려 보지만, 불안과 공포가 더해 몇을 세었는지 금세 잊어버렸다. 새로운 전달 방식이라고 이해해 보려 해도 납득되지 않았다. 수취인에게 흉기로 위협까지 당했으면서 왜 멍청하게 길을 나섰는지, 평소보다 부드러웠던 알렉스의 지시를 수상하게 여기거나 고모가 사라진 지 얼마 안 됐는데 승원이 다르게 나올 수 있다고 조금만 주의를 기울였더라면. 도와줄 사람이 아무도 없다고 처지를 탓하지만, 후회는 현실보다 늘 늦어 비난의 화살은 자신에게 돌아왔다.

암흑 속에서 채윤은 가족과 함께한 어느 오후의 드라이브를 기억했다. 결국에 이렇게 가족을 만나게 되는구나. 아빠는 액셀을 밟아 차의 속도를 냈고, 엄마는 조수석에 기대 라디오에서 나오는 노래를 따라불렀다. 승윤은 게임기를 들고 버블버블에 열중해 있었으며, 채윤은 빠른 속도 때문에 멀미로 고생 중이었다. 원곡과 박자가 어긋난 엄마의 노래가 멀미를 더욱 고

약하게 만들었다. 그만 좀 부르라고! 에이, 큰딸. 이런 게 진짜
여행이지. 채윤은 올라오는 구토에 신경을 분산하려고 밖을 내
다보았다. 평일 오후 주행을 방해하는 차가 없어 시야에 잡히
는 풍경은 이제 막 모를 심어 초록빛이 올라온 싱그러운 모습
이었다. 샛길에서 차가 튀어나와 급히 브레이크를 밟아 채윤이
토하기 전까지는, 가족이 이따금 했던 특별하지 않은 외출이었
다.

　차선을 바꾸는지 깜빡이 소리가 다시 들렸고, 속도 제한을 알
리는 내비게이션 경고음이 연신 울렸다. 고속도로에 오른 듯
하이패스 요금을 안내하는 소리가 들렸다. 기계들이 내는 소리
보다 심장이 뛰는 소리가 더욱 크게 느껴졌다. 토할 것 같은 기
분, 채윤은 가족과의 드라이브를 억지로 기억해 내며 숨이 넘어
가는 공포를 눌러 냈다. 그때처럼 용암 같은 토사물을 게워 내
면 차가 멈출까. 채윤은 알 수 없는 사람들에게 끌려 어디론가
던져지고 있었다.

　차가 멈췄다. 잠시 후 낯선 목소리와 익숙한 목소리의 충돌
에 채윤은 긴장했다. 본능적으로 태경을 알은체하면 안 된다는
생각이 들었다. 그저 소리가 들려 도와달라고 버둥대는 것처럼
보여야 한다고, 마치 모르는 사람에게 구조 요청을 하는 것처럼
막힌 입으로 신음을 힘껏 내며 몸을 허우적거렸다. 그러거나

말거나 두 남자는 채윤을 두고 승강이를 했다.

"여기부터 내가 맡을 거니까 두 사람은 가봐요."

"저기, 저희 팀장님이 기다리시는데요."

"그쪽 팀장한테는 내가 말하죠."

남자는 안 된다는 말을 반복하며 태경의 말을 순순히 따르지 않았다. 태경은 두 번 더 가보라고 말하다가 알았다면서 어딘가로 전화를 걸었다. 그는 건조하게 상황을 설명한 뒤 채윤을 납치한 남자에게 전화를 바꿔 주었다. 남자는 네네, 하고 경직된 답을 반복하다가 전화를 끊었다.

"꼭 이렇게까지 해야 합니까? 나, 누군지 알잖아요?"

"죄송합니다. 저희 팀장님께서 그르치면 안 된다고 신신당부하셔서요. 오다 들은 말도 없고, 죄송합니다."

남자들이 채윤의 다리와 상체를 각각 붙들고 밖으로 끌어냈다. 그들은 대형택시에서 다른 차 뒷좌석으로 채윤을 거칠게 밀어 넣었다. 익숙한 향수 냄새가 채윤의 가까이에서 났다. 채윤은 붙들린 상태로 버둥댔다. 구출하려는 게 아니었어? 대체 나를 어디로 끌고 가는 건데? 채윤은 다시 의자에 묶여 꼼짝하지 못했다.

한참 차가 달린 뒤에 문이 열렸다. 채윤의 팔다리가 풀렸고, 안대와 입을 막은 테이프가 제거되었다. 눈앞에 태경이 보이자 왈칵 눈물이 터졌다. 서러움에 말을 못하고 나오는 숨만 껵껵거렸다. 살았다는 사실만 겨우 인지할 뿐 어떤 생각도 들지 않았다. 태경이 괜찮으냐고 물으며 채윤을 일으켜 좌석에 똑바로 앉혔다.

"너, 이럴 거 같아서 관두라고 했던 거야. 내가 만약 늦었다면 어쩔 뻔했어? 이제 그 정도도 못 믿어?"

태경은 손을 마구 휘저으며 화를 냈고, 채윤은 넋이 나간 채로 그를 쳐다보았다. 두려웠다. 살아 있는 것에 의미를 둔 적 없다고 생각했는데 채윤을 엄습한 것은 공포였고, 그 공포는 어느 때고 채윤을 집어삼킬 강력한 결박이었다. 아무도 모르게 없어질 수 있다는 사실이 중학교 때 예고 없이 혼자 남겨졌을 때처럼 끔찍해 몸을 가눌 수도 없었다. 긴장이 풀려 인사하는 것도 잊었다.

태경은 지갑에서 지폐를 모두 꺼내 채윤의 주머니에 쑤셔 넣었다.

"정신 차리고, 지금부터 하는 말 잘 들어. 넌 여기서 도망쳐야해. 내가 블랙박스는 떼버렸는데 밖에 나가면 CCTV가 있을지몰라. 차에서 내리자마자 나를 발로 차. 급소를 말이야. 난 어떻게 돼도 상관없으니까 죽을 힘을 다해 걷어차고, 밟아 버리라고. 뭘 타서 도망치든, 아무튼 찾기 힘든 데로 가서 숨어. 급하게 오느라 숨을 데까진 못 알아봤어. 너희 집은 위험하니까 절대 가면 안 되고. 한 달? 모르겠다. 그 이상이 될지도 모르는데 나중에 연락할게. 연락은 내 이메일 임시보관함에 남길 거고. 비번은 영문으로 시비스킷seabiscuit[9]에, 네 생일 네 자리. 알았으면 얼른 튀어 나가!"

채윤은 그를 만난 뒤로 한마디도 못하고 있다가 가까스로 입을 뗐다. 태경의 얼굴이 그제야 온전히 보였다.

"왜, 왜요?"

"난 널 믿는데, 승원은 이제 널 안 믿거든. 그쪽에서 가끔 감시 붙였다는 것도 몰랐지? 나랑 같이 있으면 더 의심할까 봐 연락도 안 한 건데. 지금까지 내버려 둔 건 명 이사랑 그쪽 사람들 잡으려고 그런 거라고."

태경이 밖을 부산히 살피며 말했다. 말은 단호하게 뱉지만, 시선은 어떤 것에도 고정하지 않고 몹시 흔들렸다.

"아, 아…… 무슨 말인지는 알겠는데요. 나 도와주면 선배, 선배가 힘들어지잖아요."

"이제야 선배라고 부르냐? 나 못 죽여, 그 회사는."

극도의 불안에서 조금 풀려난 채윤은 다시 혼란스러웠다. 고모에게 마지막으로 받은 사진이 태경을 도울지 모른다는 생각이 별안간 스쳤다. 찍힌 사람들을 확실히 기억할 수 없으나 사진에는 임시연구소에서 봤던 연구원들이 섞여 있었다. 눈앞의

---

9 선원용 건빵, 1930년대 경제공황에 빠진 미국인들에게 희망을 심어 준 전설적인 명마

태경을 생각하면 사진을 주는 게 맞지만, 그래야 할 것 같지만 그건 답이 아니라는 생각이 동시에 들었다. 그렇게 되면 승원을 돕는 거고, 잘못 도왔다간 또 납치될 수 있으니까. 공포심에 눌려 판단을 빨리하기 어려웠다.

태경이 늦었다며 채윤을 잡아끌었다. 그는 차 안에서 격투가 벌어지는 것처럼 몸을 크게 움직이다가 뒷좌석 문을 밀어 스스로 자빠졌다. 채윤은 그를 따라나서기 전에 고맙고 미안하다며 태경에게 고개를 숙였다. 그러곤 누군가 볼지 모를 무대를 의식하며 엎어진 태경을 향해 다리를 높이 쳐들었다.

***

가장 미련한 짓인지 모른다. 하지만 채윤에게는 이곳 말고는 답이 없었다. 사실 거꾸로 생각하면 가장 완벽한 곳이기도 했다. 승원에서 알아서 관리비를 처리하고, 지하에 편의점이 있어 생필품을 구하러 밖으로 나다닐 필요가 없으니까. 혹시 몰라 편의점에 갈 때면 마스크를 쓰고 앞머리로 눈을 가렸다. 모자까지 눌러썼다가는 의심을 더 받을 것 같아 한동안 기른 머리를 자연스레 흩뜨렸다. 옷마저 한성태가 입던 것뿐이라서 거울

앞에 선 채윤은 성별과 나이가 가늠 안 되는, 다른 사람으로 보였다.

벌써 보름이 지났다. 22층에서 내려다보이는 풍경은 어떤 소란도 없이 평온했다. 한성태의 주상복합 오피스텔은 독신자들이 주로 거주해 출퇴근 무렵 문을 여닫는 기척과 낮시간에 택배를 배달하는 기사들이 내는 소리가 이따금 들릴 뿐이다. 그 외 세상의 모든 소리는 자신이 내는 것 같았다. 냉장고 문을 여닫고, 설거지를 하고, 변기 레버를 누르고, 세탁을 하면서 나는 소음. TV도 볼륨을 못 켜 집중할 게 없는 무료한 일상인데, 검은 차에 실려 갔을 때 덮친 그림자가 떠올라 안절부절못하며 실내를 서성였다.

매일의 의식처럼 한성태가 주고 간 핸드폰을 와이파이로 연결해 태경의 메일과 뉴스를 빠르게 확인했다. 달이 넘어갔으니 약이 출시됐다는 소식이 보여야 맞는데 중국 쪽 소식도, 승원의 뉴스도, 태경의 메일도 새로운 게 없이 잠잠했다. 심지어 사건·사고 면에 채윤과 고모가 사라졌다는 뉴스도 찾을 수 없었다. 한성태가 말한 것처럼 반발해 봤자 뒤탈 없고, 없어져도 아무도 찾을 사람이 없어서 그들의 실종은 누구의 관심도 끌지 못하는지 모른다. 닷새 전, 한성태가 보낸 문자가 채윤을 궁금해하는 유일한 연락이었다.

태경은 무사히 지내고 있을까. 적어도 한 달은 기다리라고 했지만, 이곳에 숨어든 이후로 그의 소식을 기다리지 않은 날이 없었다. 왜 태경을 끝내 믿지 않았는지, 고모의 마지막 사진을 그에게 넘겼어야 했나 후회와 자책을 반복했다. 고모를 떠올리면 사업이 성공해 그곳에서 잘 지내고 있을 거라는 생각에 분노가 치올랐다. 절대 고모를 보호하려고 감춘 건 아니다. 다만 태경을, 정확히 말해 승원을 도와주면 한성태와 자신이 위험해질지 모른다는 생존 본능이 발동했다. 자신을 납치한 승원인데, 그 거대한 혼란 속으로 알아서 뛰어들 수 없다.

채윤은 달리 할 일이 없어 한성태가 쌓아 둔 짐을 뒤졌다. 오래된 신문과 전자제품 설명서 사이에 한성태가 연구원 시절에 쓴 논문이 나왔다. 제8 연구팀 선임 연구원 한성태. 이해할 수 없는 내용이었으나 무심히 책장을 넘겼다. 오래된 종이에서 나는 퀘퀘한 냄새가 어딘지 한성태를 마주하는 기분이었다. 젊었을 때 썼을 그것은 한성태처럼 많이 낡아 있었다. 채윤은 내용이 아니라 빛바랜 종이를 오래도록 쳐다보았다. 한 번도 경험해 보지 않은 강제휴식에 정말이지 어울리지 않는 물건이었다.

현관에서 네 자리 번호키를 누르는 소리가 들렸다. 채윤은 문에 시선을 고정하고 꼼짝하지 않았다. 비밀번호를 연이어 잘못 눌러 문이 잠시 잠겼다. 한성태일까. 그는 마지막 문자에 당분간 서울에 못 올라간다며 연락을 부탁한다고 안부를 남겼다. 그가 아니라면 승원에서 사람을 보냈나? 혹시 배달자? 기어이

들통났다는 생각에 머리가 주뼛 서면서 가슴이 꽉 막혔다. 숨을 데라곤 없는 공간이었다. 뛰어내릴 수도 없는 높이였다. 문이 열리면 할 수 있는 일이라곤 끌려가거나 고개를 수그린 채 지시를 따르는 것뿐일 테다. 채윤은 문을 밀고 들어오는 사람을 차마 쳐다보지 못하고 엎어져 얼굴을 감췄다.

"정신이 나요? 하아, 어쩌다 이렇게…….."
한성태는 채윤의 어깨를 붙들며 생수병을 내밀었다. 채윤은 물을 받아야 한다는 생각도 못하고 한성태만 응시했다. 몸이 앞뒤로 흔들리는데 제어되지 않았다. 말을 거는, 자신을 아는 사람을 만난 게 대체 얼마 만인지. 살아 있는 한성태가, 아니 그를 보고 있는 자신이 믿기지 않았다.

"연락이 왜 그렇게 안 됐어요? 전화해도 안 받고, 메일도 안 되고. 하도 답답해서 경마장에도 알아봤는데 휴직했다고 하더라고요. 그래서 중국에 들어갔나 했더니, 왜 여기에."
한성태는 아무 말도 못하는 채윤을 붙잡고 방을 둘러보았다. 싱크대 아래에 즉석밥과 라면 봉지, 페트병이 뒹굴고, 방바닥에는 먼지가 얇게 내려앉아 있었다.

"계속 이러고 있었던 거예요?"
채윤은 그제야 한성태를 똑바로 볼 수 있었다. 그는 미간을 좁히며 흔들리는 채윤을 힘주어 붙들었다. 고개를 날래게 움직이며 채윤을 지탱하는 모습이 그간 채윤과 다른 시간을 보냈음을 알려주었다. 채윤은 한성태가 준 생수병을 받아 들이켜고는 목소리를 간신히 냈다.

"도망칠 데가 없었어요."

한성태가 놀라 승원에게 걸렸느냐고 목소리를 죽여 물었다. 그러곤 대답도 듣지 않고 일어나 천장과 구석진 곳을 샅샅이 뒤졌다. 뭔가를 찾으려는 듯 돌아보는 눈길에 두려움과 의심이 가득 차 있었다. 채윤은 얼마 전에 고모가 사라졌고, 자신이 승원 사람들에게 납치당해 이곳에 숨어든 사정을 털어놓았다.

"다행히 감시 카메라는 안 보여요. 하긴 뭔가를 설치했다면 채윤 씨가 여기에 있을 수 없었겠죠. 그래도 누구에게 들키기라도 했다면, 약을 받으려고 일정을 당겨 올라왔으니 망정이지."

한성태는 채윤의 손을 잡고는 식사는 제대로 했느냐고 물었다. 채윤은 민망한 표정으로 겸연쩍게 웃었다. 그들은 한참 동안 손을 잡은 채 바닥만 내려다보았다. 한성태가 손을 놓고 정적을 깼다.

"궁금할 테니까, 다녀온 결과를 말하죠. 일은 아직까진 오케이예요. 엿새 뒤에 캐나다 연구소에서 발표할 겁니다. 그쪽이 언론사에도 비밀리에 접촉하고 있다네요."

"그 사람들이 진짜 도와준대요?"

"나랑 김 선생이 방법을 찾고 찾다 우리랑 처지가 비슷한 사람을 한 명 더 찾아냈어요. 그 사람들이랑 예전에 협업하던 다른 나라 연구원 중에 믿을 만한 사람을 골라냈죠. 특히 우리 연구를 반대했던 사람들을요. 무작정 한국 매체에 접촉했다가 폭로도 하기 전에 묻혀 버릴 수가 있어서. 아무튼, 당시에는 우리가 하는 일을 족족 반대해서 성과를 시기하는 경쟁자라고 여겼거든요. 한데 돌아보니 그들이 현명했어요. 그러다 캐나다에서 연락이 왔고요."

"다행이네요. 저도 연락을 못 드려서 걱정했거든요. 납치된 뒤로는 추적당할까 봐 핸드폰도 못 켜고……. 주신 핸드폰도 걸릴 것 같아서 뉴스만 확인하고 바로 껐어요. 실은 또 잡힐까 봐 겁도 나고. 아, 몸은 어떠세요?"

한성태는 입고 있던 점퍼를 벗었다. 그러곤 팔을 들어 근육을 만드는 자세를 취했다. 티셔츠 아래로 팔의 이두근이 슬쩍 드러났다. 낡은 공장 유니폼을 입고 씻지도 않은 것처럼 행색이 허름했지만, 눈빛만은 확연히 맑아졌다.

"일을 벌인 걸 후회할 만큼 약효가 좋아요. 생화학자로 오랫동안 연구했으면서 효능을 완전히 믿지는 않았나 봐요. 부작용이 생기면 돌이킬 수 없다고 생각했거든요. 그런데 그 믿음도 대기업의 자본에 무너지나 봅니다. 내 얼굴을 보고 있으면 생각이 많이 복잡해져요."

채윤은 씁쓸히 웃는 한성태를 보면서 제 뺨을 어루만졌다. 보름 사이 채윤은 많이 야위었다. 실내에서만 생활해 하얀 얼굴은 퀭한 느낌을 더했고, 잘 먹지 못해 마른 몸은 활기라곤 없었다. 지저분하게 자란 머리칼에, 날이 서 움츠린 몸이 몇 달 전 한성태와 닮은꼴이었다.

한성태가 자리에서 일어나 냉장고를 열었다. 열린 문틈으로 음식물쓰레기 냄새가 새어 나왔다. 마트에서 구매해 봉지째 찢어 그대로 넣은 김치와 다 먹고 기름만 남은 참치 캔, 간식용 소시지 두 개, 뚜껑을 잃어버린 빈 생수병이 보였다.

"냉장고를 보니 어떻게 지냈는지 알 만하네요. 상태가 이런데도 난 염치없이 부탁할 거나 생각하고 있고."

채윤은 기운 없이 고개를 끄덕였다. 다시 배달하라는 말이 아니면 무엇이든 상관없을 것 같았다. 아니, 배달을 시킨다 해도 아는 사람을 만났다는 안도감에 조금 쉬었다 돕겠다고 말할 수 있을 것 같았다. 하지만 두려움에 금세 몸이 떨렸다.

"내가 계속 연락한 건, 증언할 사람이 필요하다고 해서요. 나야 당연히 나설 거고, 채윤 씨도 같이하면 좋겠다는 게 거기 연구소의 의견이에요. 나는 과거 연구원이자 현재 임상시험자, 채윤 씨는 약을 배달하는 직원. 신상 공개를 꺼리면 이름은 가명으로 내보내고, 뉴스는 블러 처리를 해 주겠다네요."

머리가 다시 뜨끈해졌다. 이 일에 끼이면서, 가족의 사고를 알고 한성태와 같이하겠다고 나섰을 때조차 선택은 자신의 몫이 아니었다. 이미 시나리오가 있는 것처럼 답은 한 방향을 가리켰고, 채윤은 고민했으나 어느새 빨려 들어갔다. 채윤은 이번에도 그런 문제인지 고민했다. 자신을 드러내려면 전에 한 것과는 다른 차원의 용기가 필요했다.

"제가 증언할 게 있을까요? 직원이라고 하기엔 정말 시키는 일만 한 알바라서요."

"나를 봐요. 진짜 연구원이었는데 어떻게 됐는지. 그곳에서 일했으면 다 직원인 거죠. 그리고 우리가 아니라 연구소 발표가 핵심이에요. 승원이 벌였던 사업이 윤리적으로, 과학적으로도 옳지 않다고 문제를 터뜨리는 거니까, 비리를 폭로하는 방향이 될 수밖에요. 그렇다 보니 전문적인 내용이 많아서 사람들을 이해시키고, 관심을 끌려면 다른 장치가 필요해요. 부작용으로 늙어 버린 임상시험자의 얼굴과 노화방지제를 배달하는 21세기 젊은 배달기사. 세월의 속도를 조절하는 데 숨어서 움직인 안내자랄까. 이런 말 내가 하는 게 우습지만, 흥미롭잖아요. 사람들은 늙지 않을 수 있다는 사실에 놀라겠지만, 나 같은 사람을 함부로 다룬 것에도 분노할 겁니다. 감정을 건드리는 게 객관적인 지표를 들이대는 것보다 훨씬 강력해요. 이 얼굴을 하고 세상을 겪다 보니 알게 된 명징한 사실이죠."

"같이하시는 분들은요?"

"회사에 다니는 사람도 있고, 가족 때문에 나서기 어려운 사람도 있어서. 일단 나와 채윤 씨만요."

"그 뒤로는요?"

"지켜봐야죠. 나야 뒤랄 게 없는 사람이라서 약은 더 안 먹을 거고, 이번 일까지 마치면 죽을 날을 기다리든가. 한데 채윤 씨는, 일전에 유학 간다고 하지 않았어요?"

채윤은 냉장고에서 소시지를 꺼내 두 개를 한꺼번에 욱여넣었다. 뭐라도 들어가야 어지러운 기운이 잡힐 것 같았다. 한성태가 어쩔 거냐고 고갯짓으로 묻자 채윤은 입안을 비우고 대답했다.

"저야 뭐……. 그런데, 얼마 전에 BBC에서 그란셀이 나오던데, 그건 어떻게 된 거예요?"

"그걸 봤구나. 별거 아니에요. 그란셀의 치료센터가 궁금하다고, 나와 김 선생이 왕년 연구원 시절의 협상 기술을 살려서 BBC에 작업 좀 했죠."

"그란셀에 불리한 내용이 아니던데요? 승원 얘기는 아예 없고요."

"조금만 기다려 봐요. 그 방송이 언젠가 크게 쓰일 테니까."

한성태는 재미있다는 듯 가볍게 웃어넘겼다. 채윤은 그의 말을 이해하지 못했지만, 알았다고 고개를 끄덕였다. 문득 고모의 사진이 떠올랐다. 가방을 뒤져 핸드폰을 찾아 한성태에게 내보였다.

"실은 고모가 마지막으로 보낸 사진이 폰에 있어요. 이쪽에서 건너간 연구원들과 중국 쪽 사람들로 보이는 사진이에요. 흔들렸지만 배경이, 거기 연구소 같은데. 이걸 켜면 추적당할까 봐 지금은 못 보여 드려요."

한성태는 핸드폰을 받아 바닥에 두었다. 그러곤 채윤이 조금 전에 뒤졌던 짐 속에서 핸드폰 크기의 기계를 꺼내 전원을 켰다. 무전기처럼 생긴 기계에는 한 개의 버튼과 램프가 달려 있었다.

"여길 눌러 봐요."

버튼을 누르자 램프에 초록불이 들어왔다. 한성태는 자신의 핸드폰을 들어 확인한 뒤, 채윤의 핸드폰을 켰다. 채윤이 놀라 핸드폰을 뺏어 들었다.

"전파를 차단했으니까 괜찮아요."

한성태는 채윤이 건넨 사진을 유심히 살폈다. 그는 고개를 주억거리며 채윤의 말이 맞는 것 같다고 대답했다.

"그게 마지막 연락이었는데, 최태경한테는 못 주겠더라고요. 넘기면 사진 정보로 고모를 찾을지 모르지만, 승원을 돕는 거라서."

한성태는 고개를 젖히고 생각에 골몰했다. 그도 동원할 인력이나 조직이 없으니 고모의 위치를 찾아낼 방법이 없을 터였다.

"지금 최태경이랑 연락 됩니까?"

"먼저 연락하겠다고 했는데 아직 소식이 없어요. 상황이 나아지면 자기 이메일에 메시지를 남긴다고 했거든요."

"그럼 채윤 씨가 먼저 메일을 보내요, 그 사진이랑 함께. 채윤 씨를 구해 준 사람인데 어디 갇히지 않았다면 언제 연락할까 고민하고 있을 거예요. 지금 메일을 보내서 내일 중으로 확인하면 사람을 찾는 데 사나흘 걸릴 거고. 그럼 시간이 얼추 캐나다에서 발표하는 날짜와 겹쳐요. 승원에서 연구소 무리를 찾고, 그즈음 발표하면 승원이고, 중국 제약사고 모두 물 먹일 수 있는데. 시간이 약간 어긋나도 승원이 바짝 약이 오를 테니까 두 곳의 분쟁이 커질 겁니다."

채윤은 고개를 끄덕였다. 이젠 몰릴 데까지 몰려 도망칠 곳도, 대안도 없었다. 자신을 죽이려고 했는데, 이 정도 발버둥치는 게 무슨 대수인가 싶어 열기가 스멀스멀 올라왔다. 채윤은 한성태와 캐나다 연구소가 주고받은 메일을 내려다봤다. 잘될 거라는 신호로, 애써 잘되어야 한다는 각오로 소리 내어 읽었다. 두렵지만, 그정도는 할 수 있을 것 같았다.

7 희망이라는 감옥

"한때 저희가 그런 일에 가담했다는 사실이 부끄럽습니다. 희망을 품고 약을 복용한 분들과 시설에서 발견되어 아직 풀려나지 않은 아이들에게 미안한 마음을 전합니다. 오늘의 발표를 위해 현장에서 몸을 던져 부상을 입은 동료가 하루빨리 병상에서 회복하길 바랍니다."

한성태의 눈에 눈물이 고였다. 김 선생과 캐나다 연구소 소장은 시선을 떨어뜨렸고, 가면을 쓴 송 연구원은 얼굴이 드러나지 않음에도 고개를 들지 않았다. 생방송 종료 3분을 남기고 흘린 눈물에 기자는 질문을 잇지 않았다. 카메라는 한성태의 옆에서 침묵을 지키고 서 있는 세 사람에게 돌아갔다.

한성태와 연락을 주고받던 캘거리 대학 생명과학연구소는 당초 그곳의 방송사와 인터뷰하려던 계획을 수정해 한성태가 졸업한 대학의 생명과학공학부 연구센터에서 BBC와 기자회견

형태로 방송을 진행했다. 급히 잡은 일정이지만 해외 대학 연구소가 주최하고, BBC가 보도해 장소를 섭외하는 건 어렵지 않았다. 한성태의 학연은 학과장과 인사말을 나누며 단 한 차례 쓰였을 뿐이다.

BBC와 대학신문, 열 명의 대학생 유튜버. 어떤 예고도 없이 생중계로 진행된 보도는 방송이 끝나자마자 주요 기사로 인터넷에 올랐고, 공중파와 케이블사는 그보다는 늦었으나 캘거리 대학 연구소를 소개하고 승원의 행적을 좇아 뉴스를 내보냈다. 승원이 지원하는 보육원과 저소득층 가정의 아이들이 승원의 어린이 치료센터에서 집단 치료를 받는다는 뉴스가 이틀 전에 나온 터라 연구소와 한성태가 발표한 소식은 다양한 버전의 괴담이 섞여 인터넷에 떠돌았다. 승원과 관계있을지 모를 메이저 언론사보다 화제성과 치기 어린 정의에 열을 올리는 대학신문과 대학생 유튜버를 동원한 전략이 성공했다. 게다가 BBC라는 글로벌 매체는 뉴스에 신빙성을 보탰다. 막판까지 한성태의 사연을 폭로할지 이견이 있었으나 그의 과거는 큰 이목을 끌며 대중의 공분을 샀다. 갑자기 늙어 버린 남자의 얼굴, 그건 누구도 원하지 않는 실질적인 공포인 것이다.

고모는 채윤의 침대 옆 보호자 의자에 앉았다. 역한 기분이 들기는 두 달 전과 비슷했으나 한동안 감정이 떠나 있어 조금은 냉정하게 고모를 바라볼 수 있었다. 적어도 겉으로는 그렇게 보이게 행동할 수 있었다. 고모는 병실이 싸늘하다면서 자신의 어깨를 감싸고는 조심스레 주변을 둘러보았다. 그러곤 침대에 기대고 있는 채윤을 의식하며 무릎에 올린 핸드폰을 만지작거렸다. 화면을 드래그하는 손이 미세하게 떨렸다.

"계속 연락했는데, 왜 전화가 안 됐어요?"

채윤은 정적을 깨뜨리며 고모에게 물었다. 그녀의 안부보다는 왜 하필 이럴 때 나타났는지, 한성태와 어떻게 연락이 닿았는지가 더 궁금했다. 아니, 자신에게 아직 할 말이 남았는지, 그럴 자격이나 있는지 따지고 싶었다. 채윤은 대답 없는 고모를 쳐다보다가 환자복을 매만졌다. 새 환자복은 풀 먹인 숨이 죽지 않아 움직일 때마다 사각사각 소리를 냈다. 머릿속으로 고모가 온 이유를 추측하며, 고모가 돌아가면 태경에게 연락해야겠다는 생각을 하고 있었다.

고모는 잠깐만, 이라고 말하며 얼굴 높이로 핸드폰을 들어 기사와 영상을 뒤졌다. 얼핏 본 화면에는 한성태와 폭로자들이 있었다. 채윤이 승원 어린이센터에서 아이를 구하려다 다친 뉴스도 봤을지 모른다. 한참 만에 고모가 채윤 쪽으로 고개를 돌렸다.

"바빴어. 그쪽도 시작한 지 얼마 안 돼서 일이 많았거든."

채윤은 전화 한 통, 문자 하나 보낼 시간이 없었느냐고 따지려다 그만두었다. 말을 끊으면 안 된다는 생각이 불쑥 들었다. 고모가 줄곧 자신의 시선을 피하고 있어 화를 냈다간 얘기가 완전히 끊길 수 있다.

"내내 중국에 있었어요?"

"내가 어디 갈 데가 있나."

"약은 나왔다던데 왜 안 팔아요?"

그 말에 고모는 잠시 채윤을 응시했다. 분위기가 전과 달라 보였다. 단지 채윤을 속이려고 시치미를 떼는 게 아닌, 말은 아끼지만 뭔가 꺼내고 싶은 조바심이 같이 느껴졌다. 중국에 가기 전에 올랐던 살도 어느새 빠져 있었다. 아이라인을 섬세하게 그리고 색조 화장을 진하게 했으나 표정이 굳어 생기가 돌지 않았다.

"보조하는 사람이 얼마나 알겠어. 팔겠지, 뭐."

상하이로 떠날 때만 해도 사업을 이끈다는 자부심이 넘쳐 속이 거북했는데, 그녀는 돌연 다른 태도로 사업에 거리를 두고 말했다. 기껏 채윤의 안부를 물으려고 병원까지 찾아왔는지 의문이 들었다.

"바쁠 텐데 뭐 하러 왔어요?"

고모는 채윤의 질문에 사방을 흘끔댔다. 눈동자는 부산했으나 고개는 좀체 돌리지 않았다.

"둘만 있으니까 편하게 말해요."

그제야 고모는 채윤 쪽으로 고개를 틀고 입을 열었다. 시선은 여전히 맞추지 않았다.

"너, 최태경하고 연락 되지? 나, 그 사람이랑 약속 좀 잡아 줘."

단호함까지는 아니지만 그래야 한다는 절실함이 전해졌다. 아주 잠깐 날카로움도 스쳤다. 그런데 그녀가 왜 태경을 만나려는지 아리송했다. 채윤은 고모가 다음 말을 하길 기다렸다.

"그게 말이지, 중국에서 최태경이 필요하대. 그 사람이, 승원이랑 그란셀이 제약 파트 협약할 때 주 협상자였나 봐. 어린이 치료센터 협약에도 나섰다고 하고. 정말 네가 안 도와주면…… 아냐, 나 도와줄 거지?"

흔들리는 눈알에 두려움이 가득했다. 그녀의 모습은 말을 잃고 숨어 지내던 얼마 전으로, 어쩌면 그때보다 비루한 모습으로 변했다는 착각이 들게 했다. 채윤은 고모의 표정에 놀랐으나 이 또한 속임수일지 모른다는 의심에 감정을 드러내지 않으려고 애썼다.

"같이 만나자는 거죠?"

"아니 아니, 나 혼자. 너 아프니까 혼자서 볼게. 대신 최태경이 부담스러울지 모르니까 내가 나간다는 말은 하지 말고."

"몰래 할 말이라도 있어요?"

"그게 아니라…… 그란셀이랑 사업을 하려는데, 그것 좀 도와

달라고. 연구자는 됐고. 뭐지, 그래, 수출이나 국제분쟁을 조정할 사람이. 그러니까 실무자가 필요하대. 관리자급 실무자로, 승원을 대응할 수 있으면 더욱 좋고."

고모는 몇 차례 말을 끊어서 하고는 다시 좌우와 출입문을 살폈다. 채윤이 감시 카메라가 없다고 했지만, 경계심을 풀지 못하는 기색이었다. 무엇이 그녀를 극도의 긴장으로 몰아가고 있을까. 생각해 보면 고모는 병실에 들어와 당연히 물어야 할 조카의 건강조차 궁금해하지 않았다. 어떤 상황에도 자신의 처지만 보이는지, 아주 모진 사람은 아닐 거라고 간신히 눌렀던 마음이 우스워졌다.

"나 심심해서 여기에 누워 있는 거 아니에요. 아까 뉴스도 찾아보던데, 그래서 최태경한테 연락 못해요. 지금 내 꼴을 봐요."

채윤은 멍이 든 광대를 손으로 감싸며 깁스를 한 다리를 내려다보았다.

승원 센터에서 아이의 날카로운 외침을 듣고 그간 붙들고 살던 것들이 혼란스러워졌다. 사고 뒤로 혼자 남겨졌던 어릴 적제 모습과 남의 눈에 거슬리지 않게 죽은 듯 지내야 한다고 수없이 해 온 다짐, 그리고 최근 연이어 벌어진 이해하기 어려운 사건들. 그러다 한성태가 잘되어 간다고 확신에 차서 말했을 때 채윤은 묻게 되었다. 과연 나아질 게 있을까. 이런 식으로 버둥대다 보면 언젠가는 제자리로 돌아가는 걸까. 제자리가 정말 있기나 할까. 아이는 무엇을 향해 소리 질렀을까.

채윤은 한성태가 구해 준 기자 명함을 들고 연락하지 않고 승원 치료센터를 다시 찾았다. 취재하는 척 둘러보며 그 공간을 사진으로 남겼다. 하지만 안전요원들의 거친 제지에 계단에서 굴러 다리를 접질렀고, 허리를 다쳤다.

"한 번만, 딱 한 번만 도와줄 수 없어? 날 위해서 말이야. 네가 만약 거절하면, 아니 거절하면 절대 안 돼. 그러면 내가 위험해져. 어쩌면 너나 최태경도……. 채윤아, 나 다치면 안 되잖아. 협박이 아니라 진짜……. 그분이, 그니깐 우리 회장님이 크게 보답해 주실 거야. 최태경은 업계 최고로 대우해 줄 거고. 약속할게. 내가 언제 거짓말한 적 있어?"

고모가 벌떡 일어나 채윤의 손을 붙잡았다. 숨까지 헐떡이며 들이민 얼굴에 오싹해졌다. 그건 채윤이 알던 얼굴이 아니었다. 그저 공포밖에 남지 않은 모르는 사람이었다. 채윤은 반사적으로 손을 거칠게 털어냈다.

"제발 나 좀 도와줘. 전화 한 통만, 응? 별거 아니잖아. 내가 무릎이라도 꿇을까? 네가 원하면 그렇게 할게. 아니면 집 보증금을 빼줘? 내가 너 키웠잖아! 근데 너, 나한테 왜 이래? 고아를, 버려진 애를 여태껏 키워줬는데 그것도 못해!"

눈치를 보며 어쩔 줄 모르던 비굴함에서 협박으로 넘어가는 데는 시간이 오래 걸리지 않았다. 채윤은 생각지 못한 둔기에 두드려맞은 것처럼 아연해 어떤 말도 뱉지 못했다. 다만 침대에서 내려와 고모와 거리를 둘 뿐이었다. 서 있으면 저릿하게 올라오던 통증도 당혹감에 거의 느껴지지 않았다. 고모가 침대 맞은편에서 팔을 뻗었다. 마구 휘젓는 손이 금방이라도 다가들 것처럼 위태로웠다.

"차라리 네 핸드폰을 내놔. 내가 직접 걸 테니까."

핸드폰에는 태경의 번호가 저장되어 있지 않았다. 채윤은 승원 사람들에게 납치된 후로 한성태가 준 핸드폰을 줄곧 사용했다. 태경과 채윤은 태경의 임시 메일함으로 꼭 알아둘 일이 있을 때만 간간이 연락하고 지냈다. 채윤은 그 사실이 떠올라 사물함을 뒤져 핸드폰을 내주었다.

"이거 아니잖아! 장난치지 말고 얼른 네 거 내놓으라고!"

"내 건 승원에서 도망치다 잃어버렸어요. 연구원님이 빌려줘서 지금은 그걸 쓰고 있고요."

고모는 채윤이 내민 핸드폰을 낚아챘다. 그러곤 한참 뒤적이다 침대에 내던졌다. 풀죽은 표정이 병실 문을 밀고 들어왔을 때로 돌아갔다.

"정말이야? 진짜 그 사람이랑 연락할 방법이 없어? 그러지 말고 연락 좀 해 봐. 내가 경마장에도 알아봤는데, 관뒀대. 그쪽 직원이 알려준 번호로 전화 걸었더니 없는 번호라고 하고. 최태경이랑 연락하는 사람이 어디 있지 않을까?"

채윤은 고개를 숙인 채 세차게 내저었다. 연락할 마음도 없지만 바뀐 번호는 채윤도 몰랐다. 채윤이 아무 말도 하지 않자 고모가 바닥에 주저앉았다.

"제발, 도와줘. 이러다 나 또 갇힌단 말이야. 무서워. 죽기 싫다고! 날 가만 안 둘 거야. 채윤아, 나 좀 구해 줘. 제발, 최태경을 잡아다 줘."

불안해하며 정신없이 병실을 돌아보는 눈과 입을 틀어막고 신음을 눌러내는 모습. 긴 시간 고모의 침묵을 봐 왔으나 이 정도로 불안에 휩싸인 모습은 처음 마주했다. 채윤은 침대를 돌아 고모 앞에 앉았다. 깁스로 다리가 구부러지지 않아 한쪽 다리는 앞으로 뻗고, 그대로 바닥에 앉았다.

"중국에서 무슨 일 있었어요? 사정을 알아야 도울 것도 찾아보죠."

고모는 고개를 들지 않고 채윤에게 몸을 붙였다. 그녀는 채윤의 머리를 매만지는 척 얼굴에 손을 올리며 조그맣게 속삭였다.

"여기에 진짜 아무도 없지? 그 말, 믿어도 되지?"

채윤은 고개를 가만히 주억거렸다. 그러곤 마음은 없지만, 불편한 자세로 고모의 손을 감쌌다. 고모는 출입문을 다시 살핀 뒤 중국에서 감금되었던 얘기를 털어놓았다.

고모는 TV를 보다가 어느 틈에 잠이 들었다. 한 번씩 놀라 깨서 여기가 어디인지 큰 소리로 물었지만, 이내 쌕쌕거리며 잠에 빠져드는 모습이 오랫동안 편히 쉬지 못한 모양새였다. 채윤은 이따금 고모에게 시선을 두며 채널을 돌렸다. 뉴스에는 온종일 한성태와 연구원들이 비쳤다. 돌린 채널에도 화면 상단에 그들이 걸려 있었다. 신분 노출을 꺼려 송 연구원이 쓴 가면이 한성태의 심각한 얼굴을 우스꽝스럽게 만들었다. 그는 카메라 앞에 당당하려고 애썼으나 추레한 느낌은 지우지 못했다.

고모가 한 말을 되짚어 보았다. 고모는 중국으로 떠난 여덟 명 중 네 사람만 살아남았다고 했다. 중국 투자자는 알렉스, 그러니까 윤성균과 다른 핵심 연구원 두 명, 고모만 필요하다고 판단한 것 같았다. 고모는 나머지 넷은 어떻게 되었는지 행방조차 모른다면서 말을 잇지 못하고 무릎을 움켜쥐었다. 그녀는 한 달 동안 독방에 갇혔고, 그 뒤로 한 달 넘게 투자자 쪽 사람들에게 교육을 받았다고 했다. 쯔쉬엔이라고 불렀다가 회장님이라고 고쳐 부르고, 그분이라고 말하는 고모는 채윤이 알던 사람이 아니었다. 시선도 고정하지 못하고 불안해하는 모습을 보면 어떻게 여기까지 찾아왔는지 신기할 지경이었다.

고모의 얘기를 듣고 나자 그녀의 모습을 조금 이해할 것 같다. 두 시간 남짓 끔찍한 기억이 채윤에게도 있었으니까. 납치당한 시간이 고작 두 시간이었는데, 채윤은 한동안 밖을 나서기가 무서웠다. 그런데 그 시간이 두 달이 넘어간다면, 그것도 밀실에서 폭력이라도 당했다면. 고모가 말한 교육이란 고문이나 세뇌가 아니었을까. 웅크려 자다 놀라 깨는 모습을 보면 짐작이 틀리지 않을 것 같았다.

중국 투자자는 고모가 아닌 태경을 원했다. 애초에 그가 원한 사람은 고모가 아니라 승원과 관계한, 그쪽과 사업을 이어 줄 사람이었는지 모른다. 고모는 중국 측 사람들과 윤성균이 나섰는데 태경과 접촉할 수 없었다면서, 승원이 그와 닿는 경로를 모두 차단한 것 같다고 말했다. 힘을 가진 중국 투자자가 접근하지 못할 정도라면 태경은 승원에서 어떤 존재일까.

긴장한 채로 보호자 의자에 구부려 누운 고모를 보니 짧은 시간 사람이 저렇게 변할 수도 있구나, 하는 애잔함이 느껴졌다. 머리가 터지도록 원망했는데 아직도 연민이 남아 있다니 같이 살아온 시간이 길어서 그렇다고 생각하면 당혹스럽기만 했다. 어쨌거나 태경에게 알려야 했다. 번호를 바꿔 전화를 걸 수는 없고, 메일이라도 써서 되도록 빨리 연락을. 그의 신변과 관계된 일이고, 오랜 친구 같은 사람이니까. 자신의 생명을 구해 줬는데, 연락하면 위험해진다는 이유로 이번에도 모른 척할 수는 없다. 고모의 문제는 그와 연락이 닿은 다음에 고민하기로 했다. 채윤은 고모를 불렀다. 낮은 숨소리가 들릴 뿐 일어나지 않았다.

고모가 지금 병실에 와 있어요. 선배를 만나고 싶다고 해서 모른
다고 했고요. 고모 말로는 전화번호를 바꿔서 연락할 수 없다는데,
이거 확인하면 현중병원 803호로 전화 좀 줄래요?

채윤은 고모가 깨는지 힐끔거리며 빠르게 메일을 보내고 화
면을 닫았다. 태경에게 전화를 건 지 오래됐지만, 머릿속에는
그의 번호가 아직 남아 있다. 태경의 예전 번호를 누르고 화면
을 물끄러미 내려다보았다. 승원으로 옮기고 다른 인연은 끊어
내려고 전화번호까지 바꿨을까. 괜히 허전했고, 어딘지 아쉬움
이 깊게 남았다.
　병실 전화가 울렸다. 병실에 온다는 한성태일 것 같아 잽싸게
수화기를 들었다.
　"옆에 있지? 같이 있으면 통증이 있다고 말해."
　"네, 통증이 있어요."
　"간호사들에게 하는 것처럼 말하면 알아서 들을게."
　"네."
　"전화번호 안 바꿨어. 모르는 번호는 안 받지만. 지금 널 속이
는 거 같은데?"
　"그래요? 어쩐지 약이 독하더라."
　"무슨 생각인지 살살 캐 봐. 내가 밤에 다시 전화 걸게. 메일
은 알람을 걸어놨으니까 급한 일 생기면 남기고. 아니다, 그냥

전화해. 그건 그렇고, 얼른 나아라."

"알겠습니다. 감사합니다."

태경이 전화를 끊었다. 몇 달 만에 듣는 목소리라 당황스러웠고, 고모가 옆에 있어 태연한 태도를 유지하기 어려웠다. 게다가 자신을 또 속였다니, 납치당했다는 말도 거짓인가 싶어 잠시 느꼈던 연민은 온데간데없었다. 뻔뻔함에 소름이 끼쳤다.

고모는 잠에서 깨 채윤을 멍하니 쳐다보았다. 채윤은 눈을 맞추기 싫어 속이 쓰린 척 명치를 문지르며 침대에 기댔다.

"간호사야?"

"컨디션이 어떠냐고요."

천천히 고개를 끄덕이는 고모는 의심하는 눈치가 아니었다. 그녀는 그제야 정신이 나는지 마른세수를 하고 채윤과 눈을 맞췄다.

"누워서 곰곰이 생각해 봤는데, 그래도 네가 나보다는 나은 것 같아."

냉정해졌다고 생각했다. 한동안 마주치지 않아 감정에 쉽게 휘둘리지 않을 거라고. 그런데 자신은 무해하다는 듯 쳐다보는 얼굴을 보자 머리가 급속히 뜨거워졌다.

"나아요? 뭐가요?"

크게 낸 목소리에 채윤 스스로도 놀랐다. 감추고 눌렀던 속내인데 고작 그런 말에 터져 버리다니. 고모는 큰 소리에 놀라 주

춤하고 채윤을 올려다봤다. 가열식 가습기에서 물이 끓어오르
는 소리가 요란했다.

"대체 뭐가 낫냐고요? 중국이 아니라 승원한테 협박받아서?
아니면 아주 어릴 때가 아니라 열다섯 살이나 돼서 부모가 죽은
게? 그러곤 키워준 걸 갚아야 한다며 한 주도 쉬지 않고 부서져
라 소처럼 일만 하고 살았던 게?"

채윤은 그 말까지 하고 눈을 꾹 감았다. 고모가 무슨 말을 했
는지, 자신이 무슨 말을 떠드는지 아무 생각도 나지 않았다. 다
만 자신이 또 속았다는 사실이, 그럼에도 제대로 덤비지도 못하
고 어설프게 반항한 것에, 억울하게 사라진 가족이 떠올라 분노
를 누를 수 없었다. 고모는 채윤의 말에 놀라 한동안 멍하니 쳐
다보기만 했다. 그들 사이에 무거운 정적이 흘렀다.

"네가 갑자기 왜 이러는지 모르겠다. 근데 아까 네가 낫다고
한 말은 그런 뜻이 아니었어. 적어도 넌, 주위에 도와줄 사람이
있잖아. 나처럼 잡혀 간 적도 없고. 솔직히 중국에서 갇혔을 때
가족이니까 네가 구해 주러 올지 모른다고 기대했거든. 현실적
으로 말도 안 됐지만 말이야. 난 여태껏 너한테만은 진심이었
다고 믿었는데……. 전부 혼자 착각한 거였네?"

"가족이요? 나한테 그런 게 남아 있어요? 진짜 가족이 어떻게
죽었고, 누구한테 속아서 실험용으로 넘어갔는데. 그것도 모
르고 날 거둬 줬다고 내내 미안해하면서 납작 엎드려서 살았는

데! 지금도 속이고만 있잖아요!"

채윤은 끝내 속옛말을 터뜨리고 말았다. 다 말했다고 할 수는 없으나 한 번은 따지고 싶었던, 그러나 참아야 한다고 꾹꾹 눌렀던 말을 내뱉고 말았다. 고모는 채윤의 말에 벌떡 일어섰다. 그녀는 확연히 싸늘해진 얼굴로 채윤을 내려다보았다.

"뭘 알고나 떠드는 거야? 내가 네 가족을 죽이기라도 했다는 거야? 내가?"

"아니면요?"

"그 사고를 내가 냈니? 그리고 약은 네 아빠가 원했고, 네 엄마가 안 주면 죽는다고 협박했어. 사고 나는 날까지 난 그 사람들을 말렸었다고!"

"적어도 사람이라면, 양심이 있다면! 지금쯤은 나한테, 아니 우리 가족한테는 솔직하게, 미안하다고 용서를 빌 때도 됐잖아요!"

***

병원에서 내려다본 인파가 상당했다. 대각선으로 기울어진 창문을 열자 사람들의 함성이 크게 울렸다. 대략 2천여 명이 더

되어 보이는 행렬은 승원빌딩을 따라 느리게 전진하다가 멈췄고, 멈추는 것 같더니 다시 움직였다. 채윤은 의자에 기대앉아 창밖을 내다보았다. 둘로 나뉜 대열은 각기 다른 요구를 하고 있었다. '조용하지만 무거운 외침'이라고 보도되었던 뉴스와 달리 현장의 함성은 증오만 드러내는 거친 소용돌이였다.

고모는 엄마와 아빠를 지금 채윤이 보는 풍경 속의 어떤 부류와 같다고 말했다. 약을 간절히 원하는, 약이 그들의 삶을 온전하게 지켜 주리라고 맹신하는 사람들. 고모의 말을 믿지 않았으나 그녀가 내민 엄마의 편지에는 사실을 거스를 수 없는 내용이 담겨 있었다. 익숙한 엄마의 필체를 본 순간, 사람을 기분 좋게 만들던 경쾌한 웃음이 떠올라 반가웠다가 이내 두려워졌다.

채윤은 가까스로 의자에서 일어나 창문에 팔을 뻗었다. 다리 통증이 전날보다 심해진 느낌이다. 방음 창을 닫자 소음이 잦아들었다. 한성태는 지금 어디쯤 오고 있을까. 그는 아침 일찍 전화를 걸어 다른 사람들은 이목 때문에 같이 갈 수 없다고 말했다. 여러 매체에 모습을 드러내 한성태도 자유롭지 못할 텐데, 그가 걱정되었다.

습관처럼 한성태의 외관을 살폈다. 캐주얼 슈트에 가르마를 탄 머리를 옆으로 넘기고 금테 안경을 낀 그는 점잖은 노신사로 보였다. 다가오는 향기마저 옅은 화장품 냄새가 나 깔끔한 인상을 더했다. 머리를 염색하거나 콧수염을 붙이고, 화장한 것도 아닌데 차림새가 바뀐 것만으로 다른 사람이 되어 있었다. 눈빛이 달라 보였다. 한성태가 채윤의 어깨에 손을 얹었다.

"부상은 어때요? 얼핏 보면 깡패랑 시비가 붙어서 얼굴이 좀 상한 것 같은데."

한성태는 가벼운 농담으로 인사를 대신했다. 그러곤 창가 너머 시위대를 내다보았다. 채윤은 상태가 더 나빠졌다는 말을 못하고 바깥으로 고개를 같이 돌렸다.

"뉴스를 보니까 저 사람들 조직적으로 움직이던데요. 승원에선 어쩔 거래요?"

역시나 길게 말하는 건 무리였다. 한성태가 미지근한 물을 가져다주어 숨은 골랐으나 안면으로 이는 통증과 가슴을 조이는 두근거림이 신경을 자극했다. 채윤은 세세히 물으려는 것을 포기하고 한성태를 물끄러미 쳐다보았다.

"따로 들은 얘긴 없어요. 일정이 없으면 숙소에만 있고, 머물 데를 계속 바꿨거든요. 그런데 여길 오다 승원이 BBC에 줄을 댄다는 전화를 받았어요. 이걸 또 뭘로 막으려는지."

한성태는 목 뒤를 두드리며 명 이사도 그것 때문에 들어왔나, 하고 중얼거렸다. 그는 자리에서 일어나 창을 열었다. 4차선 도로에 인파가 들어차 차량이 통제되고 있었다. 바로 앞에서 외치듯 커다란 함성이 가까이서 들렸다.

임상시험을 반대하는 시민단체의 인원이 제품을 요구하는 임상시험자보다 배는 많았지만, 투쟁의 강도는 임상시험자들이 훨씬 거세 보였다. 그들은 꽹과리를 울리고, 들고 온 집기를 부수고, 승원 본사 앞에 배치된 경찰을 구타했다. 뉴스에 승원의 임상시험이 보도된 뒤 약을 못 받을지 모른다는 불안감이 커져 사흘 연속 항의집회가 계속되고 있었다. 경찰은 피해자이자 환자란 이유로 임상시험자들의 폭력에 최소한의 방어만 했다. 채윤이 배달할 때 겪었던 것과도 다른, 집단적인 난폭함이었다. 약을 복용한 사람이 저보다 많을지 모른다고 생각하니 엄청난 한기가 몰려왔다. 창밖의 소리가 흡사 건물이 무너질 때 날 법한 거대한 폭발음처럼 들렸다.

"빨리 멈췄어야 했는데, 이젠 임상을 반대하는 사람들보다 약을 달라는 사람들이 더 혼란을 일으킬 거예요. 지옥문이 열리는 거죠."

"근데 승원이 여러 나라를 상대로 실험한 건 왜 말씀 안 하셨어요? 그걸 까야 임상시험 찬성자들이 겁먹을 거고, 승원도 압박을 받잖아요. 가만히 있다간 저쪽에서 먼저 손쓸 거예요."

한성태가 방음 창을 닫고 채윤의 앞에 앉았다. 그는 잠시 망설이더니 채윤과 시선을 맞췄다.

"아픈 사람이라 말을 안 했는데. 실은 캐나다 연구소에서 반대하고 있어요. 폭로가 정치화되는 게 꺼려지는 모양이에요.

사실 내 증언만 있지 증거가 없잖아요. 임상 대상이 광대해 놀랍기는 하지만, 총리 임기가 반년밖에 안 남은 상황에서 불확실한 자료로 국제적인 이슈를 만들까 봐 고심하는 것 같아요. 연구소를 지원하는 하원 조직이 인권에 민감하기도 하고, 임상시험을 했다는 나라에서도 입 다물고 있고요. 나도 수차례 설득했죠. 그런데 물심양면 여태 도와줬는데 우리 주장만 계속하기가……."

원점으로 돌아간 듯했다. 거대한 상대를 두고 전체 판을 볼 수 없어 당연하게 이어지는 결론인지 모르나 몇 달 전 의기에 찬 한성태를 떠올리면 받아들이는 모습이 구차하게 느껴졌다. 고작 얻은 성과라면 승원의 임상시험이 중단되었다는 정황이었다. 그마저도 중국에서 노화방지제를 출시하는 바람에 같이 비난받을까 봐 발 뺀 걸로 짐작돼 언제든 재개할 수 있다. 어쨌거나 그대로 두면 거리의 사람들은 날로 흉포해질 거고, 숲속의 센터에 갇힌 아이들은 밖으로 나오기 힘들 것이다. 여기에서 포기하면 채윤과 한성태도 위험해질지 모른다.

"그럼 제가 드린 문서는요? 그것도 쓸모없어요? 치료센터까지 뛰어들었는데, 아무 소용 없냐고요. 이럴 거면 차라리 고모라도 붙들고 거래 테이블에 서야겠어요."

"둘이서 뭘 거래하게요?"

"아뇨. 고모랑 거래한다는 게 아니라, 승원의 반대편에 같이

앉겠다고요. 어린이센터를 포함해서 국내외 치료센터를 전부 없애고, 임상시험을 중단하는 조건으로요."

그때까지 반응을 주저했던 한성태가 상체를 곧추 펴고 바로 앉았다.

"그 문서 두 장만으로는 어림없어요. 그냥 기사, 그것도 허접한 단신으로밖에 못 써요. 차라리 시위대에 서겠다는 게 훨씬 현실적이지."

"말씀하신 문서를 갖고 있다면요?"

"무슨 문서요?"

채윤은 대답하기 전에 가슴을 세게 문질렀다. 온 신경을 집중해 말하고 있어 몸에 자꾸 부담이 갔다. 숨을 고르고 물을 한 모금 들이켰다.

"고모가 브로커로 일했을 때 넘겨받은 자료요. 남미랑 아프리카 임상시험자 리스트를 모두 갖고 있었어요."

"이미 아는 거잖아요."

"그게, 확실한 증거물이라. 그날, 고모가 임상시험 계약서를 찍은 사진을 보여 줬거든요. 대외비라는 표기랑 승원과 각 나라 실무자 서명이 들어가 있었고요."

"그걸 공개하자고 명 이사가 온 거예요?"

채윤은 고개를 저었다. 고모는 문서를 내보이며 채윤의 부모도 이런 사람들이라고 흥분해 말했다. 그때 채윤은 감정이 격해져 그걸 가지고 뭔가를 해야겠다는 생각까지는 하지 못했다. 그런데 지금의 한성태를 보니 그 문서를 뺏어서라도 뭔가 해야 할 것 같았다.

"승원이 중국과 거래하면요? 제품을 폐기하는 조건으로. 생산 시설까지 만들었다니 완전 폐기는 불가능하겠지만, 승원한테는 약품 제조 방법이 지적재산이라 요구할 수 있잖아요."

"그걸 듣겠어요?"

"어렵겠죠. 그런데 몇 년 전에 코로나 때문에 국경을 폐쇄한 적이 있잖아요. 루머가 많았던 걸로 아는데, 중국에서 퍼뜨렸다는……. 논란은 있지만 팬데믹이 시작된 시점도 그렇고, 감염을 감춰서 국가 신뢰도도 떨어지고, 무역분쟁도 있지 않았어요?"

한성태는 의심에 찬 시선으로 채윤의 말에 집중했다. 채윤은 통증이 이는 가슴을 누르고 말을 이었다.

"인체 임상이 완료 안 된 제품이고, 그건 제품이 불완전하다는 소리잖아요. 승원이 부작용 사례를 내밀면 승산이 있어요. 제가 알기로 고모가 투자자에게 성공 사례만 넘겼거든요. 약품의 안전성을 그사이 해결했을 리는 없으니까 실제 부작용을 들이대면. 만약 제약사가 거부하면 중국 정부를 상대로 과거처럼 문제가 될 수 있다고 협박이라도 해 보는 거죠."

"설사 먹힌다 해도 제약사에서 이득도 없이 끝내겠어요?"

"그건…… 승원이 손해를 봐야죠. 다른 제품의 판매권을 그 제약사에 넘긴다든가, 한국의 약품 공장을 중국으로 이전하는 등등."

한성태가 고개를 갸웃했다. 말을 막지 않은 걸 보면 설득력이 아예 떨어지는 소리는 아닌 모양이다. 채윤은 한성태가 아무런 결정권이 없음에도 그를 설득하면 일이 풀리기라도 할 것처럼 최선을 다해 설명했다.

"두 회사가 합의한다고 치면, 우리는 뭘 하게요?"

"처음 말씀드린 대로요. 치료센터를 없애고, 임상시험을 중단하라고 승원에 요구해야죠. 우리가 아니라 캐나다 연구소에서 하면 훨씬 효과적일 거예요."

"치료센터는 그렇다 쳐도 임상시험을 중단하라는 건 제품을 만들지 말란 소리인데. 그럼 승원이 중국이랑 협상한 건 뭐가 되게요?"

"일단 동물실험부터 제대로 하고, 결과를 공개하게 한 다음 …… 우리가 때를 맞춰 윤리적인 문제를 터뜨리면. 그, 같이 발표하셨던 분들이 도와주실 수 없어요?"

두 사람은 그러고 말이 없었다. 말하는 채윤도, 듣고 있는 한성태도 가능성이 희박하다는 사실을 알고 있다. 한성태가 관자놀이를 누르며 정적을 깼다.

"그 사람들은 나서기 곤란해요. 접때도 그 자리에 겨우 나온 거라. 채윤 씨가 말한 게 어디까지 가능할지 모르겠네요. 승원을 어떻게 끄집어낼 것이며, 원하는 대로 일이 풀려 갈지도."

채윤은 목을 축이고 말을 다시 이었다.

"그렇다면 승원의 인체 임상을 중국에서 하면요? 승원이라면 솔깃할 것 같은데요. 중국 제약사도 약을 가져다 쓰려고 했으니까 조금 손해 보는 셈 치고 해 볼 만할 거고요. 현실적으로 접근하면 두 곳 모두 거부 안 할 거예요. 물론 이건 어디까지나 저혼자 가정한 겁니다."

채윤은 거기까지 말을 뱉고 고개를 저었다. 지금의 상황을 되짚어 보면 그렇게라도 풀리길 바라지만, 그럼에도 자신들이 반대했던 일을 한다는 거라 마음이 덜컥거렸다. 한성태가 목소리를 높였다.

"우리가, 아니 내가 왜 목숨 걸고 덤볐는지 몰라서 그래요? 그걸 무시하고 하는 말 같은데. 나는요, 나 같은 사람이 더 이상 없어야 한다고, 애초에 생명을 가지고 장난치면 안 된다고 줄곧 말한 거예요. 그런 약은 어떤 형태로든 만들어서도, 인체실험을 해서도 안 된다는 소리를 지금껏 한 거라고!"

앙다문 입술이 한성태의 의지를 고스란히 드러냈다. 그는 분노를 이기지 못해 입술까지 파르르 떨었다. 채윤의 마음도 크게 다르지 않았다. 한성태는 채윤의 진심까지 오해하고 있었다.

"연구원님, 저도 알아요. 그치만 승원을 거래 테이블로 끌어

내야 저희도 주장할 수 있잖아요. 그러려면 미끼가 필요하고요. 공허한 말이라는 것도 아는데, 이것도 아니면 정말 밖으로 나가서 언제 해결될지 모를 싸움에 뛰어드는 수밖에요."

채윤은 어렵게 몸을 틀어 거리를 가리켰다. 달라지지 않은 풍경이 아직도 승원빌딩 앞에 버티고 있었다. 사람들의 물결, 그것이 출렁일 때마다 다친 허리가 밟히는 것처럼 통증이 심해졌다.

"지금 우리를 봐요. 꼴이 얼마나 우스운지. 연구원님은 대체 몇 살인지 알 수 없고, 저는 일어서는 것도 힘들어서 죽을 것 같다고요. 언제까지 고상하게 있다가 뺏기기만 하게요. 방법이 좀 더러우면 어때요. 상대가 언페어unfair 하면 우리도 언페어 하는 게 맞죠. 일단 해 보고, 문제가 생기면 그때 다시 틀면 되잖아요."

***

채윤은 뉴스의 볼륨을 줄이고, 밖으로 시선을 돌렸다. 승원빌딩 앞에서 몸싸움을 벌이는 사람들이 보였다. 며칠 전보다 인원이 몇 배가 늘어난 것 같았다. 곳곳에 불법으로 주차한 전세

버스들도 보였다. 채윤은 리모컨을 들어 채널을 돌렸다. 바꾼 채널에도 거리로 뛰쳐나온 사람들이 가득 차 있었다. 임상시험 찬반 여론을 다룬 르포성 다큐멘터리였다.

승원빌딩 앞에서 두 갈래로 나뉘어 벌였던 투쟁은 임상시험을 찬성하는 세력이 대통령 청사까지 진출함으로써 다툼이 더욱 격렬해지고 있었다. 일주일 동안 대대적으로 보도되었던 뉴스와 프로그램의 여파였다. 임상시험 약을 요구하며 승원의 직원과 행인을 무차별 공격해 벌어진 폭력 사건들, 여기저기에서 사업의 책임을 물으며 불붙듯 번지는 시위 행렬. 그러나 승원은 일련의 사건에 대해 묵묵부답이었다.

승원빌딩 앞에는 '생명 프로젝트'란 이름으로 승원이 수행하는 모든 바이오 사업의 폐기와 어린이 치료센터 운영을 반대하는 시민단체와 일반 시민들이 주를 이뤄 모였고, 사람들이 많이 모이는 광장과 대통령 청사 앞에는 승원이 관리했던 임상시험자들과 그들의 가족, 난치병을 앓는 환자들이 생명 유지권을 요구하며 항의 집회를 벌였다. 대통령 청사 앞에서 시위하는 사람들은 이미 경험한 건강할 권리를 생명윤리의 관점으로 일방적으로 회수할 수 없다며, 이는 헌법에도 명시한 개인이 갖는 불가침의 인권으로 국가가 인정하고 보호해야 한다고 주장했다. 반면 시민단체에서는 현재 논란 중인 승원 바이오틱스의 임상시험의 전모를 밝혀야 근본 대책이 마련된다며, 관련 사업에 대한 정보 공개와 임상시험 중단을 승원에 요구했다.

정부와 승원에 반대하는 세력이 시위대에 조직적으로 섞였다는 것은 뉴스에 여러 차례 보도되었다. 하지만 그런 세력이 많다 쳐도 바깥의 함성이 거대해 채윤은 숨쉬기 갑갑해졌다. 자신이 만난 수취인들을 떠올려보았다. 백여 명도 안 되는 사람이었는데 저 많은 사람은 어디에 숨어 있다가 나타났는지, 대체 승원의 사업에 얼마나 많은 배달자와 전달자가 동원되었으며 얼마나 많은 임상시험자가 세상에 존재하는지. 무엇 하나 짐작할 수 없어 두려움에 몸서리가 쳐졌다. 한성태가 말한 지옥문이 기어코 열려 버린 것인가. 마음대로 움직이지 않는 채윤의 다리와 달리 세상은 거칠게 사방으로 요동치고 있었다.

다큐멘터리 화면에 80대가 넘어 보이는 노인이 클로즈업되었다. 그는 노인과 장애인들이 자리 잡은 임상시험 찬성 시위대 전면에 나서 마이크를 들었다. 몇 대의 카메라가 그를 향하는 게 수천 명의 시위대와 함께 화면에 전면으로 잡혔다가 초점이 노인에게 가까이 맞춰졌다.

"대통령님! 저희 좀 살려 주십시오. 저는 올해 쉰다섯 살 먹었습니다. 아직 노인이 아닌데, 약을 끊어서 이렇게 돼 버렸죠. 얼마 전 뉴스에 나왔던 연구자들과 같이 임상시험에 참여했던 사람입니다. 그리고 약을 끊고 같은 부작용을, 아니 저는 종양까지 생겨 그보다 더한 고통 속에서 살아가고 있습니다. 저는 이제 약이 없으면 병이 심해져 죽습니다. 그래서 저는 그자들과 생각이 완전히 다르고요. 이 몸뚱이를 보시고, 여기에 모인 수많은 노인과 몸이 불편한 장애인들을 생각해 보세요. 더 욕심 내지 않을게요. 우리도 딱 평균수명까지만, 그냥 평범한 국민으로 세상에 보탬이 되어 살다 가고 싶습니다. 이미 나온 기술인데, 사람을 위해 발전시킨 과학인데 정치적인 이유로, 말도 안 되는 생명윤리를 끌어와 살 수 있는 생명까지 꺼뜨릴 수는 없는 겁니다. 인간으로 세상에 태어나 건강하게 사는 게 삶의 가장 중요한 가치 아닙니까. 목숨보다 중요한 게 대체 뭐란 말입니까. 제발 그 약을 안정적으로 공급받게 국가가 나서서 우리를 지켜 주세요! 저같이 힘없는 보통 국민을 위해 일하라고 국회의원이고, 대통령을 뽑는 거 아니겠습니까. 그러니까 우리를 위해, 평범한 국민을 위해 대통령님이 하실 수 있는 모든 역할을 다해 주시란 말입니다! 나라님의 너른 아량으로 저희를 가련히 여기고 보듬어 주십시오. 제발 이대로 생명을 포기하지 마십시오!"

노인은 자신의 병명이 기재된 병원 진단서를 시위대 앞에 높이 들어올렸고, 화면은 그가 든 서류와 성난 군중을 차례로 비췄다.

***

　잠들다 깨고, 다시 잠들고. 채윤은 악화되는 상태에 불안을 완화할 신경안정제를 먹고, 꿈이 없는 잠 속에 하염없이 빠져들었다. 이따금 의사와 간호사가 흔들어 깨워 그들이 하는 말을 듣고, 약을 먹었으나 몸은 가위에 눌린 것처럼 일어나지 못하고 다시 어둠에 잠겼다. 채윤은 잠에 취해 정신없는 중에도 중얼거렸다. 이제 그만, 전부 다 사라져 버렸으면 좋겠어. 가끔 눈을 떴을 때 보이는 세상은 그저 피하고 싶은 악몽으로 가득했다.

***

　한성태가 TV를 보며 꺽꺽거리고 울었다. 캐나다 연구소 소장은 뒤통수를 맞은 것에 자책했다.
　승원은 일주일 전, 임상시험은 준비하고 있으나 판매는 고려하지 않는다는 입장을 보도자료에 밝혔다. 그러곤 임상시험에 관해 떠도는 소문은 수년 전 특정 세력에 의해 악의적으로 조작되었던 게 반복되는 거라고 강조했다. 임상시험 약을 요구하며 승원의 직원과 행인을 폭행하는 자들은 고발 조치할 거라고 범죄에 단호히 선을 그었다. 그런 입장을 발표하고 얼마 안 있어 중국 제약사와 손을 잡다니. 캐나다 연구소 소장과 한성태가 중국 제약사를 만나 논의하고 헤어진 지 고작 나흘밖에 지나지 않았다. 협업하자는 중국 쪽 제안에도 답을 하지 않은 상태였다.

승원의 사장 최성규와 중국 제약사 대표가 손을 맞잡고 힘차게 흔드는 투샷이 이해하기 어려운 블랙코미디의 한 장면 같았다. 채윤은 낯선 그들의 모습에 눈을 떼지 못했다. 중국 대표는 40대 안팎으로 보이는 여자로 고모가 두려워하던 회장은 아닌 듯했다.

두 사람이 업무협약서에 서명하자 카메라는 최성규에게 초점을 맞췄다. 승원이 마련한 기자회견장은 각국에서 모인 외신기자들로 떠들썩했고, 그들 앞에 선 두 사람은 애써 미소를 참아내며 격식에 맞춰 협약식을 진행했다. 최 사장은 젊은 기업가로서 아버지와 다른 모습을 보이려는 듯 과감히 몸을 돌려 좌중을 돌아봤다. 최두현 회장이 사업 전면에 나서면서부터 최 사장은 안간힘을 쓰며 언론에 모습을 드러냈으나, 스포트라이트는 늘 최 회장에게 향했다. 하지만 오늘의 주인공은 최 사장이었다.

"이로써 인류는 또 다른 미래에서 살게 될 것입니다."

플래시가 사방에서 터졌다. 블랙코미디에서 SF로 넘어가는 찰나였다.

중국 제약사와 승원이 협약한 내용은 채윤이 두 곳에 제안하자고 한성태에게 목청을 높였던 것과 놀랍게 흡사했다. 중국 제약사는 약의 생산을 중단하는 대신 승원의 현지 연구소와 임상 전문센터를 운영하기로 했고, 승원은 중국에 제기했던 국제소송을 철회하고 동물 임상시험 결과를 공표하는 한편 동물실험이 끝나는 대로 인체 임상시험을 공개적으로 추진하겠다는 계획을 밝혔다. 더불어 중국 제약사는 사업파트너로 승원에게 대규모 자금을 투자하고, 승원은 임상시험이 완료되었을 때 아시아 독점판매권을 제약사에 주기로 협약했다. 그들이 계획했던 것보다 제품 판매가 늦어질 수 있으나 사업을 전 세계에 알려 양사가 크게 손해 보지 않는 계약이었다. 도리어 고령화 시대에 적절한 국제 공조였고, 미래를 내다보는 투명하고 선진화된 투자라 할 수 있었다.

최 사장과 중국 대표가 무대 가운데에 나란히 나서 허공을 향해 검지를 들었다. 무대에 홀로그램이 펼쳐지며 갓 태어난 아기에서부터 어린이, 청소년, 청년, 장년, 노년에 이르기까지 모든 세대가 어우러져 나타났다. 다양한 인종에, 장애가 있는 사람까지 최 사장 옆에 서서 무대는 발 디딜 틈도 없이 가상의 사람들로 꽉 들어찼다.

"생명 프로젝트, 우리는 인류가 맞이할 건강한 미래를 준비합니다."

홀로그램으로 나타난 사람들이 천천히 원으로 돌아가며 취재 나온 기자들을 쳐다보았다. 밝게 웃거나, 손을 흔들거나, 무언가를 가리키는 동작이었는데 묘하게 모두를 향해 시선을 맞추고 말을 거는 것처럼 느껴졌다. 그 자리에 있지 않은 채윤도 최 사장의 뒤에 선 여자아이와 자신처럼 휠체어에 앉은 할아버지, 고모와 비슷하게 생긴 아주머니와 눈을 맞춘 것 같은 착각이 들었다. 홀로그램은 점점 속도를 빨리해 원을 돌더니 급기야 사라졌고, 그들이 사라진 무대 가운데로 최 사장과 중국 제약사 대표가 섰다. 1부가 끝났고, 2부에서는 실무 담당자들이 양사의 프로젝트를 자세히 설명할 거라면서 뉴스 속보가 종료되었다. 쇼는 더할 나위 없이 완벽했다.

TV를 끄고 한성태가 울음을 멈췄으나 입을 여는 사람이 없었다. 채윤은 어두운 화면을 바라보며 습관처럼 다리를 주물렀다. 긴 기면 뒤에 왼쪽 다리는 자극이 있는데, 오른 다리는 반응이 없었다. 모든 게 작정하고 안 좋은 쪽으로 달려가고 있었다. 어떡할지 생각하는 따위는 채윤이 할 일이 아닌 것 같았다. 그저 처음부터 자신이 낄 자리는 아니었다는, 아무리 버둥대도 이렇게 됐을 거라는 절망만이 선명하게 빛깔을 드러냈다.

한성태를 도왔던 연구원들이 자리에서 일어섰다. 채윤은 이곳에서 그들을 처음 보았지만, 어쩐지 뒷모습이라도 기억해야 할 것 같아 그들이 나간 자리를 한참 바라보았다. 캐나다 연구소 소장이 한성태를 불렀다.

"이렇게 때가 됐네요. 자기들에게 협력하면 판매는 미루겠다는 말을 믿진 않았지만……. 실은 중국이나 승원 두 곳 중 하나와 같이할 방법이 있을까 고민했어요. 현실적으로 둘을 상대하기가 무리라서요. 그런데 여기까지였나 봅니다. 돌아가서 그동안 밀린 연구도 해야 하는데, 한국에서 언제까지 이 일만 붙들고 있을 수 없네요."

그도 채윤처럼 한성태가 연락했을 때 가능성이 희박하다는 걸 알면서도 같이하자고 손잡았을 것이다. 하지만 상대가 실패를 반복하며 사업을 정교화했다는 사실은 간과한 것 같다. 이쪽에서는 일이 꼬일 때마다 학자로서 당위성을 붙들었던 반면, 상대는 다음을 내다보며 사업을 수정해 앞으로 나아갔다. 골리앗을 상대할 다윗이 되기에 한성태와 소장은 힘을 쓸 조직력도, 미래를 예측해 대처하는 능력도 한참이나 모자랐다.

채윤은 모든 상황을 받아들여야 함에도 불구하고 화를 못 이겨 오른 다리를 세차게 내리쳤다. 무릎이 슬쩍 들렸다. 놀라서 한성태를 돌아보았다. 한성태는 울어 두툼해진 눈두덩으로 허공만 쳐다보고 있었다. 채윤은 그를 지켜보다 말고 들린 다리를 내려다보았다. 다리가 반응했다. 드디어 약효가 나타나는 건가. 다시 한번 무릎반사를 확인하고 흔들리는 다리에 시선을 고정했다. 의사는 채윤에게 당분간 일어서기 힘들겠다고, 척추와 신경 손상이 예상보다 심해 회복이 거의 진행되지 않았다고 말했다. 증상이 악화되면 일어나지 못할 가능성까지 염두에 둬야 한다는 말을 담담하게 전했다. 한 달 전, 그 진단을 받고 절망했는데.

채윤은 다리가 흔들리지 않게 꽉 붙들고, 몸이 회복될지 모른다는 사실에 희망을 걸어도 되는지 고민했다. 며칠 꿈이 없는 잠을 잔 덕분일까. 나는 과연 일어설 수 있을까. 이런 상황에도 희망이란 걸 품어도 될지. 한꺼번에 일어나는 부조화가 혼란스러워 사람들의 얘기에도, 자신의 몸에도 집중할 수 없었다.

어찌 되었든 일은 실패에 다다랐다. 이제 자신에게 신경 써줄 사람은, 아니 자신이 이 일에 끼어 할 일은 남아 있지 않았다. 그저 예전으로, 그러나 전과 같지 않은 상태로 돌아가는 일만 남았다. 채윤은 다리를 한 번 더 두드리고 주위를 둘러보았다. 혼자니까 알아서 일어나야 한다고, 그나마 일어날 가능성이 생겨 다행스러운지 모른다고 되뇌면서 숨을 눌러 쉬었다. 하지만 그 모든 일이 허무하게 끝났다는 사실에 다리가 아닌 가슴이 무겁게 흔들리고 있었다. 한성태가 울음을 크게 터뜨렸다.

8 한단지몽 邯鄲之夢

그들과 헤어지고 석 달이 지났다.

어떤 생각도 오래 머물지 않았다. 다만 살아가는 다양한 방식이 있고, 그건 예측이 불가하다는 사실만 이따금 스칠 뿐이다. 채윤은 자신과 가족, 흘러가며 만났던 이들을 떠올려 보았다. 지금 할 수 있는 건 매트에 누워 과거의 얼굴을 추억하는 것과 조심스레 다리를 움직여 상태가 호전되는지 체크하는 일밖에 없다. 감각이 조금 돌아왔으나 여전히 불편한 하체와 다시 늙어 가는 한성태가 찾아와 돌봐 주는 현실, 그것이 채윤의 현재였다. 한성태마저 2주째 연락이 없다. 문득 이 꼴이 됐는데 적어도 두 다리로 일어서야 형평에 맞지 않나, 하는 억울함이 차올랐다. 혼자라도 계속하겠다고 다짐하며 그곳을 빠져 나왔으나 자신이 계속할 무엇이 남아 있기나 한지. 똑바로 서지 못한다면 다시 살아갈 의지라도 일으켜야 하지 않느냐고 짜증을 실어 허공에 악을 썼다.

거미가 얼굴까지 내려왔다. 타란튤라 같은 몇몇 종을 제외하면 거미는 무리 생활을 하지 않는다는데 세 마리가 줄을 치고 내려와 공간을 공유하고 있었다. 습성도 잃고 어울려 살아갈 수 있나. 다섯 달 넘게 문을 걸어 잠갔고, 지금도 채윤이 먹는 건 냉동한 밥과 김치뿐이라 먹이를 구하기도 힘들 텐데 그것들의 생명력이 놀라웠다. 채윤은 내려오는 거미에게 입바람을 분 뒤 모로 누웠다. 거미줄을 없애려고 천장과 벽에 팔을 뻗기도 어려웠거니와 간신히 버티고 살았을 생명에게 경외감이 들어 아무 짓도 하지 않았다. 채윤이 거미를 내버려 두기로 한 것처럼 승원은 채윤과 한성태가 각자 집으로 돌아갔는데도 아무런 구속을 하지 않았다. 그들이 알아서 나자빠질 것까지 승원의 계산 안에 있었던 건지. 경외감보다는 의미 없는 대상으로 둘을 분류해 버렸거나 채윤과 한성태가 감시를 알아채지 못하고 있는지도 모른다.

기대 같은 건 없다. 마지막이라는 거창한 결심도 하지 않았다. 1년 가까이 그 일에 매달리는 동안 곧 나아질 거라는, 혹은 더 나빠지는 걸 피해야 한다는 명제가 채윤을 끊임없이 괴롭혔다. 그게 의미 없다는 것은 일을 시작하고 얼마 지나지 않아 깨달았으나 한성태가 같이했고, 가족의 죽음을 알아 가며 증오심이 동력으로 작동해 버틸 수 있었다. 무턱대고 빨려 들어가지 않으면 견디기 힘든 절박함이 채윤을 움직였다. 하지만 지금 채윤을 끌어 가는 힘이 남아 있기나 한가.

문을 두드리는 소리가 크게 들렸다. 찾아올 사람은 한성태뿐인데, 그는 그런 식으로 왔다고 기척하지 않았다. 채윤은 누운 채로 고개만 돌렸다. 바깥에서 다시 문을 두드렸다. 젊은 여자 목소리였다. 채윤은 대답하지 않고 반대편으로 돌아누웠다. 그러자 DHL국제배송이라고 발신자가 뜨며 핸드폰이 울렸다. 채윤은 목소리를 죽여 전화를 받았다.

"명채윤 씨 맞으세요? 여기 DHL인데요."

"그런데요?"

"지금 댁 앞에 와 있거든요. 홍콩에서 등기가 왔는데, 언제 방문하면 받으실 수 있을까요?"

채윤은 잠시 고민하다 무거운 몸을 일으켜 현관문을 밀었다. 업체 유니폼을 입은 배달부가 문 앞에 서 있었다. 받은 봉투에는 발신자가 홍콩 주소로 표기되었을 뿐 보낸 사람의 이름이 없었다.

봉투에서 나온 건 스물다섯 장의 서류와 편지 두 통이었다. 서류 다섯 장은 임상시험을 수행한다는 승원과 다섯 개 나라가 맺은 계약서였고, 스무 장은 임상 대상자 리스트였다. 모든 서류에는 대외비를 증명하는 'CONFIDENTIAL'이라는 표기가 음

각으로 압인되었고, 마지막 장에는 승원 바이오틱스의 법인 인
감이 찍혀 있었다. 각국의 담당자와 승원 실무자의 서명도 보
였다. 흘러간 시간만큼 문서는 오래돼 누레진 곳도 있지만, 원
본인 것만은 확실해 보였다.

문서를 보자 심장이 강하게 뛰었다. 부상 때문에 이는 통증은
아니다. 채윤은 숨을 고르고 서류 뒤에 붙은 편지를 펼쳤다. 한
통은 임상시험을 계속하고 싶다는 엄마가 고모에게 보낸 편지
였고, 다른 한 통은 고모가 채윤에게 남긴 짧은 메모였다.

유용하게 쓰면 좋겠다. 마지막 사과라고 생각해도 좋고.

아무리 떠올려도 고모의 필체가 기억나지 않았다. 생각해 보
면 그녀가 쓴 글을 본 일이 없다. 고모가 회사에서 가져온 문서
는 모두 타이핑한 것이었고, 서울로 전학 오고부터 학교에서 부
모에게 받아 오라고 한 서류는 채윤이 알아서 작성해 제출했
다. 서명조차 채윤이 휘갈겼다.

편지에는 고모를 나타내는 어떤 말도 없지만, 채윤은 고모가
보낸 것임을 알고 있었다. 그런데 몇 글자 안 되는 메모가 임상
문서보다 마음에 더 걸렸다. 겨우 두 문장인데 모든 단어가 눈
에 밟혀 메모를 놓지 못했다.

채윤은 벽에 기대앉아 스물다섯 장의 서류와 편지, 메모를 꼼

꼼히 훑어보았다. 아는 내용이라 새로 파악할 건 없는데, 이제와 이것들을 무엇에 쓸 것이며 고모는 이런 메모를 왜 남겼는지 생각이 정리되지 않았다. 고모에게 전화를 걸었다. 받지 않았다. 채윤은 습관처럼 핸드폰을 뒤져 한성태를 찾았다. 습관이 아니라 상의할 사람이 그밖에 없었다. 태경마저 병실에서 통화한 뒤로 연락이 끊겼다. 한성태는 네 번 전화를 건 끝에 연결되었다.

"연락을 안 드리려고 했는데…… 오늘 홍콩, 그니까 중국에서 등기가 와서요."

2주 전 본 한성태의 얼굴이 떠올라 전화를 걸고도 말하기 망설여졌다. 그는 지방 공장에 내려가기 전부터 약을 끊어 다섯 달째 그 상태로 버티고 있었다. 한성태는 그르렁거리는 숨을 뱉고는 한참 만에 무슨 등기냐고 물었다.

"고모가 가지고 있다던 문서 원본이에요."

"계약서 말이죠? 그걸 가지고 뭘 해 달래요?"

가래가 껴 갑갑하게 들리는 목소리였다. 목감기가 걸린 게 아니라면 부작용이 점차 그의 육체를 점령하고 있는 것일 테다. 채윤은 건강을 물어보기 미안해 질문을 빨리해서 감정을 감췄다.

"메모를 남기긴 했는데, 시킨 건 없고요. 그냥 유용하게 쓰라고요. 어떻게 할까요?"

"내가 몸이 시원찮아서 할 수 있는 게 있는지 모르지만, 그걸로 둘이 방송이라도 할까요? 아니면 우리 동지들을 또 불러?"

그는 아마도 웃었을 것이다. 하지만 웃음이 거칠어 듣기 거북했고, 잠긴 목소리가 다소 괴기스러워 진심이 무엇인지 파악하기 어려웠다. 정말로 방송하자는 뜻인지, 몸이 이런 데 뭘 하자는 게 말이 되냐는 소리인지 분간할 수 없었다. 채윤이 잠자코 있자 그가 느리게 말을 이었다.

"유튜브, 그건 핸드폰만 있으면 되잖아요. 내가 요새 컨디션이 떨어져서 오늘내일은 힘들고, 나아지면 그리로 갈게요. 여기가 엉망이라 부를 수가 없어요."

채윤은 알았다면서 대학생 유튜버들에게도 연락해 보겠다고 대답했다.

가능성이 보여 그러겠다고 한 것은 아니다. 겨우 말을 잇는 한성태에게 둘이 하기에는 무리라는 말을 차마 할 수 없었다. 손에 들고 있는 문서보다 지금 이대로 모습을 영상으로 내보낸다면 접속자들의 호응을 더 얻을지 모른다. 배달할 수 없는 배달자와 실험 대상이 되어 다시 늙어 가는 연구원의 조합.

한성태의 말마따나 그것을 영상으로 공개하는 것밖에는 달리 할 일이 없을지 모른다. 그것이 둘이 아니면 누구도 하지 못한 가지 일임을 채윤도 알고 있다. 채윤은 유튜버들의 메일 주소를 입력하고, 숨은참조로 한성태를 도왔던 두 명의 연구원과

캐나다 연구소 소장을 적은 뒤 전송 버튼을 눌렀다. 채윤의 손
에 문서가 들어왔을 때 문서의 운명은 이미 정해진 거다.

＊＊＊

고모는 연락이 계속 안 되었다. 그녀가 쓰는 핸드폰은 다른
사람이 쓰고 있었고, 메일은 읽지 않았다. 어렵사리 중국 제약
사와 연락이 닿았으나 그런 사람은 근무한 적이 없다는 답변을
받았다. 다음 날 다시 연락하자 다른 직원이 받아 한국에서 온
여자는 어디로 갔는지 자취를 감췄다고 했다. 누구도 고모가
그곳에 있다고 말하지 않았다.
　채윤은 고모를 찾아봐 달라는, 마지막일지 모를 부탁을 태경
의 메일함에 남겼다.

＊＊＊

걷기용 보조 스틱을 출입문에 세워 두고 문을 열었다. 창에

빛이 희미하게 번져 안에 사람이 있다는 생각에 채윤은 크게 한성태를 불렀다. 낡은 철제문은 삐거덕 듣기 싫은 소리를 내며 힘없이 열렸다. 잠겨 있지 않은 걸 보면 한성태는 외출하고 문을 대강 닫은 모양이다. 어딜 다녀오느라 연락도 안 받는지, 몸이 아파 만사가 귀찮아진 건지 채윤은 안으로 들어가며 원망을 쏟아냈다.

집 안에 들어섰는데도 기온은 바깥보다 낮아 숨 쉴 때마다 허연 입김이 올랐다. 추위에 몸이 자동으로 움츠러들었다. 집기는 거의 그대로였으나 바닥이 전보다 너저분했다. 입구에서부터 널브러진 짐꾸러미와 환기가 안 돼 들어찬 악취. 고기를 사 놓고 싱크대에 둔 걸 깜빡했는지, 혹은 아파서 며칠째 음식물쓰레기를 치우지 않았는지 움직일수록 고약한 냄새가 더했다. 헛구역질이 계속 나 얼굴을 찌푸리고 코를 세게 쥐었다. 채윤은 발에 걸리는 짐과 쓰레기를 걷어 내며 걸음을 옮겼다. 여전히 불편한 다리와 곳곳에 널린 잡동사니 때문에 입구에서 방까지 5미터도 안 되는 거리가 멀게 느껴졌다.

잠깐 빛으로 외출했다가 원상으로 회귀, 그게 그의 운명이었던 건지. 채윤 또한 빛이 잔뜩 들어오는 집에서 15년 동안 살다가 어두운 곳으로 이동해 그것이 어떤 기분인지 잘 알고 있었다. 빛이 모든 이유는 아닐 테지만 한성태와 고모가 오래 숨죽여 지냈던 한 가지 이유쯤은 되지 않을까. 채윤은 자신도 잠시 머물렀던 승원의 깨끗한 오피스텔을 떠올렸다. 얼마 전까지 깨끗하고, 빛이 많이 들어오는 곳에서 살았는데, 돌아온 집은 지금의 한성태와 무척 닮아 있었다.

채윤이 바깥에서 봤던 빛은 안방 등이 아니라 화장실에서 새어 나온 것이었다. 흐린 등이 켜진 화장실은 몇 달 전 모습과 다를 바 없었다. 아니, 몇 달 전에는 채윤을 초대하는 자리라 살균제로 청소는 대강 했던 것 같은데 흘깃 본 화장실은 세탁 세제와 비누, 세숫대야와 청소 용품이 바닥에 흩어져 몹시 어지러웠다. 냄새는 말할 것도 없었다. 누군가 화장실에서 엎어졌다가 가까스로 몸만 빼낸 모양새였다. 채윤은 화장실 등을 끄고, 방으로 향했다.

한성태는 모로 누워 돌아보지 않았다. 해가 거의 넘어간 뒤였고, 엎어져 있어 잠든 모습이 잘 보이지 않았다. 이불을 덮어도 냉기를 견디기 어려울 텐데 그는 미동도 없이 잠들어 있었다. 채윤은 한성태의 등을 보며 그를 다시 불렀다. 반응이 없다. 다가갈수록 역한 체취만 더해 갔다. 소변과 대변, 음식물쓰레기 냄새, 구토와 약 냄새가 섞여 뭐라 표현하기 어려운 썩은 내가 진동했다. 돌연 드는 불길함에 한성태를 더욱 크게 불렀다. 몸이 많이 안 좋은가? 밝아야 그를 확인하고 흔들어 깨울 텐데 불을 켤 마음이 왠지 들지 않았다. 겨우 벽을 더듬거려 전원을 켜고 한성태의 어깨를 두드렸다. 베이지색 면바지의 엉덩이 부분에 진한 얼룩이 눈에 선명하게 박혔다. 용변이 새었는지, 더러운 것을 깔고 앉아 그대로 말라 버렸는지 얼룩이 흙빛으로 굳어 있었다.

채윤은 뒤로 자빠졌다. 몸이 경직되면서 숨이 쉬어지지 않았다. 그저 직감하는, 그러나 절대 있으면 안 될 두려움이 채윤의 눈앞에 있다는 사실만 겨우 인지했다. 고립과 죽음의 퀴퀴한 기운이 채윤을 감싸 그 안에 가둬 버렸다. 그가 향하는 방향으로 놓인 화분마저 말라 비틀어져 생명력이 다해 있었다. 채윤은 온 힘을 다해 자리를 박차고 일어섰다.

바닥에 엎어졌을 때 발에 걸린 건 두 통의 약병과 메모지였다. 공포에 질려 뛰쳐나가다 메모지 위에 올려진 연필을 못 보고 밟아 미끄러진 거였다. 뒤를 돌아 창밖을 보니 바깥은 짙은 어둠이 내려앉았다. 채윤은 바닥을 기어 메모지를 집어 들었다. 시야가 어두워 뭐라고 쓰여 있는지 아무것도 보이지 않았다. 역한 냄새에 구역질을 멈출 수 없었다. 이틀을 먹지 못한 허기 탓은 아닐 것이다. 시신을 뒤로하고, 더군다나 한동안 같은 편이라고 의지했던 사람이 아무도 모르게 죽었는데 고작 배고픔 따위 느낄 수 없었다. 채윤은 몸을 일으켜 벽에 기대앉았다.

한성태에게 돌아가 다시 살필 엄두가 나지 않았다. 얼핏 보았던 그는 타살은 아닌 것으로 보였다. 마치 잠을 자는 것처럼 옆으로 기울어 누워 있었고, 입 주변에 흘러내린 게 없어 약물을 먹였다고 보기에도 무리였다. 다만 비쩍 말라 늙은 몸이, 난방이 안 되어 오싹한 실내가 타살이 아니라도 충분히 비참해 보일 뿐이다. 약품의 부작용도 있을 테지만 잘 먹지 못한 극빈의 생활이 죽음을 앞당긴 것 같았다. 하긴 누구라도 일부러 그를 찾아와 힘들여 죽일 필요가 있었을까. 한파에 시신이 보존되고, 벌레가 덜 끓는 것을 그나마 다행이라고 여겨야 할지. 연락이 안 되어 불편한 몸을 이끌게 한 그를 탓했는데, 자신의 비난이 얼마나 형편없고 이기적이었는지. 제 다리에만 신경 쓰느라 한성태가 처한 상황을 생각해 본 적이 없었다.

채윤은 그의 죽음이 감당이 안 돼 도망치지도, 무얼 하지도 못하고 그가 보이지 않는 곳에서 몸을 웅크렸다. 경찰에 신고하면 좀 더 명확한 원인이 나올 것이다. 자신과 한성태의 관계를 묻고, 왜 집에 찾아왔는지 추궁하고, 통신 내역을 뒤지고, 시신을 부검하고. 하지만 그 모든 것을 한 뒤에 밝혀지는 것은 결국 자연사임을, 빨리 늙어 버린 몸이 한파와 영양실조로 죽음에 이른 사실밖에는 나올 게 없을 것이다.

좁은 집이라 구석에 붙어도 한성태와 떨어진 거리는 얼마 되지 않았다. 그가 죽은 것도 모른 채 방송에 어떤 콘텐츠를 담을지, 하는 김에 지난번에 도와주었던 다른 나라 방송국에 사정하면 어떨까 상의하려고 수차례 연락했다. 희망적이지 않은 상황에 희망을 거는 자신이 멍청하다는 생각을 하며, 이렇게 중요한 일을 앞두고 연락이 안 되는 그를 탓하고, 그마저 포기해 손을 놔 버린 건 아닌지 불안해하면서 어렵게 지하철을 타고, 버스를 갈아타 이곳에 도착했다. 그런데 이런 식으로 존재를 완전히 지워 버리다니. 믿고 싶지 않지만, 눈앞에 닥친 광경이 지독히 사실적이라 받아들이지 않을 수 없었다. 채윤은 흐릿하게 비치는 빛에 메모지를 대고 내려다봤다. 용지에는 방송에서 잊지 말고 해야 할 말과 진행 순서가 적혀 있었다. 3인방, 명채윤, 유튜버. 연필로 썼다 지우고, 추위에 곱은 손으로 다시 쓰고 지우고……. 이까짓 게 대체 뭐라고!

이것이 지난 뒤에는 또 무엇이 채윤을 기다릴 것인가, 공포심만 더해 갔다. 현실을 부정하며 벽에서 몸을 떼고 일어서려는데 자꾸만 발목이 꺾였다. 잘 구부러지지 않는 하반신이 영원히 깨지 않을 악몽처럼 느껴졌다. 한성태만 두고 도망치려는 자신이 비겁하다는 생각도 들지만, 그의 곁에 다가가 오롯이 슬픔을 토해 낼 용기도 없었다. 가족이 채윤을 떠난 날처럼 그가 죽었다는 사실이 도무지 납득되지 않았다.

채윤은 약통과 한성태의 메모를 간신히 끌어와 가방에 담았다.

***

고모의 방에 불을 켰다. 휠체어를 끌어와 그 앞에 웹 카메라를 설치한 뒤 오른편에는 노트북을, 왼편에는 방송할 자료와 카메라 리모컨을 올려 두었다. 화면에 안정감 있게 자신이 잡히는지 구도를 살폈다. 며칠 전부터 하반신 회복이 빨라져 일반 의자에 앉아도 불편하지 않지만, 휠체어에 앉는 게 보다 극적인 모습을 연출할 것 같아 어렵게 휠체어를 방 안에 들여놓았다. 고모의 방인데도, 한성태가 자꾸 아른거렸다. 제 몸도 성치 않으면서 채윤을 도와주었을 굽은 등이 상상이 돼 몇 번이나 고개를 세차게 저었다. 고맙다는 인사도, 미안하다는 사과도 한 번 하지 못했는데……. 채윤은 카메라에 비친 자신을 그라도 되듯 물끄러미 쳐다보았다. 한성태가 괜찮냐고 자신에게 묻고 있는 것만 같았다. 채윤은 괜찮다며 고개를 끄덕였다. 환영의 한성태가 자리를 털고 일어나 웃었다.

"아무렴요. 우리가 언제 안 될 때가 있었나요?"

고맙고 애잔한 마음 뒤로, 미치게 화나고 원망스러운 마음이 몰려들었다. 그의 시신은 부검을 마치고 화장한 뒤 무연고자가 가는 납골당에 안치되었는데, 감정은 아직 떠날 줄을 몰랐다.

방송을 시작했다. 오늘 내보내는 영상은 다섯 명의 유튜브 채널에 동시에 나가기로 했다. 캐나다 연구소와 한성태가 승원의 실상을 폭로할 때 불렀던 유튜버 중 몇이 인터넷 방송에 동참하겠다고 관심을 보였다. 20대 초중반의 유튜버들은 호기심인지 의협심인지 모를 활기로 채윤과 다른 두 연구원이 하는 방송에 코멘트를 덧붙여 가며 중계했다.

채윤은 자신을 소개했다. 그러곤 상체를 들어 하체가 보이게 하고 자리에 도로 앉았다. 한성태와 기자회견을 같이했던 김 선생과 송 연구원이 카메라를 보고 주뼛주뼛 인사했다. 그들은 연구원 시절에 화상 회의를 종종 했었다며 방송은 걱정하지 말라고 했으나 약속이라도 한 것처럼 얼굴을 들지 않고 묵례만 반복했다.

채윤은 잠시 말을 쉬었다. 그건 유튜버들과 전날 화상 회의로 합의한 사항이었다. 설명이 더 필요할 때 3분 정도 시간을 주면 그들이 짧게 말하고 넘어가기로. 채윤은 뉴스를 화면에 띄웠다.

"석 달 전, 한성태 씨와 이 두 사람이 한 인터뷰를 기억하실 겁니다. 그때 많은 준비를 하고도 승원과 중국 제약사가 주도 면밀하게 움직여 폭로는 묻혀 버렸죠. 증거가 부족하다는 이유로요."

오랫동안 싱크대 아래에 붙어 있다가 여럿의 손을 거친 문서는 흐린 물때가 얼룩져 고문서 같은 분위기가 났다. 오늘 말할 세 가지 모두 아픈 내용이지만 어쩔 수 없이 가장 신경 쓰이고 쓰린 건 가족과 관련한 것이었다. 채윤은 카메라를 줌으로 당겨 문서를 확대해 비췄다. 화면에 잘 잡히는 것을 모니터로 확인하고 말을 이었다.

"이 문서는 2010년에 승원이 명청엽 씨와 김화영 씨를 대상으로 임상시험을 한 증거입니다. 위변조 방지 서류라는 것은 보이시죠? 문서를 보시면 이들은 2월 15일에 임상시험을 위한 첫 검진을 받고, 일주일 뒤인 22일에 약품을 처음 투여했습니다. 당시 명청엽 씨는 유전성 심장질환을 앓았고, 김화영 씨는 난소에 이상이 있었던 것으로 확인됩니다. 이들은 약 1년간 일주일에 두 차례씩 약물을 주사하면서 지병을 같이 치료했습니다. 1, 2차 중간 검사를 승원 연구소에서 받았고요. 그리고 3차 검사를 받으러 가던 중 터널 사고로 목숨을 잃게 됩니다."

채윤은 감정을 싣지 않으려고 애쓰며 덤덤하게 말했다. 마음을 나눌 한성태가 없어서 다행이라는 생각이 들었다. 그와 눈이라도 마주치면 더 이상 진행하기 힘들 것 같았다.

실시간 방송 창에 반응이 나타나기 시작했다. 승원의 지난 사건을 말하는 사람에서부터 방송을 진행하는 사람이 누구냐고 묻는 사람도 있었다. 채윤은 빠르게 올라오는 대화를 확인했으나 어떤 답도 하지 않았다. 역시나 감정을 배제하기 힘들었다.

하지만 사람들에게 표정을 들킬 수 없어 편지를 얼굴 가까이에 붙였다.

　…… 아가씨, 아니 명 이사님. 다시 부탁드려요. 제발 우리를 임상 대상자에서 빼지 말아요. 보셨잖아요? 건강 지표가 좋아지고 있는 것. 그래서 우린 약을 포기할 수 없고요. 오빠랑 나를 걱정해서 관두라는 건 아는데요. 그건 어디까지나 확률이잖아요.

　나는요, 운이 좋은 사람이라 채윤이 아빠를 만나고, 채윤이와 승윤이도 얻었다고 믿어요. 물론 능력 있는 아가씨를 만난 건 정말이지 천운이었고요. 혹시 돈이 많이 들어가서 그런 거라면 걱정하지 말아요. 아버님도 이럴 때 쓰라고 하나뿐인 자식에게 유산을 모두 물려주셨을 거예요. 약만 있다면, 어떤 불운도 우리 가족을 비켜 갈 거니까 걱정하지 말고 계속 부탁해요.

　어려서 동생을 잃은 채윤이 아빠, 그 트라우마 때문에 아직도 힘들어하는데 또다시 가족과 헤어지게 할 수 없잖아요. 채윤이 아빠가 친동생처럼 돌봐줬다면서요. 이렇게 관둬서 부작용이라도 생기면 아가씨도 평생 마음의 짐을 지고 살 거예요. 굉장히 끔찍하잖아요. 나도 엄마가 젊은 나이에 복막암으로 돌아가셔서 병이 진행되는 걸 마냥 기다리고 있을 수 없고요. 그때 아가씨가 오빠에게 빚진 사건, 갚는 셈 치고 우리 가족 건강히 살 수 있게 도와줘요.

　우리가 어디 남인가요? 가족이잖아요…….

표정을 감추려다 편지를 거의 읽고 말았다. 채윤은 '안 도와주면 오빠가 진짜 죽게 될지'라고 시작하는 문장 앞에서 겨우 정신을 차렸다. 실시간 창에는 무슨 얘기냐며, 임상시험자가 과거를 추억하는 것 같다면서 저들끼리 추리하는 내용이 빠르게 올라왔다. 흔한 가족사인데 그걸 왜 들어야 하느냐며 대화창을 빠져나가는 사람도 있었다. 채윤은 편지를 무릎에 올리고 카메라를 응시했다.

"글을 쓴 사람은 부부 중 아내였습니다. 편지를 쓰고 얼마 뒤 사고로 목숨을 잃었고요. 편지를 받는 사람은 이 사람의 시누이였는데, 그 사람이 바로 승원의 임상 브로커였습니다. 신약을 가족에게 소개하고, 임상 대상자로 선정하는 데 힘을 써 줬죠. 이들은 나중에 다시 얘기하겠습니다."

채윤은 서류 더미를 자료의 제일 위로 올리고, 김 선생과 송 연구원에게 고개를 끄덕였다. 둘은 채윤의 휠체어를 옆으로 밀고 그 자리에 의자를 가져와 앉았다. 김 선생이 화면에 세 개의 기사를 차례로 띄웠다. 2011년도에 승원 바이오틱스가 생명공학 연구팀을 해체한다는 기사 두 건과 한성태가 보관하고 있던 타블로이드판 '믿거나 말거나' 기사의 일부였다.

"15년 전, 승원은 생명 연장 약품을 개발해 인체 임상시험을 합니다. 동물 임상을 완료하지 않은 불법 실험이었고요. 저희가 그 프로젝트에 투입됐죠. 부작용은 다양한 형태로 나타났는데요. 약을 끊고 급속도로 노화하는 사람이 생겼고, 계속 복용한 경우에는 암세포가 늘어나기도 했죠. 우리 몸에는 암으로 발전할 수 있는 변이 세포가 많아서 약물을 잘못 사용할 경우 암세포 분열을 촉진하는 심각한 부작용이 나타날 수 있습니다. 하지만 죽음에 이를 수 있다는 사실을 아는 임상시험자는 없었고요. 단지 약품이 고가라 그들 수준에는 먹기 힘들고, 효과가 뛰어나다고만 알렸죠. 임상시험 정보를 대중에게 일부러 흘려 신약에 대한 기대치를 한껏 올렸고요."

김 선생은 단호하게 말한 뒤 한성태의 젊었을 때 사진과 가장 최근 방송에서 인터뷰하던 모습을 대조해 보여 주었다. 이미 공개된 것임에도 51세라고 적힌 사진에 사람들은 반응을 보였다. 채윤은 마지막으로 다룰 내용을 떠올리며 뒤이어 진행하는 송 연구원을 바라보았다.

"이제부터 넉 달 전 유튜브와 BBC를 통해 저희가 폭로한 사건의 진실을 보여 드리겠습니다. 자료는 임상 브로커가 제공했고요. 문서는 위변조 방지 서류로 원본임을 확인하실 수 있습니다."

송 연구원은 이 같은 일은 지난 세기 유럽이 에이즈 백신 개발을 위해 아프리카 원주민을 임상시험에 동원한 사례와 그전에 세계대전에서 일본과 나치가 포로국을 대상으로 인체 의학 실험을 자행한 것과 크게 다르지 않다고 덧붙였다. 역사는 약자에게 잔인했고, 기술이 개입된 선진화는 그것을 가진 이들에게 인류를 위한 어쩔 수 없는 선택이었다는 명분을 주며 정당화되었다고 송 연구원은 설명했다.

실시간 대화창은 잠시 적막을 이루다 누군가의 '인권 살해!'라는 한마디에 반응이 폭발했다. 접속자 수도 방송을 시작할 때보다 몇백 배 가까이 늘었다.

"승원이 선택한 사람은 문제를 일으키지 않을, 정확히 말해 일으킬 힘이 없는 사람들이었습니다. 승인도 안 된 임상시험을 했지만, 항의를 못할 사람들로 골랐죠. 약을 걸고 생명을 담보로 잡아서 문제를 퍼트릴 가능성을 처음부터 차단했고요. 사실 보통사람이 약품의 부작용을 밝힐 수 있을까요? 게다가 문제를 고발해도 미약한 주장에 관심 가질 언론이 있기나 할지. 약의 의존도가 높은 사람들에게 약을 갑자기 끊어 버리면요? 지금 대통령 청사와 승원에 몰려가서 항의하는 사람들을 보세요. 정치집단과 폭력조직까지 동원해 승원의 직원과 그와는 관계 없는 일반인까지 폭행하고 있습니다. 인터넷을 검색하면 고가로 약을 구하는 법이 올라와 있더군요. 그렇다면 이것이 마약과 무엇이 다를까요?"

실시간 창에는 송 연구원이 말한 폭력 사건에 대한 기사와 그 약을 구해 준다는 비공개 카페 글이 캡처되어 올라왔다. 접속자들이 올린 거였고, 그들 중에는 그런 카페에 가입해 제품을 구매한 사람이 있을지 모른다.

"지금 승원은 해외 제약사와 손잡고 건강수명 연장 사업을 벌이고 있습니다. 질병이 없는 미래를 위한 거라면 협약은 무척 의미 있겠죠. 하지만 승원 일가의 병력과 불법 해외 임상시험까지 생각하면 사업을 결코 좋은 쪽으로 받아들이긴 힘들 겁니다. 방송에 보도된 어린이 치료센터의 아이들이 보육시설과 저소득층 아동이 대부분이었다는 사실, 그란셀과 승원이 최근에 맺은 장애아 치료센터 협약. 이 모든 걸 기업의 순수한 사회 환원으로 볼 수 있을까요?"

송 연구원은 거기까지 말을 하고 채윤에게 끄덕였다. 채윤은 사진 다섯 장을 느린 속도로 한 장씩 공개했다. 산속에 자리 잡은 어린이 치료센터의 전면과 측면, 강당처럼 보이지만 창이 없고 천장이 낮은 빈 공간, 수술대 여러 개가 나란히 놓인 수술실, 같은 유니폼을 입고 표정 없이 줄을 선 아이들. 그날의 기억이 선명하게 떠올라 마우스를 쥔 손에 힘이 들어갔다. 센터 안전요원에게 붙들려 사진이 많이 흔들렸으나 분위기는 대강 전달할 수 있었다. 채윤은 마우스를 놓고 카메라 앞에 다시 앉았다.

"오늘의 마지막 자료를 공개하겠습니다. 보시고 역한 기분이 드실지 모르지만, 실제 일어난 일이니 너그럽게 이해해 주셨으면 해요."

채윤은 한성태의 늙어 버린 사진을 화면에 다시 띄웠다. 그러곧 아무 말도 하지 않았다. 대화창에는 이 얼굴이 오늘의 결론이었느냐며 다소 허무하다는 반응이 이어졌다. 다섯 명의 유튜버들도 뭔가 더 있을 거라고 난감해하며 말을 더듬었다. 채윤은 레이저 포인터를 눌러 다음 사진으로 화면을 바꾸었다. 헉 또는 우는 이모티콘이 간간이 보였지만 접속한 사람 수에 비해 실시간 창이 잠잠했다.

"한성태 씨의 마지막 모습입니다. 52세로 세상을 떠난 지난달 사진이지요. 부검을 통해 고인은 죽은 지 사흘 만에 발견된 것으로 추정되었습니다. 타살도, 자살도 아니었습니다. 어떻게 보면 자연사였지요. 하지만 약을 끊고 여섯 달 만에 일어난 참사였습니다. 고인을 최초로 발견한 사람이 저이고요. 사실 오늘의 방송은 한성태 씨와 저희 셋이 같이 진행하기로 했습니다. 그런데 연락이 안 돼서 가봤더니 이렇게……."

연기가 아니었다. 감정을 배제하려고 했으나 목이 잠겨 말이 나오지 않았다. 송 연구원과 김 선생은 고개를 숙인 채윤을 물끄러미 바라보았다. 진행하는 셋이 말을 잇지 않자 다섯 명의 유튜버가 릴레이 하는 것처럼 의견을 주고받았다. 타인의 죽음에 말을 더듬거리는 셋과 UFC 경기를 중계하듯 흥분해 전하는 두 명의 유튜버. 채윤은 누구도 한성태의 죽음을 이해하지 못한다는 생각에 목소리를 가다듬었다.

"그는 가족도 없고, 친지는 연락이 닿지 않아 시에서 무연고

자로 장례를 치러 주었습니다. 아무도 그의 죽음에 관심이 없었죠. 저는 그의 죽음이 정말 타살이 아닌지 묻고 싶습니다. 그에게는 노화방지제가 아니라 그저 실험 대상에게 투여한 약품이었는데, 부작용이 아니라고 우길 수 있는지 묻고 싶습니다. 약을 먹게 된 이후로 그의 삶은 온통 재앙이 아니었을까요? …… 그리고 처음에 말씀드렸던 명청엽 씨와 김화영 씨는 저를 낳아 주신 분들이고, 임상 브로커는 고모입니다. 저는 14년 전 터널 사고로 가족을 잃고, 승원은 RH- A형과 유전자를 부모에게 물려받은 저를 어떤 설명도 없이 사업에 끌어들였습니다. 그 사실을 배달자가 되고 나서 알게 되었고요. 인간의 생명은 어떤 이유로도, 그 누구라도 절대 장난치면 안 됩니다. 고인의 명복을 빌며, 오늘의 방송을 마칩니다."

　채윤은 라이브 방송을 종료하며 한성태가 마지막으로 계획한 오늘의 방송 콘텐츠와 계획표를 화면 전면에 띄웠다.

9 나이트 스피리트 Night Spirit

왼 다리로 균형을 잡고, 오른 다리를 들어 발목을 돌렸다. 안쪽으로 다섯 번 원을 그렸다가 바깥으로 더 크게 발목을 움직였다. 발을 바꾸어 오른 다리로 몸을 지탱하고 왼 다리를 조심스럽게 들었다. 처음 이곳을 찾은 날도, 습관처럼 출근했던 몇 년 전 생활도 특별히 떠오르지 않는데 기분만은 그때보다 건강해진 것 같았다. 봄바람에 알레르기가 도진 것을 빼고는 불편함이 거의 느껴지지 않았다.

새벽 훈련이 끝난 경주로는 트랙터가 작업을 마쳐 평평하게 지면이 골라졌다. 1년 가까이, 정확히 며칠을 보태면 1년 만에 돌아온 것이다. 휴직 가능한 최장 기간이 1년이라서 며칠 늦어졌거나 허리와 다리의 회복이 더뎠다면 복직도 어려울 뻔했다. 채윤은 한 달 전 유튜브에 방송을 하고 BBC와 인터뷰를 마친 뒤 이제는 생활로 돌아가야 한다는 생각에 경마장에 복직할 수 있는지 인사팀에 연락했다. 씀씀이를 최대한 줄여도 남은 돈이 얼마 없어 생활비를 벌어야 했다.

한 시간이 지나면 경마 고객들은 관람대 좌석을 채울 테고, 채윤은 새로운 부서에 출근해 있을 것이다. 인사 담당자는 인원 배치를 다시 해 도핑검사소로 보내 주겠다며 연락해 왔지만 어쩐지 그곳으로 돌아가면 안 될 것 같아 거절했다. 다리가 겨우 정상으로 돌아왔는데 부상의 위험이 있는 시료 채취실에 돌아가는 게 겁이 났다. 자신의 상황과 태경의 안부를 물을 팀원들의 호기심을 감당하기도 싫었다. 채윤은 자리가 비었다는, 아는 사람이 없는 마권 매표소에 출근하기로 했다.

가방을 열었다. 자신의 핸드폰과 한성태가 남긴 핸드폰, 파우더와 립밤을 담은 파우치, 비상용 생리대 두 개, 작은 수첩과 볼펜, 휴대용 약 케이스. 필요한 물건을 빠짐없이 챙겨 온 걸 확인하고 약 케이스에 진통제와 알레르기약이 들어 있는지 다시 한번 살폈다.

고개를 들어 경주로 안에 있는 공원을 바라보았다. 1년 전에 봤던 광경과 다를 바 없는 평화로운 풍경이었다. 아침 안개에 흐릿했으나, 공원 산책로를 따라 소담스럽게 핀 벚꽃이 기억하던 모습 그대로였다. 자신을 감시하는 어떤 눈도 보이지 않았다. 눈에 띄지 않는 CCTV나 사람이 숨어서 지켜볼지 모르지만 그다지 두렵지 않았다. 승원조차 당분간 자신을 건드리기는 어

려울 것이다. 폭로자에게 문제가 생기면 가장 시끄러워지는 건
그 회사가 될 테니까. 각종 뉴스와 검찰 조사로 여론이 들끓다
가 겨우 잠잠해졌는데 일부러 문제를 만들진 않을 것 같았다.
그런 이유를 차치하더라도 자신에게 지키고 싶은 게 별로 없어
감시 따위는 두렵지 않았다.

고모마저 세상에 없는 것 같았다. 태경은 고모를 수소문했으
나 찾지 못했다는 소식을 임시 메일함에 남겼다. 윤성균은 중
국 제약사에 남았고, 두 명의 다른 연구원은 승원으로 돌아왔다
는 소식을 덧붙였다.

명 이사님은 흔적이 없네. 쯔쉬엔과 그 사람 비서한테도 알아보
고, 제약사 본사와 공장에도 사람을 붙였는데 못 찾았대. 더 찾아
보기엔 우리랑 거기 관계도 그렇고, 쯔쉬엔이 나를 예의주시하고 있
어서 나와는 상관없어 보이는 명 이사를 더 알아보기가 힘들 것 같
아. 혹시 못 찾더라도 너무 실망은 말고, 나중에 소식을 알면 어떻
게든 전해 줄게.

몸이 많이 나아졌다니 그나마 다행이다. 우리가 다른 곳에서 만
났다면 훨씬 좋았을걸, 그런 생각이 요즘 부쩍 들어. 이런 말 하기
늦은 감이 있지만, 넌 지금껏 내가 만난 사람 중에서 조금 특별했거
든. 아무런 계산도 하지 않고 만난 사람이랄까. 시료 채취실은 왜
남자 아르바이트생만 뽑냐며 면접장에 들어와서 조곤조곤 따지던

모습도 그렇고, 주말이면 같이 떠들고 웃던 휴게 시간을 생각하면 실없이 웃음도 나고 그래. 살면서 나한테 그런 순간이 몇 번이나 있었는지. 늘 누군가에게 안 밀리려고 아등바등, 만만해 보이지 않으려고 그럴싸한 가면을 쓰고 살았어. 그러다 너랑 있으면 신기하게 긴장이 풀렸고. 어쩌면 그래서 너한테만은 무리해서라도 뭔가 해 주고 싶었던 것 같아. 아무튼, 그 기억 고맙다.

지금보다 잘 지내길. 이젠 우리가 가는 길이 달라서 소식을 알아보기도 힘들겠지만, 너란 사람은 잊지 않고 지낼게. 그냥 나중에 낯선 길에서 만나도 미워하지만 말았으면 해. 살아온 시간도 그렇고, 신기술을 믿는 내 신념 때문에 앞으로 갈 길이 많이 달라질 거 같거든. 어쨌거나 내가 할 일은 여전히 남아 있으니까.

이 메일함도 이제 지워야겠다. 딱 사흘 뒤에 없앨 건데, 이 글을 못 본다면 인사를 못해서 서운하겠지만 그 또한 내가 어떻게 할 수 있는 일이 아닌 것 같아.

명채윤, 그간 많이 아꼈고 앞으로도 많이 생각날 거야. 지금까지 잘해 왔듯 계속해서, 네가 거기 있다고 세상에 증명하면서 보란 듯이 건강하게 살아야 해!

— 언제나 너의 행복을 응원하며, TG

채윤은 마지막 인사 같은 그의 메일에 고모를 찾아봐 줘서 고맙고, 그간 많이 기댔다는 답장을 여러 번 썼다 지웠다. 그러곤 결국 그의 메일까지 보관함에서 지워 버렸다. 태경이 메일로 표현했던 것과 비슷한 감정이 채윤에게도 오랫동안 있었음을, 그래서 고마웠다는 몇 마디로 인사를 대신할 수 없음을 깨달았다. 둘의 관계는 몇 마디로 표현하기 어려운 것임을 알아 버렸다. 태경의 메일 계정은 그가 말한 사흘이 지나고, 다시 사흘이 지난 뒤에 완전히 삭제되었다.

채윤은 태경의 메일을 보고 고모가 세상에서 사라졌다는 생각을 했다. 승원과 중국 제약사의 관계와 승원에서 태경의 위치를 생각하면 그가 고모의 행방을 알아내는 건 어려운 일이 아닐 테다. 고모의 선택이었거나 제약사에서 그녀를 처리해 버렸을 거라는 간단한 결론. 그녀가 남긴 편지에도 마지막 사과라고 적었다. 증거 유출이 제약사에서 발각됐을지 모르고, 채윤이 한 방송에서 브로커의 존재로 고모를 말해 문제가 되었는지도 모른다. 비록 모든 게 승원을 향한 폭로였지만, 승원과 중국 제약사가 수면 아래에서 일을 계속했다면 그들에게 고모는 계륵보다 못한 존재였을 것이다. 물론 그마저 짐작일 뿐, 채윤이 사실을 알아낼 방법은 이제 없다.

그런데 이상하게 고모의 얼굴이 생각나지 않았다. 그녀와 둘이 찍은 사진도 없고, 그녀가 단독으로 찍힌 사진도 없었다. 중국에서 보낸 사진도 풍경과 연구소 사람들뿐 고모는 없었다.

엄마와 아빠, 승윤의 얼굴은 시간이 갈수록 기억하고 싶은 모습으로 선명해졌지만, 고모의 얼굴은 생각하면 할수록 흐릿해졌다. 고모에 대한 기억도 한껏 눈꼬리를 치켜 그린 아이라인과 뒤엎어진 상추 이파리뿐 생각나는 게 없었다. 한동안 괴롭혔던 미칠 것 같은 억울함도 옅어져 무엇을 떠올려야 하는지 먹먹했다. 잘 떠오르지 않는 기억에 적어도 자신만은 고모를 기억해야 한다고 머리를 감쌌다. 억지로 쥐어짜도 그들 사이에 추억해야 할 감정이나 고유한 기억은 없었다. 애도하지 못하는 것을 자책하다 한참 만에 자신이 고모와 함께 지내며 느꼈던 감정은 내내 부채감이었고, 원망이었음을 깨달았다. 기억하고, 그리워할 사람이 아무도 없는 그녀가 외로웠을 거라는 생각이 처음으로 들었다.

채윤은 멍한 시선을 거두고 주로 건너편 도핑검사소에 눈길을 멈췄다. 붉은 갈색 건물이 안개에 가려 희미하게 보이다 점차 모습을 드러냈다. 날이 환해져 시야가 또렷해지고 있었다. 그 자리에 계속 있던 붉은 건물처럼, 다시 돌아온 계절처럼 모든 게 있어야 할 자리로, 원래 있던 상태로 드디어 돌아온 걸까.

하지만 채윤은 확신할 수 없었다. 승원은 채윤이 BBC 인터뷰를 한 뒤에 검찰 조사를 받고 어린이 치료센터 운영을 잠정 중단했지만, 그와 협약을 맺은 그란셀은 어떤 화제에도 오르지 않왔다. 중국의 제약사는 사업을 중단한다는 발표조차 하지 않았다. 승원의 어린이센터에서 전국의 보육시설로 흩어진 아이들은 아직 끝나지 않은 것들에 계속 끌려다니고 있는지 모른다. 〈그란셀의 뜰에서 꿈꾸는 아이들〉이란 기막힌 포장으로, 사람들이 모르는 어떤 곳으로 보내지고 있는지도. 채윤 또한 돌아온 자리가 제자리가 맞는지 의심에 차 돌아보곤 했다.

사람들의 소리가 들렸다. 말소리보다 발소리가 가까이서 밀려들고 있었다. 관중 입장 시간이다. 아홉 시가 겨우 지난 시간, 경주는 한 시간 반이 지나야 시작하는데 관람대는 사람들이 들어차 금세 시끄러웠다. 그들의 표정은 바로 앞에 경주마가 뛰는 것처럼 몹시 들떠 있었다. 잡히지 않는 것들에 희망을 거는 무모한 기대감이었다.

천천히 몸을 일으켰다. 3층 5B 매표소. 익숙한 배경이지만 이곳을 처음 찾은 사람처럼 사방을 두리번대며 걸었다. 발을 내딛자 왼쪽 다리에 전기가 통하는 것처럼 찌릿했다. 오랫동안 꼼짝하지 않아 피가 안 통했다는 생각을 하면서도 더럭 겁이 났다. 겨우 넉 달 약을 먹고, 고작 3주 걸렸을 뿐인데, 이제는 걷기 편해 그마저도 버리려고 약통째 들고 왔는데 부상 당했을 때로 돌아갈 수는 없다. 한성태도 나아질 때까지 치료제와 같이 단시간 복용하면, 다리는 회복되고 부작용은 없을 거라고 위로했었다. 채윤은 불길한 상상을 떨치려고 매표소로 향하지 않고 객장을 빠른 걸음으로 두 바퀴 돌았다. 기분 탓일까. 은근한 전기는 왼쪽 다리에 계속 맴돌았고, 긴장하는 바람에 허리까지 뻐근했다.

채윤은 가방을 열었다. 한성태의 핸드폰과 S와 C 두 통의 임상시험 약이 묵직하게 느껴졌다. 쓰레기통에 약통을 던지며 엄마와 아빠, 승윤, 고모, 한성태를 떠올렸다. 한성태의 핸드폰은 폐휴대폰 수거함에 분류해 올렸다. 그리고 방향을 틀어 발을 내디뎠을 때 걸음이 꼬여 몸이 흔들렸다. 채윤은 잠시 고민하다 쓰레기통 앞에 다시 섰다. 딱 통증이 없어질 때까지만 복용하는 거다. 승원과 중국 제약사가 사업을 재개할지 모르니 대비용으로 얼마간 가지고 있는 게 안전하다는……. 그러다 번뜩 나 같은 사람은 없어야 한다고 울분을 토하던 한성태의 모습이, 돌아누운 그의 시신이 눈앞에 나타났다. 자신의 부모와 칼을 든 노인들, 사라진 고모도 떠올랐다.

채윤은 약통의 뚜껑을 열고 두 알만 증거로 챙겼다. 나머지는 화장실을 돌며 나눠 버린 다음 물을 내렸다. 변기에 민트색 소용돌이가 솟아오르다 이내 말끔한 상태가 되었다.

마권 판매가 종료되자 발매원들은 고객에게 받은 현금을 정리하고, 마권 발매기에 모자란 용지를 채워 넣었다. 채윤은 사수로 배정된 발매원 뒤에서 일사불란하게 일이 처리되는 걸 지켜보며 도울 게 있는지 서성였다. 채윤의 사수는 괜히 서 있을 필요 없다며 경주나 구경하라고 모니터를 가리켰다.

출발대에 열 마리 경주마가 들어섰고, 출발 총소리와 함께 1 경주가 시작되었다. 1300미터 단거리 경주라 비교적 약체가 출전했는데, 매표소 바깥에서 들리는 함성은 7, 8경주로 열리는 대상경주[10]의 그것만큼이나 뜨거웠다. 이른 아침부터 오래 기다린 열망을 담은 커다란 함성이었다. 말이 뛰기 시작하자 아나운서가 이번 경주는 한 경주마의 재기전으로 특별한 의미가 있다며 응원을 빈다는 말을 전했다. 채윤은 고개를 들어 경주를 보다가 콧속이 간지러워 코를 움켜쥐었다. 봄기운에 알레르기가 도졌거나 매표소에 설치된 기계에서 나는 낯선 냄새가 후각을 자극하는지 모른다. 옷소매로 코를 감추고 화면을 응시했다.

경주마들은 3코너를 지나 4코너를 향해 뛰고 있었다. 결승선 직선주로에 접어들자 무리로 뛰는 말에서 두 마리 경주마가 나란히 앞으로 치고 나왔다. 아나운서의 목소리가 급박하게 바뀌었다.

"2번 마 햇빛조리개, 9번 마 나이트스피리트[11]가 결승선 400

---

10 경마대회의 전통을 세우고 경주 질을 향상하기 위해 높은 수준의 경주마들로 경주를 편성하여 치르는 축제 형식의 큰 경주
11 말의 이름과 관련해서는 '마명은 '더러브렛 등록규정'에 의해 국내산 말은 한

여 미터를 남겨 두고 선두로 나섰습니다. 두 마리가 엎치락뒤치락 승패를 가늠하기 어려운데요. 1경주, 지금 서울경마공원에서는 믿기 어려운 광경이 펼쳐지고 있습니다. 다리 부상으로 3년간 경주로를 떠난 나이트스피리트가 추입에 성공해 상위권 경쟁을 벌이고 있는데요. 이번 경주에서 나이트스피리트가 화려하게 재기에 성공하는 건가요. 아, 9번 나이트스피리트 막판 햇빛조리개를 따돌리고 1마신 앞으로 성큼 뛰어나오고 있습니다. 200미터, 이대로 나이트스피리트가 1위로 결승선을 통과할 것인지, 100미터……."

아나운서의 흥분에 발매원들도 하나둘 고개를 들어 화면을 보기 시작했다. 채윤은 얼른 뛰어 매표소 바깥으로 나왔다. 나이트스피리트가 결승선에 도착했고, 다른 경주마들도 뒤이어 결승선을 밟고 있었다. 아나운서는 차례로 들어온 말들을 호명했으나 우승을 한 나이트스피리트에 놀라움을 감추지 못해 결과가 확정되기 전 경주 다시보기가 녹화 중계로 나오는데도 나이트스피리트의 정보를 전달하기에 급급했다. 4, 5세 때 최고의 전성기를 구가했던 스타 경주마, 그러나 경주 중 추돌사고가 나면서 경주로를 떠나야 했던 비운의 경주마. 이제는 8세로, 부상 없이 은퇴한 경주마라 할지라도 씨수마나 승용마로 다른 삶

글의 여백 없이 여섯 자 이내로 하며, 외국산 말은 여덟 자 이내로 한다."는 규정을 따름.

을 살게 되는데, 나이트스피리트는 재활 훈련과 치료를 성공적으로 해 냈다며 이는 경마 역사상 매우 이례적인 일이라고 흥분을 누르지 못했다.

"기적, 이건 정말이지 기적에 가깝습니다! 경주마 재활이 대체 어디까지 가능한 건가요? 과학이 아니라면 이건 그저 기적입니다!"

아나운서가 황태자의 귀환이라고 벅차 외치는 소리에, 채윤은 불현듯 태경이 떠올랐다. 경주마 치료 때문에 수의사와 같이 해외 출장에 다녀왔다던, 신기술을 여전히 강하게 믿는다는 그를. 그리고 부상으로 재기가 불가능하다고 판정받은 말이 수많은 관중 앞에서 거침없이 내달리고 있었다.

채윤은 관람대를 빠져나가 경주로 펜스 앞에 섰다. 천천히 말을 따라 그가 가는 쪽으로 뛰었다. 이곳을 처음 찾은 날처럼 심장이 빠르게 뛰어 터질 것만 같았다. 지하 마도로 퇴장하는 나이트스피리트의 모습이 조그맣게 보이다 완전히 사라졌다. 채윤은 경주마의 뒷모습을 보며 다시 생각했다. 결승선을 지나서도 좀체 속도를 줄이지 못했던 과거의 스타마. 경주마는 어쩌면 다시 주어진 세상에 새로운 발을 내딛고 있는지 모른다. 호흡이 거세 목구멍이 뜨거워지는데, 몸은 한기가 들었다. 그가 뛸 세상이 한성태가 지나온 길과 같다면, 만약 세상이 그에게 다시 실수하고 있는 거라면, 그래서 한성태처럼 경주마도 또다시 팽개쳐진다면.

핸드폰이 울렸다. 채윤은 매표소에서 찾는지 몰라 재빨리 전화를 들었으나 재기에 성공한 말이 떠난 자리를 벗어날 수 없었다. 뒤늦게 여보세요, 하고 겨우 말을 뱉는데 아이의 목소리가 들렸다. 아이는 목소리를 가늘게 떨며 멀리 간다고 말했다. 채윤은 멍한 채 경주로만 쳐다보았다. 아이가 다시 언니! 하고 크게 외쳤다.

"삼촌이 금방 찾으러 온댔는데, 여기에서 비행기 태워서 보낸대요! 아주 멀리 좋은 데로요."

정신이 번뜩 났다. 채윤은 관람대 밖으로 미친 듯 뛰기 시작했다. 아이에게 지금 어디에 있는지 물으며 조금만 기다려 달라고, 이번에는 절대 늦지 않겠다고 힘을 다해 외쳤다. 다리 통증은 아무것도 아니었다.

멀리서 9번 마 나이트스피리트의 우승이 확정되었다는 방송이 아득하게 들렸다. 관중의 함성이 폭발하다 이내 사그라들었고, 아나운서는 다음 경주를 차분히 안내했다. 간질간질하던 재채기가 찬바람에 크게 터져 나왔다. 채윤은 걸음을 더욱 빨리했다.

소설을 출간할 즈음 자주 받는 질문이 하나 있다. 작가님, 소설을 쓰는 데 시간이 얼마나 걸려요?

묻는 사람은 그 자리에 적절한 질문이니까 별 뜻 없이 건넸을 것이다. 그런데 나는 이 질문을 받을 때면 고민에 빠진다. 그러게, 내가 언제부터 이걸 썼더라. 얼마나 오랫동안 이것에 매달려 있었지?

다작으로 유명한 무라카미 하루키는 에세이 「직업가로서의 소설가」에서 장편소설은 1년 정도 걸린다고 했다. 어니스트 헤밍웨이나 헤르만 헤세, 윌리엄 포크너도 살아생전 많은 작품을 남겼다. 반면에 프란츠 카프카는 일생 글을 썼으나 완결작은 얼마 안 되어 나중에 그의 친구가 미완성작으로 출판했다. 『호밀밭의 파수꾼』으로 유명한 제롬 데이비드 샐린저는 개인의 신념으로 40대 중반에 절필해 은둔한 작가로 유명하다.

작가에게는 각자 사정과 창작 방식이 있고, 작품에 따라 그것에 들인 노력과 시간은 다를 것이다. 앞서 거론한 위대한 작가들과 내 사정은 다르지만, 그런 이유가 아니더라도 소설을 완성하는 시간을 물으면 대답하기 어렵다. 장편소설은 대략 2년 정도, 단편소설은 3개월쯤 걸리는 것 같네요,라는 어정쩡한 답을 내놓을 뿐.

내게 소설은 시선이 머무는 어떤 결과물이다. 전작 『천장이 높은 식당』은 기댈 데 없는 여성이 동료와 연대해 권력에 맞서는 이야기였다. 나는 10년 넘게 직장 생활을 하며 일터에서 느끼고 경험한 것들로부터 그 소설을 생각했다.

『속도의 안내자』는 기업이 인간 생명의 가치보다 이윤과 소수의 가진 자를 위해 젊음을 욕망하는 힘없는 개인을 이용할 수도 있다는 발상에서부터 시작했다. 부모님이 나이 들고, 잘 알고 지내던 사람들이 노화와 병으로 세상을 등지는 것을 보면서 그 시간이 내게도 멀지 않다는 생각과 모든 이가 건강하고 평온한 삶을 동등하게 누리고 살 수 있는지 드는 의문에서 글을 쓰기로 결심했다. 시선이 오래 머문 지점으로부터 소설은 탄생했다.

그런 이유로 소설 속 인물은 모두 나이자 나의 주변인들이다. 『속도의 안내자』의 채윤, 한성태, 고모, 태경은 나이기도 하고,

나와는 같지 않으나 어딘가에 존재할지 모를 물질을 욕망하는 현대인이다. 그들 중 누구도 완전히 옳다거나 온전히 잘못되었다고 판단해야 할 인물은 없다. 하물며 제약기업 '승원'도 기업의 존재 목적인 '영리 추구'를 생각해 움직였으니 무턱대고 욕할 수만은 없다. 마찬가지로 불법 임상시험을 찬성하는 중증 환자와 노인들을 생명 윤리의 관점으로 옳지 않다고 비난할 수 있는지. 물론 그들이 옳다는 말을 하는 건 아니다. 반대로 자신의 젊음을 기업에 통째로 뺏겨야 했던 한성태와 가족을 임상시험 대상으로 바치고 끝내 그들을 잃어버린 채윤이 느낀 분노를 어쩔 수 없는 상황이었다고 받아들여야 할지 절대적인 판단은 있을 수 없다.

다시 앞으로 돌아가서 대답하면 『속도의 안내자』는 주제와 소재를 생각하는 데 3개월, 인터뷰를 하고 자료를 수집하는 데 또 3개월, 집중해서 쓰는 데 1년이 걸렸다. 그 뒤로 1년 넘게 내용을 보강해 고쳐 쓰고 출간할 기회를 찾다 수림문학상에 문을 두드렸다. 만약 문학상에서 수상하지 않았다면 『속도의 안내자』는 2년 6개월이 아닌 3년 혹은 몇 년이 더 걸려 세상에 나왔을지 모른다.

나는 앞으로도 소설을 쓰는 데 시간이 얼마나 걸리느냐는 질문에 대답을 주저할지 모른다. 작가로서의 감과 실력, 거기에 발표라는 운과 적절한 시의성. 나는 그것을 속단할 수 없어 함부로 대답할 수도 없다.

다만 나는 시간이 얼마나 걸리든 상황의 이면을 보는 게 소설이고, 현재 내가 쓰고 싶은 소설이라고 전하고 싶다.

마지막으로 하고 싶은 말은 소설 속의 인물들이 던진, 그전에 이러한 문제를 제기했던 사람들의 질문에 독자들이 잠시 짬을 내어 생각해 보길 바란다. 그것이 같이 살아가는 사회를 위한 거고, 이 소설이 조금은 의미 있어지는 이유가 될 테니까.

『속도의 안내자』를 완성하는 데 조언해 준 문우 H와 J에게 고마움을 전한다. 임상시험이라는 전혀 모르는 분야를 잘 설명해 준 제약회사 임상 의사 김현정 님, 말 도핑검사를 자세하게 설명해 준 한국마사회 K 차장님께도 감사의 말씀을 드린다. 소설이 세상에 나올 수 있게 기회를 준 여러 심사위원님과 수림문화재단, 연합뉴스에도 감사의 말씀을 전한다.

2022년을 보내며,

이정연

제10회 수림문학상 심사평

　어느덧 10년에 이른 문학상의 무게를 반영하듯 심사위원으로서 많은 작품을 접할 수 있었다. 활발한 활동을 하는 기수상 작가들의 면모가 이를 더욱 강화하는 기제로 작용했으리라 짐작되기도 한다. 한 달여의 예심을 거쳐 본심에 오른 작품은 『붉은 피아노』, 『우리만 아는 곳』, 『속도의 안내자』, 『심장 소리를 따라서』, 『가짜 임산부』 등 5편이었다. 심사위원들은 다시 한 달여간의 숙독 과정을 거쳐 9월 16일 10시 수림문화재단에서 본심을 가졌다. 각 편에 대한 의견 개진과 대상작 추천을 통해 기왕의 소설들과의 차별점이 두드러지지 않은 작품들을 제외하고 최종 논의의 대상이 된 작품은 『가짜 임산부』, 『우리만 아는 곳』, 『속도의 안내자』 등 3편이었다.

　『가짜 임산부』는 팀장의 추근거림에 시달리며 매일 퇴사 시

뮬레이션을 돌려 보던 복지연 대리가 자신도 모르게 느닷없이 임산부 노릇을 하게 되면서 새삼스럽게 회사 생활과 사생활의 균형을 이루어 가는 이야기를 주요 서사로 선택하고 있다. 우리 사회의 여성 직장인들이 겪고 있는 다양한 직장 갑질 및 애환의 양상이 때로는 풍자적으로, 때로는 씁쓸한 실존적 회의와 더불어 구체적으로 재현되고 있다. 에피소드의 디테일이 선명하고 각각의 인물들의 캐릭터가 살아 있어 이야기의 흡입력이 상당한 작품이었다. 무엇보다도 출산을 둘러싼 우리 사회의 시급한 문제를 소설의 주요 화두로 설정해 낸 시의성이 돋보이는 작품이기도 했다. 그러나 임산부 체험 도구를 착용하고 가짜 임산부 노릇을 한다는 설정이 지나치게 작위적이고 현실적이지 않다는 평이 없지 않았다. 그 결과 흥미로운 설정에도 불구하고 개연성이 떨어지고 지나치게 가볍게 사안을 다루는 것 아닌가 하는 의혹도 제기되었다.

『우리만 아는 곳』은 일종의 판타지적 SF소설의 외양을 선택한 소설이었다. 잠드는 일과 꿈꾸는 일을 자유자재로 하는 이들, 소위 '슬리퍼'라고 불리는 이들이 그들과 달리 잠드는 일과 꿈꾸는 일을 자유자재로 하지 못하는 '슬리피'들에게 대가를 받고 자신의 꿈을 제공하는 사회를 배경으로 불면증과 수면 부족의 시대를 되돌아보고자 하는 의도가 참신하고 독특했다. 착상이 흥미롭고 이를 뒷받침하는 문체 역시 오랜 숙련의 시간을 보여 주기에 부족함이 없었다. 그러나 이 소설의 설정이 최근 상영된, 같은 꿈을 꾸는 두 남녀에 관한 헝가리 영화를 상기시킨다는 이야기가 나왔다. 짜임새 있는 1부와 달리 태민, 용준, 다인, 지은의 이야기를 모아 놓은 2부가 유기적으로 얽히는 대신 다소 엉성한 양상을 보인다는 평도 없지 않았다. 이야기의 얼개를 넘어서는 구체적이고 디테일한 세부 묘사의 힘이 요구된다는 이야기가 많았다.

올해의 당선작으로 결정된 『속도의 안내자』는 처음부터 다수 심사위원의 주목을 받은 작품이었다. 소설의 주요 배경으로 설정된 1장의 경마장 묘사에 대해서는 심사위원들의 찬사가 쏟아지기도 했다. 경마에 환호하는 군중들과 거기에 사용되는 말의 도핑검사를 담당하는 주인공의 일상이 우리 시대의 탐욕과 과잉 에너지를 여과 없이 보여 주었다는 평도 많았다. 경마장 도핑검사소의 유일한 여자 아르바이트생인 주인공이 가깝게 지내는 경마장 직원으로부터 '약 배달' 아르바이트를 소개받으며 전개되는 이 작품의 서사는 때로 부모의 죽음과 고모의 돌봄을 둘러싼 추리소설의 외양을 띠면서 자본과 기술의 논리 아래 영원한 생명과 젊음을 욕망하는 다양한 인물 군상들의 일그러진 음화를 적나라하게 재현한다. 이 과정은 그들의 욕망을 조율하고 형성해 내는 거대 자본의 음험한 음모를 폭로하는 지점으로 확장되면서 지금 우리 사회의 무분별한 가짜 욕망에 경종을 울리는 한편, 우리가 지향해야 할 가치가 무엇인지 되돌아보는 계기로 작용하기도 한다. 그런 의미에서 이 소설은 추리소설의 외양 아래 사회비판적 면모를 적절하게 숨기고 있는 소설이라고 할 만했다. 시의성과 독특한 설정, 디테일의 구체성 등 신인답지 않은 기량을 선보인 이 작품을 올해의 수상작으로 선택할 수 있어서 행복한 시간이었다. 이 소설에서 그리고 있는 현실의 음화가 양화로 급변하는 시간이 부디 더디게 오기를 바랄 뿐이다. 당선을 축하한다.

심사위원장 윤후명(소설가) 성석제 양진채(소설가) 정홍수 신수정(문학평론가)